初岸
Chu
an
岸

与美同栖

·沈从文文集·

龙 朱

沈从文 ◎著

民主与建设出版社

·北京·

©民主与建设出版社，2018

图书在版编目（CIP）数据

龙朱 / 沈从文著 . —北京：民主与建设出版
社，2018.3
（沈从文文集；2）
IBSN 978-7-5139-2035-3

Ⅰ . ①龙… Ⅱ . ①沈… Ⅲ . ①小说集—中国—现代
Ⅳ . ① I246

中国版本图书馆 CIP 数据核字（2018）第 050061 号

龙朱
LONG ZHU

出 版 人	李声笑
著　　者	沈从文
责任编辑	刘树民
封面设计	白砚川
出版发行	民主与建设出版社有限责任公司
电　　话	（010）59417747　59419778
社　　址	北京市海淀区西三环中路 10 号望海楼 E 座 7 层
邮　　编	100142
印　　刷	三河市天润建兴印务有限公司
版　　次	2018 年 6 月第 1 版
印　　次	2018 年 6 月第 1 次印刷
开　　本	880mm×1230mm　1/32
印　　张	10 印张
字　　数	325 千字
书　　号	ISBN 978-7-5139-2035-3
定　　价	40.00 元

注：如有印、装质量问题，请与出版社联系。

目录
contents

十四夜间

篁君日记

龙 朱

入伍后

《入伍后》1928年2月由北新书局初版。

原目收入小说作品:《入伍后》《我的小学教育》《岗生同岗生太太》《松子君》《屠桌边》《炉边》《记陆弢》《传事兵》。

入伍后

学吹箫的二哥

象是他第二，其他的犯人都喊他做二哥，我也常常"二哥二哥"的随了众人叫起他来了。

二哥是白脸长身全无乡村气的一个人。并没有进过城入过学堂，但当时，我比他认的字要少得多。他又会玩各种乐器。我之所以同二哥熟，便是我从小时就有着那种爱听人吹唢呐拉四胡的癖好。因为二哥的指导，到如今，不拘哪一管箫，我都能呜呜的吹出声音来，虽然不怎样好。但二哥对我，可算送了一件好的要忘也无从忘的悲哀礼物了。在近来，人的身体不甚好，听到什么地方吹箫，就象很伤心伤心。固然身体不好把心情弄得过于脆薄，是容易感动的原因之一种，但，同时也是有了二哥的过去的念头，经不住撩拨，才那么自由的让不快的情绪在心中滋长！我有时还这样想：在这世界中，缺少了力，让事实自由来支配我们一切、软弱得如同一块粑①的人，死或不死，岂不是同类异样的一个大惨剧么？忽然会生出足以自吓的慈悲心，

---

① 粑，读作 bā，饼类食物。

也许便是深深的触着了这惨剧的幕角原因吧。

想着二哥，我便心有悲戚，如同抓起过去的委屈重新来受的样子。二哥的脸相，竟象是模糊得同孩时每早上闭眼所见葵花黄光一样，执了意要它清楚一点就不能，但当不注意时，忽而明朗起来，也是常有的事。不必要碰时候我也容易估定的，便是二哥样子颇美，各部分，尤其是鼻子，和到眉眼耳朵。或者，正因其是美，这印象便在我心上打下结实的桩来，使我无从忘怀罢。我对于这样的自疑，也缺少自护的气力，有一时，我是的确只有他的性情与模样的美好温良据在我心中，我始觉到人生颇为刻酷的。

这我得回头说一些我们相识的因缘。

民国初年，我出了故乡，随到一群约有一千五百的同乡伯伯叔叔哥子弟兄们，扛了刀刀枪枪，向外就食。大地方没有占到，于是我们把黔游击队放弃了的花江的东乡几个大一点的村镇分头占领了。正因为是还有着所谓军民两长的清乡剿匪的委令，我们的同乡伯伯叔叔们，一到了砦①里，在未来以前已有了命令，所传的保甲团总，把给养就接接连连送上来了。初到的四五天，我们便是在牛肉羊肉里过的生活，大吃大喝。甚至于有过颇多的忘了节制的弟兄们，为了不顾命的吃喝，得了颇久的病。不是为了大吃大喝，谁想离了有趣的家乡？吃以外，我们一到，象是还得了很多的钱。这钱立时就由团长伯伯为分配

---

① 砦，读作 zhài，旧时驻兵的地方。

下来，按营按连，都很公平，照了职务等次，多少不等。营长叔叔是不是也拿，我可不知道了。团长伯伯的三百元，我是见到告示，说是全赏给普通弟兄们让大家瓜分的。我那时也只能怪我身个儿同年龄太小，用补充兵的名义，所以我第一次得来的钱，是三块七毛四，这只是比火夫多七毛四分的一个数目而已。但也是我可喜的事。人家年长得多，身体又高又大，又曾打过仗，才比我这刚入伍的孥孥①多得块多钱哩。

三块多钱的情形，除了我请过一次棚内哥弟吃过一对鸭子外，我记不清楚了。

我们就是那么活下来，非常调谐，非常自然。

住处是杨家祠堂。这祠堂大得怕人。差不多有五百人住下，却还有许多空处。住了有一年，我是甚至于有好些地方还不敢一人去。不单是鬼，就是那种空洞寥阔，也是异样怕人的。不知是怎么意思，当真把队伍扯出去打匪虽是不必做的事，但是，却连我最怕的每日三操也象是团长伯伯可怜我们而免了。把一根索子，缠了布片，将索子从枪眼里穿过，用手轻轻的拖过去，这种擦枪的工作，自然是应得象消遣自己来做做。不过又不打靶，这样镇日②的擦，各人的枪筒的来复线，也会就是那么擦蚀罢。当真是把枪口擦大，又怎样办？不久，我们的擦枪工作也就停下来了。

不知是哪一个副官做得好事，却要我们补充兵来学打拳。这

---

① 孥，指儿女，也指妻子和儿女。孥孥，在这里指男孩。沈从文即有个笔名"孥孥阿文"。

② 镇日，整天，从早到晚。

真是比在大田坪丢了手去学走慢步还要坏的一件事情！在吹起床号之后就得爬起，十分钟以内又得到戏台下去集合，接着是站桩子，练八进八退，拳师傅且口口声声说最好是大家学"金鸡独立"（到如今我还不知道这金鸡独立，把一只脚高高举起，有什么用处）。把金鸡独立学会时，于是与我一样大小的人每天无事就比起拳来了。小聪明我还有一点，是以我总能把许多大的小的比败。师傅真是给了我们一种娱乐。因为起得早，到空旷处吸了颇多的干净空气，身体象是日益强壮了，手膊子成了方形，吃饭也不让人，在我过去的全部生活中，要算那时为最康健与快乐了吧。

我们第四棚，是经副官分配下来，住在戏台下左边的。楼上是秘书处，又是军法处，他们的人数总有我们两倍多，但也象并没有许多事可以送那些师爷们去做。从书记^①处那边阑干空处，就时常见到飞下那类用公文纸画上如同戏台边的木刻画的东西来，这可以见出大家正是同样的无聊。我还记得我曾拾了两张白纸颇为细致的画相，一为大战杨再兴，一为张翼德把守芦花荡。最动人的是张飞，胡子朝两边分开，凶神恶煞，但又不失其为天真。据一个弟兄说，这是军法长画的，我于是小心又小心，用饭把来妥妥帖帖粘在我睡处的墙上了。住处虽无床，用新锯的还有香气的柏木板子铺成，上头再用干稻草垫上，一个人一床棉被，也不见得冷。大家睡时是脚并脚头靠头，睡下来还可以轻轻的谈笑话的，这笑话不使楼上人听到，而大家又可乐。到排长来察时，各人把被蒙了头，立时假装的鼾声这

_____
　　① 书记，旧时称办理文书及缮写工作的人员。

里那里就起了。排长其实是在外面已听了许久。可是虽然知道我们假装，也从不曾发过气。他果真是要骂人，到明天大家上后山去玩，不和他亲热，他就会找到不能受的寂寞了。说到排长也真好笑。因为年纪并不比我们大几多，还是三月间二师讲武堂毕的业，有两个兵士是他的叔叔辈，点名到我们这一排时，常受窘到脸红，真难为他！"四叔，我们钓鱼去呀！"这是一个笑话。因为排长对她的兵士曾这样又恭敬又可怜的邀约过，以后见到排长，一说到"四叔，我们……"排长就笑着走开了。

在放肆得象一匹小马一样的生活中，经过半年，我学会了泅水，学会了唱山歌，学会了嗾狗上山去撵野鸡，又学会了打野物的几样法术。（这法术，因为没有机会来试，近来也就全忘了。）

有一天，象是九月十四样子，副官忽然督工人在我们住处近边建起一座栅栏来了。当那些大木枋子搬来时，大家还说是为我们做床，到后才知道是特为囚犯人的屋子的。不是为怕我们寂寞才来把临时监牢建筑到这里，真是没有什么理由。"把监牢来放在我们附近，这不是伯伯叔叔有意做得可笑的事么？"于是鼓动丁桂生（丁桂生，是营长的二少爷，也是我们的同班补充兵），说："去呀，到七叔那里去说！"

那小子，当真便走到军法长那里去抗议。不过，结果是因为犯人越来越多，而且所来的又多半是"肥猪"，于是在戏台旁筑监牢的理由就很充分的无从摇动了。

第二天，午时以前，监牢做成后，下午就有三个新来的客，不消说看管的责任就归了我们。逃脱是用不着担心的。这些人你让他逃也不敢。这缘故是这类人并不是山上的大王或喽罗。

他们的罪过只是因为家中有了钱而且太多。你不好好的为他们安置到一个四围是木柱子的屋子里，要钱真不是一件容易事情！果真是到了这屋子还想生什么野心逃走，那就请便罢，回头府上的房子同田地再得我们来收拾。把所有的钱捐一点儿出来，大家仍然是客客气气的吃酒拉烷。关于用力量逼迫到这类平时坏透了的土绅拿出钱来，是不是这例规还适用于另一个世界，我可不知，但在当时，我是觉得从良心上的批准，象这样来筹措我们的饷项，是顶合式而又聪明的办法了。

桂生回头时诉说他是这样的办的交涉："七叔，怎么要牢？"

"我七叔就说：牢是押犯人的！"

"我又说：并没见一个犯人；犯人该杀的杀，该放的放，牢也是无用！"

"七叔又说：那些不该杀又不能放的，我们把他押起来，他钱就屙马屎样的出来了。不然大家怎么有饷关呢？"

"我就说：那么，牢可以放到别处去，我们并不是来看管犯人的。"

"这些都是肥猪，平常同叔叔喝酒打牌，要你们少爷去看管也不是委屈你们——七叔又是这么说。"

"我也无话可说，只好行个礼下来了。"

"好，我们就做看犯人的牢头，也有趣。"这是听了桂生报告后大家说的。有趣是有趣，但正当值日那时节，外面的热闹可不能去看了。

第二天副官便为我们分配下来，每两人值日一天，五天后轮到各人一次。值日的人，夜间也只能同那派在一天的弟兄分别来瞌睡。不知道的，会以为是这样就会把我们苦了罢，其实是相反的。你不高兴值夜班，不拘是谁都愿意来相替。第一个高兴为人替到守夜的便是桂生，以前日子，他就每夜非说笑话到十二点不能合眼。值夜班后，他七叔又为我们立了一个新规例，凡是值夜的人得由副官处领取点心钱两毛。牺牲一个通宵，算一回什么事？有两个两毛钱合拢来是四毛，两毛钱去办烧鸡卤肉之类，一毛钱去打酒，剩一毛钱拿去大厨房向包火食的陈大叔匀饭同猪油，后园里有的是不要钱买的萝卜合芫荽①，打三更后，便你一杯我一杯的喝将起来。酒喝完了，架三块砖头来炒油炒饭，不是一件顶好玩的事情么？并且，到酒饭完了，想要去睡时，天也快要亮了。我之所以学会喝酒，便是从此为始。

下面我说一段我们同我们的犯人的谈话：

"胡子，你怎么还不出去？这里老人家住起来是太不合宜了！"

"谷子卖不出钱，家中又没有现的——你给我个火吧。"

我给了他一根燃着的香，那犯人便吸起旱烟来了。

桂生又问，"你家钱多着咧，听军法长说每年是有万多担谷子上仓，怎么就没有钱？"

"卖不出钱！"

"你家中地下必定埋得有窖，把银子窖了！"一个姓齐的说。

"没有，可以挖，试试看。"

"那我们明天就要派人去挖看！"桂生和我同声的吓他。

---

① 芫荽，读作 yān suī，通称香菜。

“可以，可以，……”

其实我们一些小孩子说要明天去挖，无论如何是不会成为事实的，但胡子土财主，说到可以可以时，全身就已打战了。这胡子在同我们谈话的三天以后，象是真怕军队会去挖他窖藏的样子，找到了保人，承认了应缴的五千块钱捐款，就大摇大摆拿了旱烟袋出去了。这胡子象是个坐牢的老手，极其懂得衙门中规矩似的，出去之后，又特送了我们弟兄一百块洋钱。我们没有敢要，到后他又送到军法长处去，说是感谢我们的照料，军法长仍然把钱发下来，各人八块，排长十六，火夫四块，一百元是那么支配的。补充兵第二次的收入，便是当小禁子①得来的八元！对于那胡子，所给我们的钱，这时想来，却对胡子还感到一点愤恨。在当时，因为他有着许多钱，我们全队正要饷，把他押起来，至少在我们十个年青小孩天真的眼光看起来，是一种又自然又合理的事。但胡子却把我们看成真的以靠犯人赏赐的禁子样子，且多少有一点儿以为我们对他不虐待就是为要钱的缘故，这老东西真侮辱了我们了。守犯人是一件可以发财的差使，真不是我们那时所想到的事。并且我们在那时，发财两个字也不是能占据到心中，我们需要玩比需要钱还厉害。或者，正因其为我们缺少那种发财的欲望与技术，所以司令官才把我们派去罢。

牢中一批批大富户渐渐变成小富户了，这于我们却无关。所拘的除了他是疯子吵吵闹闹会不让我们睡觉以外，以后来的纵

---

　　① 禁子，旧时称在牢狱中看守罪犯的人。也叫禁卒。

是一个乞丐，我们也会仍能在同一情形下当着禁子罢。

不久，小富户由三个变成两个，两个而一个，过一日，那仅有的一个也认了罚款出去了。于是我们立时便忽然觉到寂寞起来。习惯了的值夜在牢已空了之后当然无从来继续，大的损失便是大家把吃油炒饭的权利失去了。"来一个哟，来一个哟，"大家各自的在暗中来祈祷，盼望不拘是大富小富，只要来一个在木栅栏里住，油炒饭的利益就可以恢复。

可是犯人终不来，一直无聊无赖过了那阴雨的十月。

天气是看看冷下来了；大家每天去山上玩，随意便捡柴割草，多多少少每一人一天总带了一捆柴草回营盘。这一点我是全不内行。正因了不内行，就也落得了快活。别人所带回的是冬天可以烤火的松香或别的枯枝，我则总是扛了一大束山果，回营来分给凡是我相熟的人。有时折回的是花，则连司令那里，桂生家爹，同他七叔处，差遣棚杨伯伯，传达处，大厨房陈叔，一处一大把，得回许多使我高兴的奖语谢语，一个人夜里在被盖中温习享受。不过在我们刚能用别的事情把我们充禁子无从得的怅惘拭去时，新的犯人却来了。

我记到我是同一个姓胡的在一株大的楠木树上玩，桂生同另一个远远走来，"呀，"他大声嚷着，"来了来了，我才看到押了五个往司令部去！"从楠木上溜下来就一同跑回去看。桂生家七叔正在审讯。

"预备呀！"我是一见到那墙角三块为柴火熏黑的砖，就想起今晚上的油炒饭。

因为看审案是一件顶无趣味的事，于是，我们几个先回了营的人，便各坐在自己铺上等候犯人的下来。

"今天是应轮到我!"对于这有趣的勤务大家都愿意来担负。

夜里是居然有了五个犯人。新的热闹,是给了我们如何的欢喜啊!我记得这夜是十个人全没有睡觉,玩了一个通宵,象庆祝既失的地盘重复夺还的样子,大家一杯又一杯的喝着。楼上桂生的七叔喊了又喊"大家是要睡",在每一次楼上有了慈爱的温和的教训后,大家又即刻把声音抑下来。但谁都不能去睡!我们又相互轮到谈笑话,又挑对子两个人来练习打架。兴还未尽,天就发白了,接着,祠堂门前卫兵棚的号兵,也在吹起床喇叭了。

五个犯人之中就有二哥在。到两天以后,我们十个人便全同二哥要起好来了。知道是二哥之所以坐牢不是为捐款,是为了仇家的陷害,不久便可以昭雪以后,便觉得二哥真是一个好人,而且这样的好人,是比桂生家七叔辈还要好。大致二哥之善于说话,也是其所以引起我们同情的一种罢。他告我们,是离此不到二十里的石门寨上人,有妈没有父亲。这仇家是从远祖上为了一个女人结起的,这女人就是二哥的祖母,因为是祖母在先原许了仇家,到后毁约时打了一趟堡子,两边死了许多子侄,仇就是那么结下。以后,那一边受了他们祖宗的遗训,总不忘记当年毁约的耻辱,二哥家父亲就有过两次被贼攀赃污盗,虽到后终得昭雪,昭雪后不久也就病死了。二哥这次入监,也已经是第二次,他说是第一次在黔军军法处只差一分一秒险见就被绑了哩。

问他:"那你怎不求军队或衙门伸冤反坐?"

他说:"仇家势力大,并且军队是这个去了那个来,也是枉然。"又问他:"那就何不迁到县里去住?"

说是："想也是那么想，可是所有田坡全是在乡里，又非自己照料不可。"

"那你就只可听命于天了！"

他却轻轻的对我说："除非是将来到军队里做事，也象你们的样子。"

二哥是想到做一个兵，来免除他那不可抵抗的随时可生的危险的。但二哥此时却还正是一个犯人。怎么有法子就可以来当兵？他说的话桂生也曾听到，桂生答应待他无事出狱后，就为他到他爹处去说情。

因为是同二哥相好，我们每夜的宵夜总也为他留下一份。他只能喝一杯酒。他从木窟窿里伸出头来，我们就喂他菜喂他酒，其实他手是可以自己拿的，但是这样办来，两边便都觉得有趣。象是不好意思多吃我们的样子，吃了几筷子，头便团鱼样缩进去了，"二哥，还多咧，不必客气吧，"于是又不客气的把头伸出来。在宵夜过后，二哥就为我们说在乡下打野猪以及用药箭射老虎的一些事。有时不同他说话他仍然也是睡不下去，或者，想到家中的妈吧。在我们还没有同二哥很熟时，二哥的妈就来过一次。一个五十多岁的高大乡下人，穿蓝色衣服，在窟窿边同二哥谈了一些话，抹着眼泪就去了。问二哥才知道那就是他妈，知道这边并无大危险，所以回家去照料山坡去了。他妈第二次来时，我们围拢去同她说话，才看出这妇人竟与二哥一个模样，都是鼻梁骨高得极其合式，眉毛微向上略飞，大脚大手，虽然是乡下人样子，却不粗卤。这次来时为二哥背了一背笼红薯，一大口袋板栗，二哥告她在此是全得几个副爷^①相看护，这一来却把老太太感动了。一个一个的作揖。又用母亲样的眼光来觑我们，且说自己把事做错了，早知道，应当要庄上人挑一担红薯来给大家夜里无事烧起吃。最后这老太太便强把特为她儿子带来的一袋栗子全给了我们，背起空背笼走了。其实她纵不把我们，二哥的东西，我们是仍然要大家不分彼此的让着来吃的。

不知道是怎么样的缘故，每次要桂生去他七叔处打听二哥的案件，总说是还有所候，危险虽没有，也得察明才开释。

既然是全无危险，二哥也象没有什么不愿意久住的道理了。我们可没有替别人想，当到大家都去山上打雀儿时，一个人住在这栅栏子里是怎样寂寞。照我们几个人的意思，二哥就是那样住下来，也没有什么不好。若果真是二哥一日开释，回了家乡，我们的寂寞，真是不可受的寂寞呀！

有一天，不知姓齐的那猴子到什么地方抢来一个竹管子，这管子我们是在故乡时就见到过的。管子一共是七个眼，同箫样，不过大小只能同一枝夺金标羊毫笔相比。在故乡吃了晚饭后，大街上就常有那类四十来岁的中年男子汉，腰带上插了许多大大小小的东西，一面走一面把手中的管子来吹起，声音呜呜喇喇，比唢呐还要脆，价值大概是两个铜子一枚，可是学会吹的总得花上一些儿工夫。桂生见到那管子了，抢过来吹，却作怪不叫。我拿过来也一样的不服我管理。

---

①旧时用以诙称士兵。

"我来，我来！"二哥听到外面吵着笑着，伸出头来见了说。

"送二哥试来吹吹！"桂生又从我手里抢过去。呵，栅栏里，忽然呜呜喇喇起来了。大家都没有能说话。各人把口张得许多大，静静的来听。不一会，楼上也知道了，一个胡子书记官从栏杆上用竹篾编好黄连纸糊就的窗口上露出个头来，大声问是谁吹这样动人的东西！大家争着告他是犯人。二哥听到有人问，却悄悄的把管子递出来了。桂生接过拿上楼去给那胡子看，下来时高兴的说七叔告二哥再吹几个曲子吧。二哥是仍然吹起来，变了许多花样，竟象比大街上那卖管子的苗老庚还吹得动人。楼上的师爷同楼下的副爷，就呆子样听二哥吹了一个下午。

到明天，又借得一枝箫来要二哥试吹，还是一样的好听。

待到大家听饱了以后，就勒着要二哥为指点，大家争到来学习，不过，学到两三天，又觉到厌烦放下了。可是我因此就知道了吹箫的诀窍，不拘一枝什么箫，到我手上时，我总有法子使它出声了。这全是得二哥传的法。二哥还告我们他家中是各样乐器都有的，琵琶，筝，箫，笛子，只缺少一个笙。在乡中，笙是见也无从见到的，但他预备将来托上常德卖油的人去带，说是慢慢的自己来照了书去学。

音乐的天禀，在二哥，真是异样的。各样的乐器，他说都是从人家办红白喜事学来的。一个屈折颇多的新曲，听一遍至两遍也总可熟习，再自己练习一会，吹出来便翻了许多更动人的声音了。单凭了耳朵，长的复杂的曲子也学会了许多。自己且会用管子吹高腔，摹仿人的哼着的调子。又可以摹仿喇叭。军歌也异常熟习。本来一个管子最多总不会吹出二十个高低音符的，但二哥却象能把这些三个或四个音揉碎捏成一个比原来的更壮大，又象把一个音分成两个也颇自然的。

象是有了规则的样子，虽然上头也同我们一样的明知二哥的案子全是被贼匪所诬赖，仇家买合的匪是把头砍下了，但平安无事的二哥，仍然还得花上一百元名为乐捐的罚款，才能出门。真是无聊呵，象才嫁了女的家中，当二哥出去以后！

二哥是在吃了早饭时候出去，到夜里，又特意换了一件干净衣服，剃了一回发，来到我们棚里看我们的。不过这时我却出了门。二哥便同桂生谈笑了一阵。桂生为他打了半斤酒，买来一些卤牛肉，说是"还刚被一个人扯到喝了一顿呢"，但也勉强同桂生喝了一小茶盅酒。他又要桂生为他去试问问营里，若是不为什么资格所限的话，是愿意自己出钱买一枝枪来同我们做补充兵的。桂生同其他几个同声说，果若二哥能来到营里，班长的位置是非二哥来做不可的。我们正少一个班长哩。到我回营时，二哥却已返到一个亲戚家去了。

因为是记到二哥说的明日便当返石门寨去看看妈，过几天稍稍把家事清理一下就又返身来候信，所以虽然是一对着栅栏便念着象嫁去的二哥，但总料想第二次见到二哥时，我们便要更其放肆的来一同喝酒说笑了。我是因了二哥允许我的一枝箫，便更觉念念，恐怕是二哥来了后一时不能入营，就时时刻刻催到桂生到他爹处去撒赖。桂生七叔是也知道二哥的为人的，经他帮到一说，事情便妥帖了。只等二哥从石门寨回来，枪不必自己买，桂生家七叔就做了保人补上一个名字。

至少是当时的我，异样的在一种又欢欣又不安的期待中待着二哥的！我知道时间是快要下雪了。一到雪后，我们就可以去试行二哥所告我们的那种法术，用鸟枪灌了细豆子去打斑鸠。

桂生的爹处那两匹狗，也将同我们一样高兴，由二哥领队，大家去追赶那雪里的黄山羊！若是追赶的是野猪，我们爬到大树上去，看二哥用耳巴子宽的矛子去刺野猪，那又是如何动人的一幕戏同一张画！

　　一天，两天，……二哥终于不见来。到第四天，桂生从他七叔处得来一个坏消息，二哥的妈在二哥出牢第三天，就有一个禀帖说是儿子正预备着一切，要来当个兵，夜里几个脸上抹了烟子的人，把儿子从家中拖出去跑了……第二个禀帖便是说已在坳上为人发现了儿子的尸体，头和手脚却已被人用刀解了下来束成在一处，挂在一株桐子树上，显然是仇杀，只要求为儿子伸冤。桂生说完，大家全哭了。若是二哥还是坐在监牢里，总不至于这样吧。这不消说是仇家见到二哥这次又没有被军队认做匪，自己的陷害不成功，眼看到二哥是仍然平平安安回到家里来；并且二哥行将来营里当兵的消息，总又是那位爽直的老太太透露了出去，所以仇家就出了这样一个毒计策，买人把二哥害了。

　　……箫是不必学了！我们那一棚的班长也只好让他那样缺着下去了！桂生呵，要你爹把那两匹狗打了吃掉吧！没有二哥，山羊是赶不成了！桂生听着我的伤心的话语，一面抹着眼泪，一面爬到凳子上头去，把墙头上悬着那一大捆带壳的细绿豆，取下来掷到地上后，用脚蹂的满地是豆子。

　　"要这东西是有什么用处？将来谁再打斑鸠就是狗养的！……"

　　这夜对着空的监牢，我们才感到以前未曾经过的大的空虚。

同样的心情，就是二姊死了，让尸身塞到棺木里，眼见为几个肮脏伕子抬去后那样的欲哭不能的到堂屋里去烧夜香时候！

在快要过年那几天，我们是正用生的棕布包了脚，在那没膝的厚雪里走动，开差到麻阳县去的。在路上，见到那白雪上山狸子的一串脚印，经我悄悄的指点给桂生，不久大家都见到了。大家都会意。因为这样小小的印子，引起了我们对二哥的怀念，又无一个人敢提出关于二哥的话语，觉得都很惨戚。山狸子的脚迹是在雪消后就会失去的，二哥却在我们十个人心上，留下一个不容易为时间拭去的深深的影子。

到近来，使我想起死的朋友们而辄觉惘然的，是已有了差不多近十个，二哥算是我最初一个好朋友。还是能吃能喝活着的当年那九个副爷们，虽然是活的方法同趣味也许比往日要长进了许多，象桂生同小齐，是在前年见着时就已经穿了上尉制服的，不过，我们的当年那种天真的稚气，却如同二哥一样早已死去成灰了。想大家再一同来酒呀肉呀你一杯我一杯的不客气的兄弟样吃喝，是一件比做皇帝还要难的事。就是真实的过去，也成了梦幻似的传奇似的事情，在此时要去当兵的年青人，谅亦无从去找到那同样浪漫不羁的生活教训了。

死不甘心生又不能的吉弟，在无可奈何中往东北陆军第二旅当兵去了。送他去时，见到他眼泪婆娑的一个人进那二旅司令部，回头在车子上，我想到我在比他还幼小的年龄出门入伍的情形，又想到不期望在我如今居然却来改了业，而改业后仍然还不能忘情于过去，心里忽然酸楚起来，泪便堕在大褂前襟上面了。吉弟呵，勇敢一点吧。这里的军中不比家庭，官佐上司不是父母，同队弟兄也与我们朋友是异样，这一次我希望是我最后见到你的小孩子的眼泪，以后你就能把眼泪收拾起来，学做一个大人！我是象你这样十七岁的年纪时，便已管理十个比我还大的人，充班长每日训练别人了。你当随时小心又小心，莫让人拿你来做整理军纪的证明。凡事都得耐烦去做，忍了痛对你生活去努力。你应当用力量固执着你的希望向前去奋斗，到力尽气竭为止。你当认清你生活周围的敌人：时时想打仗的军阀？不是的！穿红绿衣裳用颜料修饰眼眉的女人么？不是的！在不合理的社会制度下养成的一切权威，就是你的敌人！在两样的命运下，我是希望你没有为枪呀炮呀打死，侥幸能活下找得出对于这世界施以一种酷刻的报复的。在生活的侮辱下糟踏，与其每天每天去尽了全力与柴米油盐来打仗，结果胜负还是未可知，不如走这士大夫所不齿的一条路，还是于你我都适宜。一切的站到幸运上的人，周围的事实是已把他们思想铸定成为了那样懦怯与自私，他们哪能知道一个年青的人在正好接受智慧的时候为生活压下而继续死去是普遍的事实？他们哪能知道他自己以外的还有生活的苦战？那类口诵着陈旧的格言说是"好男不当兵"的圆脸凸肚绅士们，我是常常的梦到我正穿起灰衣在大街上见一个就是一个耳刮的。这可笑的梦我竟常常的要做。呵，小的弟弟，那类绅士的教训，若是在你心中居然生了足以使你自惭的坏影响，真是不应该！目下，在此几个穷苦朋友们，还梦着呓语着，要在艺术上建设什么，找寻什么，在追求中却为了饥饿而僵仆，让冬天的寒风在头上代表人类做冷峭的狞笑。这样的结果一无所得、包着苦恼死去的朋友们，这里那里全是。从这种悲剧的连续中，已给了我们颇大的真而善的教训了。当兵，便是我们这类人从梦中找不到满足复仇的一条大路！虽然这并不是一条平坦的路，但比之于类乎"秀才造反"的途径，已是异样的清楚了。吉弟，好好的对着新的生活努力罢。你好好的学一个大人，不要时时眼泪婆娑，不要如我六弟那样莽，我同你村哥也就可以放心了。我们是在同一命运下竭着力量来同生活抗拒的人，看了为可怕的时间所捏碎我们的天真与青春，真是只有抚着脸儿来痛哭。但是，向渺茫的那一点儿光明去看吧。过去的是已经成为过去了。好好的运用着未来也不为迟！得你来信，说是除了带皮帽子大家骤然相对时要不禁微笑外一切都还好过，你不会知道我在接到你这信以后是怎样在喜悦与惆怅中眷念着我过去的自己！恐怕你仍然免不了初离开我们的寂寞，我才来写这一篇我的入伍生活，愿你有好的朋友，也能如我当时，只是不要到了我这样年纪时，却来改了业，写当年的一切给你小的朋友看！

一九二六年六月

我的小学教育

一木傀儡戏

二月八，土地菩萨生日①，街头街尾，有得是戏！土地堂前头，只要剩下来约两丈宽窄的空地，闹台就可以打起来了。这类木傀儡戏，与其说是为娱乐土地一对老夫妇，不如说是为逗全街的孩子欢心为合式。别的功果，譬如说，单是用胡椒面也得三十斤的打大醮②，捐钱时，大多都是论家中贫富为多少的；惟有土地戏，却由募捐首士清查你家小孩子多少。象我们家有五个姊妹的，虽然明知到并不会比对门张家多谷多米，但是钱，总捐得格外多。不捐，那是不行的。小孩子看戏不看戏可不问。但若是你家中孩子比别人两倍多，出捐太少，在自己良心上说来，也不好意思。

戏虽在普通一般人家吃过早饭后才开场，很早很早，那个地方就会已为不知谁个打扫得干干净净了。惟有"土地堂前猪屎多"，在平时，猪之类，爱在土地堂前卸脱它的粪便，几乎是

———————

① 目前，国内大多数地区以农历二月初二为土地菩萨生日。

② 打醮，道士设坛念经做法事。

成了通例的，唱戏日，大家临时就懂了公德心，知道妨碍了看戏是大家所抱怨的，于是，这一天，就把猪关禁起来了。你若高兴，早早的站在自己门前，总可以见到戏箱子过去，押箱子的我们不要问就可以知道是"管班"。每一口箱子由两个挑水的人抬着，箱子上有各样好看的金红漆花，有钉子，有金纸剪就"黄金万两"连连牵牵的吉利字，一把大牛尾锁把一些木头人物关闭着。呵，想象到那些花脸，旦角，尤其是爱做笑样子的小丑，鼻子上一片白粉豆腐干似的贴着，短短的胡子，……而它们，这时是一起睡在那一只大木箱子里，将要做些什么？真可念！我们又可以看到一批年老的伯娘婆婆，搬了凳子，预先去占坐位的。做生意的，如象本街光和的米豆腐担子，包娘的酸萝卜篮子，也颇早的就去把地盘找就了。

饭吃了，一十六个大字，照例的每日功课，在一种毫不用心随随便便的举动下，用淡淡的墨水描到一张老连纸上后，所候的就是"过午"那三十枚制钱了。关于钱的用处，那是预先就得支配的。所有花费账单大致如下：

面（或饺子）一碗，十二文。

甘蔗一节，三文。

酸萝卜（或蒜苗），五文。

四喜的凉糕，四文。

老强母亲的膏粱甜酒，三文。

余三文作临时费。

凉糕，同膏粱甜酒，母亲于出门时，总有三次以上嘱咐不得买吃的，但倘若是并无其他相当代替东西时，这两样，仍然是不忍放弃的。有时可以把甘蔗钱移来买三颗大李子，吃了西瓜则不吃凉糕。倘若是剩钱，那又怎么办？钱一多，那就只好拿来放到那类投机事业上去碰了！向抽签的去抽糖罗汉，有时运气好，也得颇大的糖土地。又可以直接去换钱，去同人赌骰子，掷"三子侯"。钱用完时，人倦了，纵然戏正有趣，回家也是时候了。遇到看戏日，是日家中为敬土地的缘故，菜必格外丰富。"土地怎不每月有一个生日呢？"用一种奇怪的眼睛瞅着桌上陈列的白煮母鸡，问妈，妈却无反应。待到白煮鸡只剩下些脚掌肋巴骨时，戏台边又见到嘴边还抹油的我们了。

在镇筸，一个石头镶嵌就的圆城圈子里住下来的人，是苗人占三分之一，外来迁入汉人占三分之二混合居住的。虽然多数苗子还住在城外，但风俗，性质，是几乎可以说已彼此同锡与铅样，融合成一锅后，彼此都同化了。时间是一世纪以上，因此，近来有一类人，就是那类说来俨然象骂人似的，所谓"杂种"，就很多很多。起初由总兵营一带，或更近贵州一带苗乡进到城中的，我们当然可以从他走路的步法上也看得出这是"老庚"，纵然就把衣服全换。但要一个人，说出近来如吴家杨家这两族人究竟是属于哪一边，这是不容易也是不可能的！若果"苗女儿都特别美"，这一个例可以通过，我们就只好说凡是吴家杨家女儿美的就是苗人了。但这不消说是一个笑话。或者他们两家人，自己就无从认识他的祖宗。苗人们勇敢，好斗，朴质的行为，到近来乃形成了本地少年人一种普遍的德性。关于打架，少年人秉承了这种德性。每一天每一个晚间，除开落雨，每一条街上，都可以见到若干不上十二岁的小孩，徒手或执械，在街中心相殴相扑。这是实地练习，这是一种预备，一种为本街孩子光荣的预备！全街小孩子，恐怕是除非生了病，不在场的怕是无一个罢。他们把队伍分成两组，各由一较大的，较挨得起打的，头上有了成绩在孩子队中出过风头的，一个人在别处打了架回来为本街挣了面子的，领率统辖。统辖的称为官，在前清，这人是道台，是游击，到革命以后，城中有了团长旅长，于是他们衔头也随到改变了。我曾做过七回都督，六弟则做过民政长。都督的义务是为兄弟伙凑钱备打架的南竹片；利益，则行动不怕别人欺侮，到处看戏有人护卫而已。

晚上，大家无事，正好集合到衙门口坪坝上一类较宽敞地方，练习打筋斗，拿顶，倒转手来走路。或者，把由自己刮削得光生生的南竹片子拿在手上，选对子出来，学苗子打堡子时那样拼命。命固不必拼，但，互相攻击，除开头脸，心窝，"麻雀"，只在一些死肉上打下，可以炼磨成一个挨得起打的英雄好汉，那是事实罢。不愿用家伙的，所谓"文劲"，仍可以由都督，选出两队相等的小傻子来，把手拉斜抱了别个的身，垂下屁股，互相扭缠，同一条蛇样，到某一个先跌到地上时为止，又再换人。此类比赛，范围有限，所以大家就把手牵成一个大圈儿，让两人在圈中来玩。都督一声吆喝，两个牛劲就使出了。倒下而不愿再起的，算是败了。败者为胜利的作一个揖，表示投降，另一场便又可以起头。也有那类英雄，用腰带绑其一手，以一手同人来斗的，也有两人与一人斗的。总之，此种练习，以起疱为止，流血也不过凶，不然，胜利者也觉没趣，因为没一个同街的啼哭回家，则胜利者的光荣，早已全失去了。

这一街与另一街必得成仇，不然，孩子们便找不出实际显示功夫的一天！遇到某街某弄，土地戏开场，他们就有得是乐了。先日相约下来，做个预备。行使通知的归都督，由都督下令团长去各家报告。各人自预备下应用的军器，这真是少不得的一件东西！固然，正式冲锋上，有由各方首领各选人才，出面单独角力用不着军器的时候，但，终少不了！少了军器，到说"各亮器械宽阔处去"时，恐怕气概就老不老早先馁下了。或是短短木棒，或是家中晒棉纱用的小竹筒，都可以。最好最正式的军器是"南竹块"。这东西，由一个小孩子打到另一小孩子身上时，任怎样有力，也不会大伤。且拿南竹片可以藏到袖中，孩子们学藤牌时，又可以充砍刀用，所以家中也不会禁止。缺少军器的可以到都督处去领取两枚小钱，到钱纸铺去，自己任意挑眩竹片在钱纸铺中，除了夹纸已成了废物，也幸有了这样一种销路，不然，会只有当柴烧了。

团长通知话语，大约如下：

"据探子报：△月△日，△△街，唱土地戏△天，兄弟们应各备器械，前往台边占据地盘。奋勇当先，各自为战，莫为本街出丑，是所望于大家！"

此出于侵略一方面，能具侵略胆量者，至少总有几位脚色，且有联络或征服其他团体三个以上的力量才敢正式宣布，不然，戏纵要看，也只好悄悄的，老老实实的，站在远远的地方观望罢了。戏属本街呢，传话当为"△月△日，本街＃段唱木人头戏，热闹非凡，凡我弟兄，俱应于闹台锣鼓打过以前，执械戎装到场，把守台边。莫为别地痞子欺侮，致令权利失去！其军械不齐又不先来都督处领取款子的。罚如律。"关于赏罚律，抄数则例示：

见敌远走者，罚钱一文。

被打起疱不哭哼者，赏钱一文。

在别处被二人以上围打不伤者，赏钱二文。

被人骂娘二句挑战不敢动手者，罚钱二文。

不是说到这一群小宝贝预约下来的事情么？在戏场开锣以前，空头唢呐还呜呜的吹时，本街的孩子们，三个五个，满面光辉，如生日是属于自己一样，吃得肚子饱饱的，迎上前去，就把戏台包围了。所谓台，可不是玩意儿，冠冕堂皇，真了不得呀。十多根如同臂膊大小的木杆竹竿，横七竖八的在一些麻绳子的束缚下绑好后，（远看正如一个立方体的灯笼架子，）接着是用破破烂烂灰布青布帐篷一类套上去，照此一来，太阳可以不会再晒到鼓起嘴巴吹唢呐的老老秃顶了，一些木头傀儡也就很安静于一方阴影下老老实实休息着了。布篷套上后，已不再象灯笼架子，到后又得那类庙中用的幔子把打锣鼓一班人分隔到内房去，于是远远的看来，俨然也成了一个戏台模样。

把闹台过后，不久就是为某乡约，某保证，或是某老太太打加官①的一套把戏。这真讨厌！在大戏台上，见到一个戴了面具，穿了红衣，随到"铛铛庆铛铛"的一起一落的步法走着，好久好久又才拿起那"加官赐福"或"一品当朝"的红布片子洒开一抖，已够腻人了，如今却由一个木头人再套上一个面具，也亏下面那个舞的人好意思！另一个人口中喊着为某老太太的

① 揎，读作 xuān，用手推。

加官呀，我们回过头去，只要选那人众中脸儿象猫的，必定就是她。她是快活极了，却不知我们都为她羞。不过，这加官打到自己家中的外祖母头上时，那便又当别论了，因为是这么一来，过午的钱，将因外祖母的高兴，把我们吃早饭时所预约下来的用费增加了。

有一类声音，是未经锣鼓敲打以前，就能听到的，就象：挲挲，你妈又怎不来！婆婆，又怎不把你的外孙也带来！代狗，这里要买盐葵花子！嫂嫂，这里有张空凳！……

有一类声音，是锣鼓敲打以后，平息下来，歇了中台，始能听到的，就象：老肥，米豆腐三碗，热的，多辣子！面客，饺子多作醋！卖糕的，我不要这样的！……

到歇晚台时，一切声音就都为拖曳板凳的吱吱格格声音吞噬了。也有不少小孩子尖锐的呼声，突出此一片嘈杂的音海，但终于抑下了，深深的陷到这类烂泥样的吵嚷中了，全场板凳移动声象一批顶小的顶坏的边响炮仗往你耳边炸。

到末了，剩下三五个顽皮的不知足的小孩子，用一种研究态度，把手指头塞到口里去，权当丁丁糖吮着，很殷勤的看到戏子们把一个一个木傀儡安置到大箱中去，又看到戏台的皮剥去后，依然恢复那灯笼架子的神气，又看到小叫化子，徘徊于灰色葵花子壳中找寻他不意中的幸运，好象一枚当十铜元，一条手巾，一个仅只咬去一半的甜梨。

唱戏人，在布围子里地下走动着，把木傀儡从暗中伸举起来，至齐傀儡膝部自己手掌为度，若在台边看戏，利益就太多了。在台边，则一面可以看戏，一面还可见到那个唱戏的人，手中耍着木头人，口上哼哼唧唧，且极其可笑的做出俨乎其然的神气，走着戏上人物的步法。一个场面上是旦脚，如象夺阿斗的糜夫人，则耍木头人的那一位，脚步也扭扭捏捏，走动时也正同一个小脚女人样，真可笑极了。揎开布篷，便又可以见到那打锣的，在空闲时把塞到耳朵边正燃着纸煤子吸烟，吹唢呐的，嘴巴胀鼓鼓的，同含了什么两枚核桃之类，又正如杀猪志成吹猪脚那一种派头[①]。台边前，不怕太阳晒，也是一个舒服处。还有一件顶讨便宜的事，就是随意去扳动那些脑后一颗钉挂在绳子上休息的傀儡时，戏子见到也从不呵叱！因为这中还有一个规矩，这规矩是戏在哪一街演唱时，则那一街的孩子，在大人们许可的法律中，成了戏台周围唯一的霸有者了。在霸有者所享有的权利有如此其多，当然给了其小孩若干强烈的诱惑。帝国主义者之侵略，既无从去禁止另一街为这诱惑已弄得心痒痒的之强项君子，因此一来，保护主权与野心家的战争，便随时都可以发生了。

败了，大家无声无息的退下，把救兵搬来时，又用力夺回。或保留此仇，待他日报复。胜了，所谓野心家，怀了失败的羞耻，也不再看别人街上唱的戏，都督带领弟兄，垂头丧气回家去，这耻辱也保留下来，等另一机会去了。为竞争存活起见，这之间用得着临时联邦政策。毗邻一街，若无深仇，则可合力排除强权，成功后，把帝国主义者打倒后，则让出戏台前地位三分之一来作携手御外侮的报酬。也有本街孩子极少，犹能抵抗外来之人侵略主权的，此则全赖本街中之大孩子。此类大孩

---

① 杀猪匠志成的事见《屠桌边》。

子，当年亦必曾作统领，有名于全城，一切孩子们所敬服，又能持中不偏，才足以济。大孩子初不必帮同作战，或用别的力来相助，所要的是公理的执行。遇他方的孩子，行使侵略，来占戏台，本街小孩子诉苦于大孩子时，大孩子即作主人，再找一二好事喜斗之徒，为执行评证，使两街孩子，到离戏场较远，不致扰乱唱戏的空地方去，排队成列，各择一人，出面来殴扑，不准哭，不准喊，不准用铁器伤人，不准从旁帮忙。跌下的，若有力再战，仍可起身作第二次比赛。第一对胜败分明后，又选第二对，第三第四继其后，以尽本街小孩子为止。到后，总评其胜负。若本街实不敌，则让戏台之一面或两面，作媾和割地议；若胜，则对方虽人多，亦不必退缩。因较大之公证人在旁，败者亦只好携手跑去，再不好意思看戏了。要报仇么？下次有得是机会，横顺土地戏是这里那里直要唱二个月以上的，并且土地戏以外也不是无时间。

在打架时，是会要影响到戏的演奏么？我才说到，那请放心，决不会到那样！他们约下来，在解决以前，是不能靠近目的地的。人人都是那样文明，混战独战总得到大田坪里，或有沙土地方去。大坪坝空阔，平顺，免得误打别的老实小孩们，敌不过而又不甘认败的，且可以在田坪中小跑，如鸡溜头时一样。至于沙子地方，则纵跌猛的摔倒时，不至把身子跌伤，且衣服脏了也容易干净。也不知是有意还是自然哩，在城中，一块大坪，沙子软软的同棉絮样的地方，就很多！不论他是如何，孩子们，会选地方打架，那是用不着夸张也用不着隐饰的了。

不光是看戏。正月，到小教场去看迎春；三月间，去到城头放风筝；五月，看划船；六月，上山捉蛐蛐，下河洗澡；七月，烧包；八月，看月；九月，登高；十月，打陀螺；十二月，初三牲盘子上庙敬神；平常日子，上学，买菜，请客，送丧，你若是一个人，又不同你妈，又不同你爸，你又是结下了许多仇的一个人，那真危险！你一出街头，就得准备。起疱是最小的礼物，你至少应准备接受比起疱分量还重一点的东西。闪不知，一个人会从你身边擦过去，那个手拐子，凶凶的，一下就会撞你倒地做个饿狗抢屎的姿势！来撞你的总不止一人。他们无非也是上学，买菜，一类家中职务。他若是一人，明知不是你对手，远远的他见你来，早拔脚跑了。但可以欺的，他总不会轻轻放过。他们都是为人欺苦够了的人，时时想到报复，想到把自己仇人踹到泥里头去。对仇人，没有可报复的方法时，则到处找更其怯弱的人来出气。他们见了你时，有意无意的，走过你的身边，装装自己爸爸夜里吃多了酒的醉模样，口中哼哼唧唧，把手撑到腰间，故意将拐子作了力来触撞你软地方。撞了你后，且胡胡的用鼻子说着，"怎么，撞人呀！"不理是为一个不愿眼前吃亏的上策。忍不住时，抬起头去，两人目光一相接，那他便更其调皮起来！他将对你不客气的笑，这笑中，你可以省得他所有的轻蔑来。或者，他更近一步，拢到你身边来，扬起捏着的拳，恐吓似的很快的轻轻落到你背上。你不做声，还是低了头在走，那第二步的撩逗又出来了。他将把脚步拖缓下来，待你刚要走近他身边时，笑笑的脸相，充满难堪的恶意，故意若才见到你的神气："喔，我道是谁呀！若高兴打架，就请把篮子放下罢。"这只能心里说打架是不高兴的事。虽然在另一个地方，你明知这人是不敢多事的，但如今是到了他的大门左右，一声喊，帮忙的来打狗扑羊的不知就有许多，所以"狗仗屋前"的他，便分外威风起来了。挑战的话大致不外后五种：录下以见一斑。

1 肏他妈，谁爱打架就来呀！

2 卖屁股的，慢走一点，大家上笔架城去！

3 哪个是大脚色，我卵也不信，今天试试！

4 大家来看！这里来一个小鬼！

5 小旦脚，小旦脚，听不真么，我是说你呀！

骂，让他点罢，眼前亏好汉是不吃的。你一回嘴，情形准糟。欺凌过路人，这是多数方面一种固有权利，这权利也正如官家拦路抽税样：同是不合理，同是被刻薄，而又应当忍受之事；不然，也许损失还大。并且，此事在你自己，或者先时于你街上，就已把这税收得，这时不过是退一笔不要利息的借款罢了。

关于两街中也有这么一条，"不欺单身上学孩子"，但这义务，这国际公德，也看都督的脚色而定，若都督不行，那是无从勒弟兄们遵守的。

木傀儡戏中常有两个小丑，用头相碰，揉做一团的戏，因此，孩子们争斗中，也有了一派，专用头同人相碰。但这一派属于硬劲一流，胜利的仍然有同样的吃亏，所以人数总不多，到后来，简直就把这门战略勾除了。

一九二六年八月十日作完。北京

岚生同岚生太太

　　岚生先生在财政部是一个二等书记，比他小一点的还有三等书记，大一点的则有……人太多了。许是因为职位的缘故，常常对上司行礼吧，又并不生病，腰也常是弯的。但这些属于做官的事，不值得来用多少话语形容。横顺这时节，大家对于某种人的描写，正感到厌烦，或者会疑心是故意在纸上刻薄了他，小书记从职务上得来的残疾不说它还是好的。我们要知道他，明白他是一个写得一笔好字，能干勤快的书记，很受过前任总务厅长的褒奖，此外，他是一个每月到会计处领三十四块钱薪水的书记，就得了。

　　官印原是一个"岳"字，所以台甫用岚生二字，即"岳可生岚"之意，这是从名号上面，即可以见出他人是受过教育的。但在财政部去找姓牛名岳的，那是白费事。财政部职员录中，并无牛岚生其人。从书记到科长，科长到厅长，厅长回头又数下来，一直到传达处的听差，把牛岳或牛岚生问谁，谁也不知道。你到各处去问岚生先生时，我想这只能使你增加些新见识，可以看出部里官位之多，人名字的奇怪，至于岚生先生，在部里却改了一个俏皮的又吉利的名字，是牛其飞。至于这名字是否是从"飞黄腾达"或《聊斋》上《牛飞》一章取来，可就无从考究了。岚生先生在部里职员录中，既写得是牛其飞，又象有意把台甫也隐瞒了去，同事中喊"其飞""其飞"总觉似乎拗着口，于是，刻薄一点的，就慷慨地为他取了一个诨名。这诨名我是不很清楚的，大致总与他姓和身体上的异样粘了点儿关系。这能怪谁？谁叫他那么胖又姓上这样一个不好听的姓？不过我知道，当到他面前喊叫他诨名的仍然是很少。这是得力于自己的体魄。从自己巍峨上生出威严，在岚生先生，原是于太太一方面，已就得到好些例外权利了。

冬月来，天气格外好，镇天大晴，有暖暖和和的太阳，且无风，马路上沙子也很少。岚生先生每天十二点欠三十分的时候从财政部办公室，回到西二牌楼馒头胡同住处，陪太太吃饭。走路的回数总比坐车的回数多些。并不是图省俭。人家并无怎样别的值得匆忙的事情，原就乐于把这三十分钟，花到这一段不到两里的马路上去的。弃了车子来走路，这一来，便宜是异样明白的：一则太阳晒到背膛心，舒服得比烤火还好过，一则是自己不愿意在十二点以前到家。若果真十二点以前就到家，由太太派下来的差事，必多到一倍。这些差事，慢一点到家，我们的岚生先生就可免掉了。果真坐车子比自己走路还要慢，岚生先生是极其愿意坐车回去的。"又不是调兵搬将，赶考充军，要这样到大热闹路上忙个什么？"因为自己想逃避差事，凡是见到车子在路上跑得快的，岚生先生就觉得这真无聊。奇怪的是财政部门前搁下来的车辆，你纵明明白白看到他是一个跛子，一遇到拉起部中级别稍高的办事人员，总也是比别人还要快，因此，岚生先生就更其不高兴坐车了。从部里到馒头胡同的一段路，是由粑粑胡同过里脊房，向东，再折而南，出里脊房南口，又向东，进萝卜胡同，又出，一转弯，就到岚生家公馆了。

岚生先生，就是照到我所开的路线，经久不变，那么走到公馆的。有时换由墨水胡同，那就较远一点。较远一点则可以多耽搁些时间，也是岚生先生所愿意的事。且墨水胡同有一个"闺范女子中学"，除了星期不算，每一天岚生下办公室时，若从墨水胡同过身，则总可以看到许多从闺范中学返家吃中饭的女孩子。这中学虽标名是"闺范"，但如今时行的剪发的事情，象并不和学校名称相抵触，所以看普通女子外，还可以看头象返俗尼姑样的女人，因这样，岚生先生从远道走的日子，次数又象比捷径还要多了。看女人本象是不大好事情，只要看得斯文，看得老实，不逗人厌，那是正如同欣赏一件艺术品样子，至少比那类不会爱人的爱情，还要正派得多的。岚生先生的看法，也可归入这一流。他觉得女人都好看，尤其是把头发剪去后从后面看去，十分有趣。因为是每日要温习这许多头，日子一久，闺范女子中学一些学生的头，差不多完全记熟放在心里了。向侧面，三七分的，平剪的，卷鬈的，起螺旋形的，即或是在冥想时也能记出。且可以从某一种头发式样，记起这人的脸相来。但岚生先生对这类事，却并不是象世间上许多傻子一样，就俨然油了脸说是在爱着。岚生先生不拘在何种情形中，爱自己太太总比之爱别人还过分的。且象对于自己太太过于满意，竟匀不出剩余爱情再给别人了。他想着，如果自己太太也肯把发剪了去，凡是一切同太太接近的时候，会更要觉得太太年青美好，那是无疑的。但曾用别的方法试探过太太意见，太太却不反对也不赞成：不赞成，使岚生先生不敢一时将希望提出来；不反对，却给了岚生先生一点非去温习闺范中学的女子头发不可的工作了。

岚生，岚生太太，就是这么两个人，组成一个小家庭的。照岚生先生的主张，凡是家庭，总要有两个小孩子，一个老妈子，才是道理。本来是预备只要太太得了一个小孩子时，同时就到佣工介绍所去找一个女佣人。不过太太竟象是因为怕请人多花钱一样，两年来还是生养不出一个小岚生，所以直到如今，人还是请不成。因了一家只两个人，每日关于吃饭的事，岚生先生就不得不把权利义务糅合放在一起了。买菜，煮饭，太太是不烦岚生先生帮忙的。但碗总要洗洗。炉子里添煤，到煤铺里去赊账，以及其他太太不能做不愿做的，仍然是不可免。遇到太太不高兴时，煮饭炒菜，纯义务也要尽。那一天，若是两者之中都不能相下，结果就只好照顾胡同口儿那一家四川小馆子去了。

岚生太太人实在好，各样当主妇分内的事都晓得，都能做。年纪小岚生六岁。样子也还长得白净好看。也许就是为了年纪还不大，孩子们的脾气同天真却一样好好的保存在心里吧，固然知道当太太的对于料理家事是分内差事，但她总不愿岚生先生空起两手来看她做事。且觉得岚生先生在家中袖手吃闲饭不大合理，久而久之，岚生先生就把洗碗同抹桌子等工作也归在自己义务项下了。到近来，在十二点以前，太太纵然把饭菜已经全体做好了，无论如何，碗筷必得留下一件两件等待岚生先生处置的。你若因为想实行不做工而吃饭的主义，故意把回家的时间拖下来，碗还是好好的放到大的白铅桶里面。太太要吃却顾自洗一个。是这样坚决的经过不知多少小小鼓气后，明知躲避已无望，近来，岚生先生偷闲野心才不敢常起了。不过早回家则差事堆到头上总是格外多，在外挨一刻就少一件事，岚生先生之所以养成走路的脾气，就为得是这样一个道理。

要说是岚生先生怕他的太太，也不尽然。太太应不应当怕，那是看太太来。至于岚生太太，有许多地方，原是敌不过岚生先生的。岚生先生是胖子，虽不大，但究竟是小胖子。岚生太太身个儿却很小。若是当真闹翻脸，认真扭打起来，太太是无论如何打不过岚生先生的。正又象太太很明白打不过岚生先生一样，凡遇到要逼着使一个丈夫摔家伙发气打人的事情，太太总依然知道极力去趋避。太太且懂到用一切新派温柔的方法，譬如说：亲嘴，拥抱，以及别的足以增加岚生先生的爱怜的各种各样方法来软和岚生先生的脾气，排件施行，使岚生先生虽然是胖也到了那"英雄无用武之地"。其实，岚生太太，并没有读过什么新书，关于近来聪明文学家翻译的什么《爱的法宝》一类驾御老爷的模范指南新书，当真不曾见过的。

今天是岚生先生从部里得了九月份薪水回家来。洗碗的差事当然就豁免了。因为得了钱，太太主张到小馆子去喊了一碗氽丸子，于是午饭桌上，比平常就多了一个碗。平常的品字形的排法变成田字形，太太的脸，也好象变得比昨天更可爱一点了。

在吃饭当儿，岚生先生正用筷子擒住了一个肉丸子往口里送，太太说，"你头似乎也可以剃得了。"

没有把丸子咽下的岚生先生，点头来答应。待到岚生先生能够说话时，太太的筷子，又正在那里擒住了一个丸子。

"太太，我有一句话同你商量。"

这是一句照例的话。并不是商量，也得这样来说。这脾气太太是很习惯了的。在平时，岚生先生不拘哪一次要同太太说一点超乎吃饭中讨论"菜好饭烂"以外的事情时，都是那么来起头的。太太这方面，可以不必用口来答复，把头略点，或竟不点，只用正在桌子上碗碟中间搜寻菜心的一双又大又黑的眼睛，掉过来瞅着了岚生先生，岚生先生就可以继续把议案提出了。

太太把筷子停在碗里不动，听了岚生先生的话，就瞅定了岚生先生。

"太太，你说近来年青女人有辫子好看一点——还是有髻子好看一点？"太太先是莫名其妙，故没有做声。

"其实，依我看，你梳髻子还要比拖辫子更可爱一点的。"

这真是一句废话！正因为加了后面一句话，太太却反而生出疑心了。这不明明是在街上看上了谁家拖辫子的女人，回来不能忘情的话么？于是太太心中就觉得有点儿酸。要开口骂一句却又不知从哪一句话上骂起。看岚生先生，是脸儿团团的、笑笑的、仿佛异常得意的。

筷子缩回来在另一碗来夹了一筷红烧芥菜，太太的不快是已到了脸上了。本来就是惟恐太太误会的岚生先生，在发现太太脸上颜色后，觉得有点惶悚不好意思起来。知道是太太在一种误会中已生气着恼了。但不知应用个什么样话语来解释，方能"化干戈为玉帛"。

"太太，吃呀！"一举筷子就擒了一个大丸子掷到太太碗里。

"我早已吃饱了。"太太把丸子从自己碗里又掷回。

"难道我又因了什么不检，使你生气了么？"

"人老了，不能学十六七姑娘拖辫子，所以不可爱……"太太眼睛的微红已补足了其他要说的话。岚生先生找到了解释同认错的机会，就琅琅的把自己积久不敢说出的意见全说了。

岚生先生且说，"因为想要探询太太对于长头发和短头发的意见，我才先说辫子同髻子。其实，别人并无什么坏意思，只是一个引子。做文章都得引子，难道说话就不必？谁知太太就生了疑心，这只怪我不会说话了。……"话中充满了"和平"的愿望。第二次把丸子掷到太太碗里去，太太就不再拒绝了。

接着，岚生先生在女子短发上把"省事"那一点，格外发挥了不少议论。结末是："太太你若是也剪成了尼姑头，他日陪我出去到北海去玩，同事中见着，将会说你是什么高等女子闺范的学生哩。"太太因为想起"高等女子闺范"的样子，对岚生先生的话是完全同意了。只是把头发剪后衣服又怎么办？现时所穿的当然不大相宜。最合式的是旗袍了。岚生太太见过许多高等闺范女生就都穿得是旗袍。用藏青爱国呢做面子，紫色花绒作里，要滚边就滚灰边，这样一件旗袍，在太太心中，本来已计划了有许多日子了。只是明知道财政部不发薪，就不方便同岚生先生说。这时，岚生先生既有那么胆量，太太也就大大方方把希望说给岚生先生听了。对太太意见表示了同意的岚生先生，答应了即以薪水之一半来作剪发的开支，太太也说这月在别的事上可以省一点。吃完饭后，太太在对了镜子抚弄她行将剪去的发髻时，岚生先生看着镜子里的太太好笑。

"剪子恐怕不行吧？"太太也对了镜子中的岚生先生说。

"那回头我们上市场买一把新的。还有，太太你的袍子料左右也要看看！"

"不要选一个吉利日子么？"

"那自然要！市场上东头，不是有一家命馆，叫作什么渡迷津？唉，前次，我们问那个……不是到过那里一次么？"

想起前次事，是要使太太红脸的。前次到那里花了四毛钱，去问请佣人的日子，给那相士推算小岚生的出世日，说是不久不久，如今，听到岚生先生又提那地方，恐怕岚生先生又去问那相命人，所以借故说是那活神仙价钱太贵，不必花冤枉钱。"这不是理由，"岚生先生说。"他灵验。京兆尹的舅爷还在报上称赞过，四毛钱一块钱都不算贵，只要避了克我们俩的日子，照神仙指点指点好。"

"那我们就去！"

"去就去，既不耽误下半天公事，左右不值日。"

于是太太就换衣，挽头，扑粉，岚生先生一面欣赏着太太化妆，一面也穿上了青毛细呢马褂，戴上灰呢铜盆帽，预备出发。凭相貌说，已象个要人！

一点钟以后，在市场东头，就可以见到岚生先生同他太太正从"渡迷津"相馆出来。日子已看定了。从一家新开张写着大减价的吉利公司走过，两人就走进去。在吉利公司花了四毛八分买了一把原价六毛的德国式剪刀，因为招牌上写得是八扣，所以本来预备走到美丽布店去买的旗袍料子，也就在吉利公司一下办妥了。此外又新买了一瓶雪花膏，连棉花一共算下来是十四元六毛。岚生先生半月的工作所得，的确是耗费到举办这一次典礼上了。出市场时，太太在先开路，岚生先生却抱了一大包东西在后面荡着的。因为太太走的并不快，所以岚生先生得了许多方便，有左顾右盼的余裕，把在自己面前走过的剪了发的女人，一个都不放松，细细的参考着，温习着。以后太太的头发的式样，便是岚生先生把在市场所见到的一个年青漂亮的女人短发，参以墨水胡同一个女人头发式样仿着剪成的。

近来是岚生先生回家，坐车子的回数又比走路的时候为多了。

一九二六年十一月十二日作完

松子君

　　是这样不客气的六月炎天，正同把人闭在甑子里干蒸一样难过。大院子里，蝉之类，被晒得唧唧的叫喊，狗之类，舌子都挂到嘴角边逃到槐树底下去喘气，杨柳树，榆树，槐树，胡桃树，以及花台子上的凤仙花，铺地锦，莺草，胭脂，都象是在一种莫可奈何的威风压迫下，抬不起头，昏昏的要睡了。

　　在这种光景下，我是不敢进城去与街上人到东单、西单马路上去分担那吸取灰尘的义务的。做事又无事可做，我就一个人掇了一张有靠背的藤椅子，或者是我那张写生用的帆布小凳，到大槐树下去，翻我从图书馆取来的《法苑珠林》看。大槐树下，那铺行军床，照例是嘱咐了又嘱咐，纵是雨已来，听差先生也只笑笑的让它在那里淋雨的。但因此也就免得每日为我取出取进的麻烦。把书若不在意的翻了又翻，瞌睡来了，就睡倒在行军床上，让自己高兴到什么时候醒来便在什么时候醒，我们的听差，照例是为我把茶壶里冰开水上满了以后，也顾自选那树荫太阳晒不到的好地方去做梦去了。若是醒来正当三点之间，树顶上杈杈桠桠间，可以听到一批"小村牛"样吵吵嚷嚷闹着的蝉，正如同在太阳的督促下背它的温书。远远的，可以听到母牛在叫，小牛在叫，又有鸡在咯咯咯咯。花台上大钵子下和到那傍墙的树根边，很多高高兴兴弹琴的蛐蛐。这知道，母牛是在喊它的儿子，或是儿子在找妈，鸡生了卵，是被人赶着，如其是公鸡的啼声，则是告人以睡中觉烧夜饭的时候了。还有弹琴的蛐蛐，这说来真是会要令人生气的事！你以为它是在做些什么。那小东西，新娶了太太，正是在那里调戏它的新夫人！

在三点以前自己会醒转来，那是很少有的，除非午饭时把饭吃得太少，到了那时饿醒。饿醒的事是少而又少，那只能怪厨房包饭的大师傅菜不合口的日子太少了。

朋友松子君，每日是比车站上的钟还要准确，在四点三刻左右的当儿走来的。值我没有醒转时，便不声不息，自己搬了一张椅子，到离我较远一株树下去坐，也不来摇我，候我自醒。有时待我醒来睁开眼睛时，却见他在那椅子上歪了个头眠着了。但通常，我张大了眼睛去那些树根株边搜寻朋友时，总是见到他正在那里对我笑笑的望着。"呀，好睡！""那怎不摇醒咧？"略象埋怨样的客气着说是"怎不摇我醒来呢"，为自解起见，他总说，"若是一来就摇，万一倘若是在梦中做的正是同女人亲嘴那一类好梦，经我来一搅，岂不是不可赎的罪过么？"然而赖他摇了又摇才会清清楚楚醒转来的，次数仍然是比自醒为更多。

今天，饭吃得并不比平日为不多，不知怎样，却没有疲倦。几回把看着的一本书，故意盖到脸上，又试去合上眼睑，要迷迷的睡去，仍然是办不到。是近日来身体太好了罢，比较上的好，因此把午睡减去了，也许是。今天吃得是粥，用昨天剩下来的那半只鸡连那锅汤煮好，味道好，竟象吃得比往天为更多。

大致有点秋天消息来到了，日头的方位已是一日不同一日。在先时，不必移动椅子同床的，胡桃树下，近来已有为树叶筛碎的日光侵入了。在闪动的薄光下，要睡眠更不容易的。因此我又将小床移到另一株银杏树下去。

　　既不能睡，玩点什么？一个人，且是在这种天气里，又象确实无可玩的事。捉蟋蟀很少同我来相斗的，钓鱼则鱼不会吃钓。正经事，实是有许多，譬如说为大姐同妹各写一封信，报告一下近来在此的情形。但这类事似乎都只适宜于到房中电灯下头去做才合式，日里我就是从不能写好一封信过的。不幸今天所选的书又是一本《情书二卷》，粗恶的简陋的信函，一篇又是一篇，象是复杂实则极其简单的描写。在作者，极力想把情感夸张扩大到各方面去，结果成了可笑的东西。"心理的正确的忠实的写述，在这上面我们可以见到，"依稀象有人或是作者自己在序跋里那样说到，其实，这真是可笑的东西。我们只看到一个轮廓，一个淡淡的类乎烟子的轮廓，这书并没有算成功，正同另一个少年人所写的一篇《回乡》一样，书中的人，并不是人，只描了一个类似那类人的影子。有一些日记，或者是作者从自己"奶奶的日记"上加上一些足以帮助少年读者们作性欲上遐想的话语成的罢。这是上松子君的当。据他说，这是这里那里都可以见到的一部书，大约是颇好的一部书，于是，进城之便，他便为捎来了。待到把书一看时，始知原是那么一本书。一般年纪青青的少男少女们，于性的官能上的冒险，正感到饥饿人对于食物样的跃跃欲试，这种略近神秘的奇迹没有证实的方便，便时时想从遐想中找到类似的满足，但徒然的遐想是会到疲倦的时候，因此，一本书若其中有了关于此类奇迹游历者较详的写述，这书便成了少年男女的朋友了。另外一本《性史》其所以为大家爱读者也就因此。其实人家对于《性史》，也许那类有了太太的，可以借此多得到一种或两种行乐的方法。至于一般孤男子，则不过想从江平的行为上，找寻那足以把自己引到一种俨乎其然的幻想中去，且用自足的方法，来取证于朦胧中罢了。"近来的出版物说是长进许多了，其情形，正有着喜剧的滑稽。不拘阿猫阿狗，一本书印成，只要陈列到市场的小书摊上去，照例有若干人来花钱到这书上，让书店老板同作书人同小书贩各以相当的权利取赚一些钱去用。倘若是作书人会做那类投机事业，懂得到风尚，按时做着恋爱，评传，哲学，教育，国家主义，……各样的书，书店掌柜，又会把那类足以打动莫名其妙的读者们的话语放到广告上去，于是大家便叨了光，这书成了名著，而作书的人，也就一变而成名人了。想着这类把戏，在中国究不知还要变到多久，真觉可怕。若永远就是那么下去，遇到有集股营书店的事业时，倒不可不入一个股了。"松子君，昨天还才说到上面的话语，我要等到他来时，问他自己待印那个小说是不是已取定了名，若还不曾，就劝他也取一个类乎《情书二卷》的字样，书名既先就抓着许多跃跃欲试的少男少女的心，松子君所希望的版税，当然是可以于很快的时间便可得到了。看看手上的表，时间还才是二点又十五分。今天又象是格外热。

昨天曾托了松子君返身时为我借一本《兰生弟日记》看的，再过一阵，松子君若来，新的书，大致不会忘却带来罢。

又听到一个朋友述说过《兰生弟日记》是怎么样的好，而销行的去处竟在一百本或稍多一点之间，因此使我更想起目下中国买了书去看的人主旨的所在与其程度之可怜。忽然一匹小麻蝇子，有意无意的来到我脸前打搅，逐了去又复来，我的因《兰生弟日记》引出的小小愤慨，便移到这小东西身上来了。大概它也是口渴了，想叮光舐一点汗水罢，不久，就停到我置着在膝边的手上。我看它悠然同一个小京官模样，用前脚向虚空作揖，又洗脸，又理胡子，且搓手搓脚，有穿了新外套上衙门的喀阿吉喀阿吉也维赤先生那种神气。若不是因为它样子似乎可笑，是毫不用得上客气，另一只垂着的手，巧妙的而且便捷的移上去一拍，这东西，就结果了。我让它在我手背上玩，在手指节上散步，象是失望了的它，终于起一个势，就飞去了。

抬头望天，白的云，新棉花样，为风扯碎，在类乎一件有些地方深有些地方浅的旧蓝竹布大衫似的天空笼罩下，这里那里贴上，且逐了微风，在缓缓移动。

不知怎样，在蝇子从手背上飞去后，看了一会跑着的天空的白云，我就仍然倒在帆布床上睡去了。……

醒来时，松子君正想躲到那胡桃树干后面去。

"我见到你咧。"

没有躲过便为我发见的松子君，便倚靠到那树身立定了。"不是那么头上一戳还不会醒罢？"听他说，我才见到他手上还拿了一条白色棍子。

"那是你摇我醒的了，我以为——"

松子君就笑。"摇罢，还头上结结实实打了两下哩，"说着，就坐在胡桃树下那大的石条子上了。

松子君，今天是似乎"戎装"了，衣服已全换了，白色的翻领西服，是类乎新才上身。

"怎么不把衣脱去？"

"我想走了，"他就把衣从身上剥下用臂捞着，"我来了颇久咧。见你睡得正好，仍然是怕把你好梦惊动，所以就一个人坐在石上看了一回云，忽然记起一件事情明天清早有个人下城，想托他办件事，故想不吵醒你就要走了，但一站起来把棍子拿起，却不由我不把你身上头上拍两下，哈哈，不是罪过罢？"

"还说咧，别人正是梦到……"

"那是会又要向我索取赔偿损失的一类话了！"

"当然呀！"

两人都笑了。

"怎样又戎装起来？"我因为并且发觉了松子君脸也是类乎早上刮过的。

"难道人是老了点就不能用这个东西么？"

经他一说，我又才注意到他脚下去，原来白的皮鞋上，却是一双浅肉色的丝袜子。

"漂亮透了！"

"得咧，"他划了一枝火柴把烟燃好，说："老人家还用着漂亮么？漂亮标致，美，不过是你们年青人一堆的玩意儿罢了！"

"又有了牢骚了！"松子君是怕人说到他老的，所以处处总先自说到已经老弊。说是"又发了牢骚呀"，他就只好笑下去了。他把烟慢慢的吸着，象在同时想一件事。

"有什么新闻？"照例，在往日，我把这话提出后，松子君就会将他从《晨报》同《顺天时报》上得来的政事消息，加以自己的意见，一一谈到。高兴时，脸是圆的，有了感慨，则似乎颇长。

"我不看报，有一件事在心里，把一切都忘了。"朋友脸是圆圆的，我知道必是做了件顶得意的事了。

"同房周君回来了，"他续着说，"是昨天，我从你这里返身时就见到他，人瘦了许多，也黑了点，我们就谈了一夜。"

周君，经松子君一提，在印象中才浮出一个脸来。是一个颇足称为标致的美少年，二十二岁，国文系三年级生，对人常是沉默，又时时见到他在沉默中独自嬉笑的天真。"这是一个好小孩子，"松子君为我介绍时第一句是那么不客气的话，这时想来，也仍然觉得松子君的话是合式。

我知道朋友是不愿意人瘦人黑的，故意说"瘦一点也好！"

"瘦一点也好！人家是瘦一点也好，你则养得那么白白的胖胖的——"朋友象是认真要发气了，然而是不妨事的，我知道。

"你要知道别人是苦恼的回到这来的呀！"朋友又立时和气下来，把我的冲撞全饶恕了，"一个妇人，苦恼得他成了疯子。虽不打人骂人，执刀放火，但当真是快要疯了，他同我说。近来是心已和平下来了，才忙到迁回校来。我问他，人是瘦，自己难道都不觉到么？他说快会又要胖成以前那样了，只要在校中住个把月。"他不问我是愿意听不愿意听，就一直说下去。

"回到北京伯妈家，就遇到冤枉事。他说这是冤枉，我则说这是幸福。难道你以为这不是幸福么？虽然是痛苦，能这样，我们也来受受，不愿意么？"

我究竟还听不出他是说什么事不是冤枉是幸福，且自己也颇愿将痛苦受受的意思所在。"你是说什么？"

"一个年青孩子，还有别的委屈吗？说是聪明，这一点也要我来点题，我就不解！"

"那末，是女人了？"

"还要用一个疑问在后面，真是一个怀疑派的哲学家！"他接到就说，"可怜我们的小友，为一件事憔悴得看不得了。他说一到北京，冤枉事还未拢身时，快快活活，每天到公园去吃冰柠檬水，荷花池边去嗅香气，同的是伯妈，堂弟弟，妹子，堂弟的舅子。大家随意谈话，随意要东西吃，十点多钟再出门。北海哩，自己有船，划到通南海那桥下去，划到有荷花处去折荷花，码头上照例有一张告示是折花一朵罚大洋一毛，他们却先将罚款缴到管事人手上再去折花，你说有趣不有趣？

"但是，队伍中，不久就搀入一个人，那是因为伯妈去天津，妹子要人陪，向二舅家邀来的。他家舅舅家中，不正是关了一群好看的足以使年青人来爱的表姊妹么？但来的并不是表姊妹中任一个。表姊妹也正有她自己的乐，纵是要，也不会来陪妹子的。来的是冤家。真是冤家！三表哥的一个姨奶奶，二十岁，旗人，美极了。三表哥到了广东，人家是空着，不当差，又不能同表姊妹们一块出去跳舞，所以说到过来陪四小姐——这是他妹子在家中的尊称，你应知道——就高高兴兴的过来了。他们也常见到，不过总象隔得很远，这也是朋友的过错，在人家，是愿意同小伙子更接近一点的。不过这在第三天以后，朋友也就知道了。不消说是亲密起来。隐隐约约中，朋友竟觉得这年青小奶奶是对自己有一种固执的友情。真不是事呀，他且明明白白看出别人是在诱他。用一些官能上的东西，加以温柔的精神，在故意使他沉醉，使他生出平时不曾有过的野心。你知道，象朋友那样怯汉子，果真不是那位好人，处处在裸露感情来逗他，我是相信他胆子无论如何是不会那么大的。他发见这事以后，他不能不作一个英雄了。我就问他，英雄又怎么样呢？他说就爱下去。

"这奶奶，一个二十岁的，有了性欲上的口味，人是聪明极了，眼见到自己所放出的笑容别人于惶恐中畏缩中都领会了，站在对面的又是那么年青，美貌温和，简直一个'宝玉'，再不前进，不是特意留给自己在他日一个不可追悔的损失么？于是，……一个礼拜，整一个礼拜，两人实互相把身体欣赏过了。……到后我们的朋友，用眼泪偿还了那一次的欢娱。"

松子君象做文章似的，走马观花把周君的事说到此后，象是报告的义务已尽了，一枝烟，又重燃吸起来。

"是家中知道了么？"

"不是！"

"是吵翻了么？"

"不是！"

"是伯妈回了京那人儿也返了家么？"

"不是！"

"是……"

"都不是的，"松子君说，"还是好好的，纵或是伯妈返了京。这近于他的自苦，我所得结论是这样。他不知道享乐，却还想去这样一个人身上掘发那女子们没有的东西。他想这奶奶有许多太太们都不必有的尼姑样操行。这傻子，还在这上面去追求！不知道如果别人是只爱一个人的话，那你怎么能占有她？他不甘心在自己拥抱的休息中，让另一个也是年青的男子去欣赏她。他不久就发现自己理想的破灭，便沉陷到这失望的懊恼中了。事情也真糟！这小奶奶，对于世间的爱，总毫不放松，比朋友小了许多的堂弟，不久也在自己臂腕中了，而目光所及的，又还有堂弟那个十六岁的舅子。

"那就放手罢，我是那么同他说了。朋友却说因了虽然发现这类足使热着的心忽然冷凝下来的事，但在行为中，她的静好，全然异乎浪冶的女人，又是很确实的一件事，因此，要放，也竟不能。贪着弥补这漏罅，而又无从把这人握得更紧，正如断了一股丝的绳子，把这爱恋的心悬着，待察见了此绳断处后，又不能即断，又不能使它在略无恐惧中安稳的让它摇摆，因此就粘上深的痛苦。

"他先还想故意把事闹翻，好让那人儿从三表哥处脱离，同自己来正式组一个小政府！年青人呀，处处是要闹笑话的。……"

院墙的缺口上，露出一个头来，听差把松子君喊去了。

"回头再来谈罢，文章多咧，"一边走一边回过头来说，从墙缺爬过去，松子君就消失到那一丛小小槭树林子后面了。一枝白色藤手杖，却留下倚到胡桃树旁边。

把晚饭吃过后，日头已落到后山去了，天上飞了一片绯红的霞，山脚下，还可见到些紫色薄雾。院中树上的蝉，在温夜书的当儿，将放学了。山的四围，蝈蝈儿的声音渐渐热闹了起来，金铃子也颇多，盼望中的松子君，终于没有再来。

"他希望我写一点什么咧，"松子君把脸故意烂起，表示为难的样子。是我们把昨天的谈话重提而起的。

"那么就写呀！"

"说是写，就提了笔，但是"——松子君从衣袋里取出来一束白原稿纸，"这里，却是写成了，笑话之至，见笑大方！改改罢，可以那就幸福了。题目我拟得是……"

"把来给我瞧瞧罢，"伸了手去，松子君却并没有将那纸送过来。

"我念，这字谁能认识？自己还将赖上下句的意思去猜啦。念着你听罢。不准笑，笑了我就不念了。我的题目是一位奶奶……"

"嗤……"没有记到我们的约，听到题目，就不由得笑出声来了。

"那我就不念了！可笑的多着咧，慢慢的罢。"其实，他自家，也就正是在笑着。

"听我念完了再下批评呀！"

"就是那么办罢。"我是端端正正坐在椅子上听他的。

于是，他一直说下去。

"因为我要俏皮一点，题目取做一位奶奶，不算滑稽么？下面是正文，莫打岔听我念完，再来批评罢。……关于这位年青小奶奶，一切脾味儿，性格儿，脸子，身材，我们可以摘录 T 君日记中的几段，供大家参考——参考什么咧？难道是这个那个，都有着那种福分去欣赏一下么？哈哈，我不念了。"

"那你就送把我来！"

求他，也是不行的。松子君却把那一束稿子塞到荷包里去了。他的脾味我是知道的，凡是什么，他不大愿意告给人的事情，问他也是枉然的，关于使他心痒的新闻呢，不去理他，他也仍然不能坚执到底始终不说的。我从许多事上就看出他的这类小小脾气了。有些事你问他，他故意不说，待一回，却忍不住琅琅的在你耳朵边来背了。因此这时我也就满不理会的样子，独自在灯盏下修理我的一个小钢表。松子君见我不理那稿子了，也象乐于如此的模样，把烟燃吸起来。

"这里不是昨天还似乎贴了一张禁止吸烟的条子么？"

让他故意扯谈，却不做声，坚执的待他心痒难受。

"怎么，不理我了么？"

我仍然不做声。在斜睇下，我见到他那脸还是很圆，知道是决不会在心中对我生了气，故依然大大方方去拨那小钢表上的时针。

"你要说话呀！"

"我是莫有说的。"

"那你有耳朵！"

"有耳朵又莫有话可听，别人是把一件新闻当成八宝精似的，还不是徒然生一对耳朵么？"

"嗤……"松子君笑了。

我知道他已软下来了，却故意不明其所说的意义似的，"什么可笑！我又不要说什么！"

"你不要我说什么吗？那是我就——"

再不乘风转篷，松子君的脸会要变长了。

"你就赶快念那东西给我听！你不知道别人为你那一伸一缩不可摸捉的小小脾气儿呕得什么样似的！"这样的促着他使他"言归正传"，他就又从荷包里取出那一卷稿子来。

送，是答应送我看的，但先就约下来，必得他去了以后才准我来看，因为这样一来，他才免得在我笑脸中，见出他文章的滑稽处，这滑稽，在松子君，写来是自然而然，不过待到他见到一个朋友拿着他的原稿纸读念时，松子君却羞愧得要不得了。松子君的条件是非遵照办理不可的，于是我把那一束稿纸接过手来时，就压到枕头下去了。

"你在我去了以后才准看！"

"一切照办。"

"一切照办，还不准笑我！"

这类象孩子气的地方，在松子君，真是颇多颇多的。但没有法也只好口上承应了。其实他也就知道这类要求是反而更叫人非笑不可的。但在别人当面答应了不笑之时，他眼前却得到可以释然的地方了。

松子君说话时照例要用花生、苹果、梨之类，来补助他口的休息，我的听差对这一点是极其合了松子君意的。也不要我喊叫，不一时，又从外面笑笑的抱了一包东西来了，"好咧，先生。"我是见到别人好心好意为我待客总不好意思说过一次"不好"的，听差因此就对于由他为我选购果子的义务更其热心起来了。这时候，松子君的谈锋已应当在休息的时候了，非常合意的十个大苹果却从听差手巾里一个一个掷到松子君面前。

"好呀，吃！"

用非常敏捷的手法，一个苹果的皮，就成了一长条花蛇样垂到松子君的膝上了。在削刮苹果中，照例还是要说话，不过这类话总不外乎他的听差怎样不懂事而我的听差又如何知趣诚实的唠叨，这在松子君谈话中，属于"补白"一类，所以你纵不听也不要紧。

一个苹果一段"补白"，到吃到第七个苹果时，他从"补白"转到正文上来了。

"那文章，老弟看了后，主张发表，就在《话片杂志》上去发表吧。但总得改改。至少题目总应当取一个略略近于庄严点的才是。这是别人的一段生活史料哩。"

"其实是一样的。"

"不一样！你知道这些，不必客气，还是费费神，当改正，也应不吝气力！"

他是又把第八个苹果攫到手，开始在用刀尖子剜苹果下端的凹处了，上面的削改的话，只好仍然当做一段"补白"。

…………

在松子君把苹果皮留在地下顾自走回他的院子时，已是十一点了。慢慢的把灯移近床边来，想去看松子君的文章，我们的听差却悄然提了一包东西进来。

仍然是苹果。由他为一个一个取出放到我近床那茶几盘子里。"我知道有那位先生在此，苹果绝对不会够，先生你也必定一个不得吃，所以接着又下坡去买它来十个。买来时他还不走，我恐怕一拿进来那位先生又会把这里所有的一半塞到肚子里的空角落去，所以——"

"他既然是吃得，就应当让他吃饱再去！他还才说到你为人机敏知趣啦！下次不应这样小气了。"

"是是，先生告了我，我总记到，明天他来就让他吃二十个吧。"

听差是笑笑的把地下的苹果皮捡了一大包扯上门出去了。望到那茶几上侥幸逃了松子君的毒手的十个半红半青苹果，挤到一处，想起松子君同听差，不由的我不笑了。

松子君，在他的文章上所说到的，全同与我在白天所说过的一样。又怎样怎样去学了郭哥里的章法，来把周君的一位情敌描写一番，譬如那人鼻子同脸的模样，他就说："大家想想吧，一个冬瓜上面，贴上一条小小黄瓜，那就是K君的尊范，不过关于色的调合，大家应同时联想起被焚过的砖墙，我们才能知道他的美处来。"其实这未免太过，不消说，那是松子君有着爱管闲事人汤姆太太的精神，为怜悯与同情而起的愤慨所激动，故而特别夸张的将K君贬罚了。

在文章的后面，又非常滑稽的说是，T君为了发现自己的地位以后，怎样的不顾命的去喝酒，但当第三次喝酒大醉后，在一个夜里，呕出了许多食物，同时就把所有因那女人得来的悲哀，也一齐呕去，天明醒来，悲哀既已呕去，于是身上轻轻松松，想到回山，便返山了。这种用喜剧来收场，却来得突然，所以看了反而一点感不着T君当时热炽的情与失望后的心中变化。这明明是松子君故意象特为写给他朋友周君去看的，在周君看到后感到一种不可笑的可笑，松子君在这中间也就有所得了。

松子君在文章的前面同中间，夹录了许多周君的日记，象是真由文章所谓T君的日记上录下来的，日记中最有意思的是：——

"她居然于装饰上，同时也取了那最朴素的一种。朴素得同一个小寡妇样，真觉不应当。但因此便觉更其格外能动人，也是事实。她今天穿了青色衣裙，观音菩萨中有的是如此装束的。

"我将自信，我是为别的眼睛在一切普通事上注意过的一个人了。虽然是令人惶恐，我却不应对此事还有所踌躇。猛勇得如同一个和狮子打仗的武士样，迎上前去，是我这时应取的一种方法。这方法能使两边都有益，可以用不着猜想。我将把我应得分配下来的爱，极力扩张，到不能再扩张时！恋着，恋着，即或是把这爱情全部建筑到对方的白皙的肉体上，也不是怎样的罪孽！

　　"关于性欲的帝国主义，是非要打倒别的而自己来改造不可的。

　　"伯妈到天津去，因七妹寂寞，又从电话中要她来陪七妹玩。七时，大家正吃着饭，残疾的不能行动的大哥，正在用手势对芬表妹的相做着那无望的爱慕的工作，大家笑着嚷着，七妹是不堪其烦的正要跑到房中去，她来了。哟，菩萨今天换了淡色衣裳，一样的可以顶礼。说是刚吃过饭来，回头去看见大哥盘散的据在那圈椅上，一碗饭上正搁了许多菜，知道是又受弟呀妹呀欺侮了，用一个微笑来安慰鼓着嘴的大哥后，就在我与七妹之间一个坐位上停下来了。在她身边时我觉到身子是缩小了。我似乎太寒伧，太萎靡，太小气；实在，因了她，我力量增加，思想夸大，梦境深入，一切是比了以前膨胀了已是许多倍的！我的侠义心，博爱心，牺牲心，尤其是对女人神样的热诚的爱情，在衙署办公桌上消失的，惟有在她面前，就立即可以找回！

　　"我有一种恐惧，这恐惧是我懦弱的表示，是我对人间礼法的低首服从。但我如今将与这反抗，这是不应当有的恐惧。想着：是别一妇人，如果妹样，要我在恐惧中还来固执的大胆的来恋，总是不可能的事情罢。也只有她，这样一个美的身体，还安置下这样一个细致的康健的雪样净洁水样活泼的灵魂，才能嗾我向前！

"我在爱情中沉了。力量呵，随到我身边，莫见了她又遽行消失，使我手足无措！

"打倒那老浪子拥有女人的帝国主义！这口号，我将时时刻刻来低声的喊。打倒呵，打倒呵！

"我如今是往火里奋身跃去了，倘若这是一个火盆。我愿烧成灰，我决不悔。

"事情的张扬，将给我在这家庭中是怎样一种打击，我是不必再去计较了。眼前的奇迹，我理合去呆子样用我的全力量去把握，这是一种足以为自己在另一时幻想中夸大的伟大事业。明知是此后的未来的事实，会给我一个永远不能磨灭的痕迹，这痕迹就刻附着永远的苦恼，还是愿呵。

"我今天做的工作，是礼法所不许但良心却批准了的工作。抱了她，且吻了她，小心又小心，两颗跳着的心合拢在一起了。在薄薄的黄色灯光下，我们做了一件伟大的事业。

"经说：既然是爱了人，就应当大胆的拢去！是的，我拢去了，她也拢到我这边来了。

"她重量约四十斤，一个小孩，一个小孩！或者还要比所估的为轻！她轻，是说她不肥，又并不说她瘦，是说她生长太好看，太可爱，所以抱到手上，当我细细的欣赏这一件撒旦为造就的杰作时，我的力气，平空增加了无限倍，她没有重量了。

"皮肤象如同细云母粉调合捏成，而各部分的线又是仿到维纳丝为模子。那全身的布置，可以找得出人间真理与和平。长长的颈项，犹如一整块温馨柔软的玉石琢就。臂关节各部分专为容受爱情而起的小小圆涡，特别是那么多，竟使人不接吻也不忍！

"一个'湿的接吻'！我为眼前的奇迹，已惊愕得成了一个呆子。重新生了恐惧，我将怎样来重寻我的奇迹的再现？

"坏透了，一个足以使我将幻影跌碎到这小事上的消息。她是这里那里把给了我的也拿去给了别人！堂弟高兴的来同我说，展览他的爱情哩。……那是一个怪人，胆子又非常小，又极其愿意同男子接近：不浪冶，但一个男子把爱情陈列她面前时，她就无所措其手足，结果是总不会拒绝。俨若无事的去问堂弟，说是不能稍稍自主？答说在天真未离她以前，个性是不会来的。没有个性，你真使我为此伤心！我希望这恋爱的旧影，快在我心中毁灭。神呵，再给我点力量，让我又赶去这昔日我所瞎了眼追求的东西！

"她不放弃不拘谁个少年的热情，贪心的人呵，我愿你这时就死去，好让我一个人来在心中葆着你完美的影子，我的毁灭才是这恋爱的毁灭。但是，完了，一切完了，我所得的只是为此事种下的苦恼种子的收获！

"我怕见她。但为什么这几天要来的回数更多？"

因为是见到 T 君的日记，想从日记的整篇中找到一点趣味，所以第二天当松子君来取他的文章时，我便把这希望托了松子君，他，也就毫不迟疑的答应下来了。

但是一天又一天，松子君答应我的事却总不见他去办。这我知道若是去催他，在松子君是已把来当成一件类乎其他足使他脸成长形的麻烦事情了。

虽然是仍然每天下午来到我处吃苹果，也不好怎样去问那件事。有一天，他却邀了周君过我住处来。

"胖子!"松子君第一句话是指了周君同我说的。我不由得笑了。老实沉默的周君,在悟了松子君所说的意思以后,笑着而且脸已全红了。忸怩的望松子君,松子君,脸儿已同街上的元宵,愉快极了。

"'你真是汤姆,一个爱管闲事的人!'我是用不着分辩的。我老老实实的一五一十的来告了他了。不是罪过!算不得我的坏!他还想着你的日记,屡次屡次用苹果来运动我咧。"

也不管听的人是如何的受窘,自己承认是汤姆的松子君,说着又顾自张大口来笑,直到听差把胡桃花生拿进房来,才算是解了周君同我的围,但是,所有那类补白,却仍然是关于使自己脸圆的一类话,这一次,算是得了一个大的胜利了。

另一次我见到周君,问到他日记中的一切,才知道因为是欲求身量加重,故每日去走到农场一处磅秤边去称,同时便将自己的重量记到日记上,因此当日一提到,老实的周君就红了脸,至于故事,全是松子君为捏造成就的,我把松子君同我所说的一齐说给周君时,才知道两人都全为松子君玩了一阵了。

这聪明的汤姆,近来是自己正跌在一件恋爱上苦着了,所能给人看的只是一张一张漫画样的脸嘴,我们许多人说到他时,都总觉得寂寞。

我们的听差一见了他,就说"那是报应呀",听差所知道的是松子君因为多吃了苹果弄得见果子喉就发酸,其实这是松子君谎听差的话。

一九二六年十一月完成于窄而霉斋

屠桌边

　　志成屋里人今天打扮的似乎更其俏皮了。身上那件刚下过头水的鱼肚白竹布衫子，罩上一条省青布围腰，圆肫肫的脸庞上稀稀的搽了一点官粉，耳朵下垂着一对金晃晃的圈圈环子，头上那块青绉绢又低低的缠到眉毛以上五分左右的额边，衣衫既撑撑崭崭，粉又不象别的妇人打的忘了顾到脖子，成一个"加官壳"，头又梳得如此索利，——假如是在池塘坪大戏场上，同到一些太太小姐们并排坐着高棚子，谁个又知道这就是道门口卖肉的志成屋里人呢！

　　她这时正坐在屠桌边一个四四方方的大钱桶上，眼看着志成匆匆忙忙的动手动脚，几大块肥猪肉却在他的屠刀下四两半斤的变成了制钱和铜元。她笑眯眯的一五一十在那里数钱的多少。

　　她的职务是收钱。

　　在一个月以前，收钱的职务本来还是志成自己；另外请了一个帮手掌刀。如今因为南门新添了一张案桌，帮手到南门去做生意去了，所以她才自己来照料买卖。她原是一个能干而又和气的妇人。若单看样子，你也许将疑心她是一个千总的太太了。其实正街上熊盛泰家老板娘，虽说是穿金戴玉，相貌究竟还不及她富太端整咧。

她遇到相识的几个熟主顾时，也很会做出大方的样子，把钱接过手来，也不清数，连看都象懒得多看一眼，就朝到身旁边那个油光水滑值得送唐老特做古董了的老南竹筒里一丢。那竹钱筒张着口竖蠹蠹站在她身旁，腰肩上贴有金箔纸剪就的"黄金万两"四个连牵字。她虽说是大方，但你不要就疑心她是轻容易上别人当的！她是能知道人人都有随处找点小便宜心思的。所不过细的事情，也只在几个她认为放心可以不足怕的主顾才行。譬如是南门挖的李四嫂子，卖酸萝卜的宋小桂与跛脚麻三这几个人，不怕你就是送她的白光光的大制钱，她却也非要过细数看一下不可，因为他们都是老爱短个把数，或是于一百钱中间夹上四五沙眼——加之他们还太爱拣精选肥，挑皮剔骨，故意为难过志成，数钱也就是一种报复。

　　不过，常同志成做生意的人，提到志成屋里人时，打好字旗的还是很多。虽说他们称誉志成屋里人的原因是各人各样，如张公馆买菜那苗子是常同志成蹲到屠桌边喝过包谷烧（酒），面馆老板金老满是从志成处曾得到过许多熬汤的骨头，老催嫂子则曾于某一天早上称肉时由她手里多得一条脊髓。……

　　志成，是一个矮胖子。他比他屋里人还胖，虽然他屋里人在我们看来，已就是象肚板油无着落，跑到耳朵尖上样子了。我所见的屠户，好象都一个二个是矮胖子似的。屠户的胖，可说是因为案桌上有的是肉，肉吃多了，脂肪质用不胜用，不由己的就串到皮上，臕壮起来。但矮却又是为什么缘故？也许杀猪要用劲擒猪，人便横到长起来了罢？但杀牛的却又多是瘦长子，这事情很难明白。

他这时正打起赤膊，两只肥白手杆，象用来榨粉的米粉粑粑一样：虽然大，却软巴巴的。他拿着一把四方大屠刀，为这个为那个割肉。遇到打肋上或颈项有硬骨撑着时，必须换那把厚背脊的大砍刀才济事，那时，他扬起刀来，喇喳一下，屠桌上的肉与他自己肩膊上的肉却一样震动好久。

"半斤——喂，老板，少来点骨罢，你莫豹子湾的鬼；单迷熟人！"

"这里四两，要用来剁饼饼肉的……这又是个六两的，要炒丝子……那不要，那不要，怎么四两肉送那末多帮老官（骨）？"最爱嚼精的老卑说。

"老卑大，莫那末伶精罢，别人那个又不搭一点呢。"志成屋里人插了一句嘴。

"志成伯伯，我半斤，要腿精。"又一个小孩子。

志成耳朵中似乎听惯了，若无其事的从容神气，实在值得夸奖。口里总只是说："晓得，知道，好，晓……"几个字。其实称肉的十多个挤挤挨挨都想先得肉，他又那里能听到许多话？不过知道早饭菜的分两，总不外乎是——四两，六两，半斤，一斤，几个数目罢了！

这个要好的，那个要好的，——哪里来有许多好肉让他割。所以志成口上虽然是照例那末"知道，好，……"答应着，仍然不会于每个四两肉上便忘了把碎骨薄皮搭进去的道理。遇到你太爱挑剔时，他也会同你开句把玩笑，说是猪若是没有骨头哪里会走路。但只要她在那头说一声"这是万林妈伍家伯娘的四两，要好的"时，他便照吩咐割一片间精搭肥的净肉。志成屋里人所以能得许多人打好字旗，这也许还是一个大原因吧。

真是亏他耐烦啊！有时加贝老太爷还跑到他案桌边来，说是喂猫崽，要他割十个賬钱的猪肝呢。其实他明知道这是加贝老太爷一种称肉经济的算盘，故意如此。接着还要走到杨三那张案桌上用喂猫名义割十文猪肉；到宋家即案桌去用喂狗或别的什么名义割十文花油；但你是做生意的人，不能得罪你照顾买卖的先生们；何况照顾你的又是全城闻名、最不好惹的这么一条宝货？并且志成知道加贝老太爷专会拿人的例，不卖的话你不敢说；就是"喂猫要用许多肝和油？"或是"你家有几只猫崽？"一类话也不敢问。所以除要扬不紧随意为他多割一点外，没有办法拒绝。

"哪，六两的钱。"一个穿印花格子布衣衫的小女孩，身子刚与屠桌一样高，手里提了一个小竹篮子，篮子内放了些辣子，两块水豆腐，四个鸡蛋，一束大蒜，小的手拿了六个铜元送到志成屋里人手中。"要半精半肥的！"又看着志成。

"好，精的，"志成口中还是照例答着。他那个"好"字似乎是从口里说的太多了，无论你听一百句几乎也难分出哪一句稍轻稍重。

小妹妹靠桌边站着，见志成屋里人把钱掷到钱筒时，一阵唏嘟哗喇的响声，知道这就是自己刚才揑得热巴巴那大当十铜子的说话。她昂起头来。志成正拿刀齐到手割去，她心里暗暗佩服志成胆量大；不怕割掉手指。因为她自己不但前次弄大哥裁纸刀时划伤过一回手，流过许多血，到后得大姐为擦上牙粉才止；就是妈昨天剁酸辣子，手上也不经意就切去一块手指甲！

她头上那一对束有洋红头绳的蜻蜓辫，象两条小黑四脚蛇似的贴着头上动摇。她看到挂到木架子钩上猪胸腹里各样东西——肝，肺，心子，大肠，肚子，花油，……另外一个钩子上还钩着一个拿来敬天王菩萨刮得白蒙白蒙了的猪脑壳。那些东西上面有些还滴着一点一点紫血到地下来。猪头的净白，她以为是街上担担子，担子一头有一根竖的小旗杆，旗杆上悬有块长方形灰色油腻磨刀布，那种剃头匠刮的。因为猪毛是这样粗，这样多，除了剃头刀那种锋利外，别样刀怕未必能够剃的去罢。

从肝上她想起妈前日到三姨妈家吃会酒转身带给她的网油卷。见到肠子，又记出每早上放在饭上的熟香肠——香肠卧处那里的饭变成黄色后好吃的味道来。但这时的肠子，上面还附着了些黄色粘液，这粘液不但象脓，竟很易令人想到那些拉稀的猪屎，她于是吐了一泡口水到地上，反转脸来看钱筒上那花亮的金字。

案桌上放的那一方坐墩肉，精的地方间不好久又跳动一下。好奇使她注了意……这时必定知道痛，单不会哭喊……她待想要用两个小小指头去试触一下，看它真果会喊不会时，那动的地方又另换过一处了。

"它还活呢！"

"妹你莫抓，那脏手哟！"

志成屋里人，一只手抚着她蜻蜓鬏，一只手扳着篮边。

"妹，你娘娘崽崽天天都是肉！怎么今天又不同你大哥做一路来；却顾自买菜呢？"

"哥哥到省里读书去了，今早上天一亮就走的。"

"你妈怎么舍得——那二哥同你翠柳？"

"翠柳丫头不会买菜，二哥到学堂去了好久好久了——妈早上还哭呢。"

她觉得大哥出门是好的。虽然以后少一个人背她抱她，又不能再同大哥于每早上到杨喜喜摊子上买猪血油绞条吃了，但大哥走时所说的话却使她高兴。她于是便又把大哥如何答应她买一个会吐红舌的橡皮球，又带给一双黄色走路时叽咕叽咕叫喊的靴子……以及洋号的话——同志成屋里人说了。

志成屋里人见那小女孩怕磕烂豆腐的样子，一只手提着篮子，那一只手扶着篮边，慢慢底挨着墙走去，用着充满了母性爱怜的眼光，一直把小孩印花布衣衫小影送到消失于一个担草担子的苗老奶身后，才掉过头来觑志成一眼。不知何故，她那肥宽脸庞上忽然浸出一块淡淡儿红晕来了。如果志成是细心的人，这可看出她是如何愿意也有这样一个小女孩在身边——他但能杀猪，却不……略略对志成抱憾的神气。

屠桌边已清闲了。

志成得了休息，倚立在高钱筒与案桌头之间，一只肥大的手掌撑着下巴，另一只手在那里拈着一根眉毛怕痛似的想扯下来。悬脏类物下面，有一只黑色瘦狗，尾巴夹在两胯间，在那里舐食地上腥血。

他们夫妇的视线都集在那一只黑瘦狗身上。

一九二五年四月十六日于北京

炉 边

四个人，围着火盆烤手。

妈，同我，同九妹，同六弟，就是那么四个人。八点了罢，街上那个卖春卷的嘶了个嗓子，大声大气嚷着，已过了两次了。关于睡，我们总以九妹为中心，自己属于被人支配一类。见到她低下头去，伏在妈膝上时，我们就不待命令，也不要再抱希望，叫春秀丫头做伴，送到对面大房去睡了。所谓我们，当然就是说我同六弟两人。

平常八点至九点，九妹是任怎样高兴，也必支持不来了。但先时预备了消夜的东西时，却又当别论。把燕窝尖子放到粥里去，我们就吃燕窝粥，把莲子放进去，我们于是又吃莲子稀饭了。虽然是所下的燕窝并不怎样多，我们总是那样说，我同六弟不拘谁一个人的量，都敢得过九妹同妈两人。但妈的说法，总是九妹饿了，为九妹煮一点消夜的东西罢。名义上，我们是托九妹的福的，因此我们都愿九妹每天晚饭吃不饱，好到夜来嚷饿，我们一同沾光。我们又异常聪明，若对消夜先有了把握，则晚饭那一顿就老早留下肚子，这事大概从不为妈注意及，但九妹却瞒不过。

"娘，为老九煮一点稀饭罢。"

倘若六弟的提议不见妈否决，于是我就耀武扬威催促春秀丫头，"春秀！为九小姐同我们煮稀饭，加莲子，快！"

有时，妈也会说没有糖了，或是今夜太饱了，老九哪会饿呢？"遇到这种运气坏的日子，我们也只好准备着睡，没有他法。

"九妹，你说饿了，要煮鸽子蛋吃罢。"

"我不！"

"为我们说，明天我为你到老端处去买一个大金陀螺。"

"……"

背了妈，很轻的同九妹说，要她为我们说谎一次，好吃同冰糖白煮的鸽子蛋也有过。这事总是顶坏的我（妈是这样批评我的）教唆六弟，要六弟去说，用金陀螺为赂。九妹的陀螺正值坏时，于是也就慨然答应了。把鸽子蛋吃后，金陀螺还只在口上，让九妹去怨也全然不理，在当时，反觉得出的主意并不算坏。但在另一次另一种事上，待到六弟把话说完时，她也会到妈身边去，扳了妈的头，把嘴放在妈耳朵边，唧唧说着我们的计划。在那时，想用赂去收买九妹的我们，除了哭着嚷着分辩着，说是自己并没有同九妹说过什么话外，也只有脸红。结果是出我们意料以外，妈仍然照我们的希望，把吃的叫春秀去办。如此看来，妈以前所说全是为妹的话，又显然是在哄九妹了。然而九妹在家中因为一人独小而得到全家——尤其是母亲加倍的爱怜，也是真事。因了母亲的专私的爱，三姨也笑过我们了。而令我们不服的，是外祖母常向许多姨娘说我们并不可爱。

此次又是在一次消夜的期待中。把日里剩下的鸭子肉汤煮鸭肉粥，听到春秀丫头把一双筷子唏哩活落在外面铜锅子里搅和，似乎又闻到一点香气，妈怕我们伤风不准我们出去视察，六弟是在火盆边急得要不得了。

"春秀。还不好么？"盛气的问那丫头。

"不呢。"

"你莫打盹，让它起锅巴！"

"不呢。"

"快扇一扇火，会是火熄了，才那么慢！"

"不呢，我扇着！"

六弟到无可奈何时，乘到九妹的不注意，就把她手上那一本初等字课抢到手，琅琅的象是要在妈面前显一手本事的样子，大声念起来了。

"娘，我都背得呢，你看我闭上眼睛罢，"眼睛是果真闭上了，但到第五课"狼，野狗也——"就把眼睛睁开了。

"说大话的！二哥你为我把书拿在手上，我来背，"九妹是接着又琅琅的背诵起来。

大门前，卖面的正敲着竹梆梆，口上喊着各样惊心动魄的口号，在那里引诱人。我们只要从梆梆声中就早知道这人是有名的何二了。那是卖饺子的；也卖面，在城里却以饺子著名。三个铜元，则可以又有饺子又有面，得吃凤牌湘潭酱油。他的油辣子也极好。大姐每一次从学校回来，总是吃不要汤的加辣子干挑饺子。因为妈的禁止，我们却只能用眼睛去看。

那何二，照例捱了一会，又把担子扛起，一路敲打着梆梆，往南门垃方面去了，嚷着的声音是渐渐小下来，到后便只余那虽然很小还是清脆分明的柝声。

大门前，因为宽敞，一些卖小吃的，到门前休息便成了例了。日里是不消说，还有那类在一把无大不大的"遮阳伞王"（那是老九取的名）下头炸油条糯米糍的。到夜间呢，还是可以时时刻刻听得一个什么担子过路停下的知会，锣呀，梆梆呀，单是口号呀，少有休息。这类声音，在我们听来是难受极了。每一种声音下都附有一个足以使我们流涎的食物，且在习惯中我们从各样不同的知会中又分出食物的种类。听到这类声音，我们觉得难受，不听到又感到寂寞。最令人兴奋的是大姐礼拜六回家，有了她，我们消夜的东西，差不多是每一种从门前过去的都可以尝试。

何二去后不久，一个敲小锣卖丁丁糖的又在门前休息了。我知道，这锣的大小，是正如我那面小圆砚池，是用一根红绳子挂在手上那么随随便便敲着的。许是有人在那里抽了签罢，锣声停下来，就听到一把竹签子在筒内搅动的响声了。又听到说话，但不很清楚。那卖糖的是一个别处地方人，譬如说，湖北的罢。因为常听他说"你哪家"；只有湖北人口上离不得"你哪家"，那是从久到武昌的陈老板的说话就早知道了。在他来此以前，我似乎还不曾见过象那样敲着小锣落雨天晴都是满街满巷走着的卖糖的人。顶特别的是他休息到什么地方时，把一个独脚凳塞到屁股底下去坐，就悠悠扬扬打起那面小锣来了。我们因为欣赏那张特别有趣的独脚凳，白天一听铛铛的响声，就争着跑出去。六弟还有一次要他让自己坐坐看，我们奇怪它怎么不会倒，也想自己有那么一张，每天让我们坐着吃饭玩，还可以扛到三姨家去送五姐她们看。

大的木方盘内，分划成了许多区。每一区陈列糖一种。有的颜色式样虽相同味道却两样，有的样子不一样味道却又相同。

有用红绿色纸包成三角形小包的薄荷糖，吃来是又凉又甜的。有成片的姜糖，味道微辣。圆的同三角形的各种果子糖，大的十枚五枚，小的两枚一枚。藕糖就真象小藕，有孔有节。红的同真红椒一般大的辣子糖，可以把尖端同蒂咬去，当牛角吹。茄子糖则比真茄子小了许多，但颜色同形式都同，把茶倾到茄子中空处再倒到口里去也很甜。还有用模子做成的糖菩萨：顶小的同一个拇指那么大，大的如执鞭的财神、大肚罗汉，则一斤糖还不够做一个。那湖北人，把菩萨安放在盘子正中，各样糖同小菩萨，则四围绕着陈列。大菩萨之间，又放了一个小瓶子，有四季花同云之类画在瓶上。瓶子中，按时插上月季，兰，石榴，茶花，菊，梅以及各样应时的草花。袁小楼警察所长卸事后，于是极其大方的把抽糖的签筒也拿出来了。签从一点到六点各六根，把这六六三十六根竹签管束在一个外用黄铜皮包裹描金髹过的小竹筒内。"过五关"的抽法是一个小钱只能得小菩萨一名。若用铜元，若过了三次五关以后，胜利还是属于自己，则供着在盘子正中手里鞭子高高举着的那位财神爷就归自己所有了。三次五关都顺顺当当过去，这似乎是很难；但每天那湖北人回家时那一对大财神总不能一同回家，似乎是又并不怎样不容易了。

等了一会，外面的签筒还在搅动。

六弟是早把神魂飞出大门傍到那盘子边去了。

我说，"老九，你听！"我是知道九妹衣兜里还有四十多枚小钱的。

其实九妹也正是张了耳朵在听。

"去罢。"九妹用目答应我。

她把手去前衣兜里抓她的财产，又看着母亲老实温驯的说，"娘，我去买点薄荷糖吃罢！"

"他们想吃了，莫听他们的话。"

"我又不抽签，"九妹很伶便的分解，都知道妈怕我们去抽签。

"那等一会粥又不能吃了！"

本来并不想到糖吃的九妹，经母亲一说，在衣兜里抓数着钱的那只手是极自然的取出来了。

妈又说必是六生的怂恿。这当然是太冤屈六弟了。六弟就忙着分辩，说是自己正想到别的事，连话也不讲，说是他，那真冤枉极了。

六弟说正想到别的事，也是诚然。他想到许多事情出奇的凶，……那位象活的生了长胡子横骑着老虎的财神爷怎么内部是空的？那大肚子罗汉怎么同卖糖的杨怒山竟一个样的胖实！那个花瓶为什么必得四名小菩萨围绕？

签筒声停止后，那锵锵锵漂亮的锣声便又响着了。

这样不到二十声，就会把独脚凳收起来，将盘子顶到头上，也用不着手扶，一面高兴打着锣走向道门口去罢。到道门口后，把顶上的木盘放下，于是一群嘴边正抹满了包家娘醋萝卜碗里辣子水的小孩，就蜂子样飞了过来围着，胡乱的投着钱，吵着骂着，乘了胜利，把盘子中的若干名大小菩萨一齐搬走。眼看到菩萨随到小孩子走尽后，于是又把独脚凳收起，心中装了欢喜，盘中装了钱，用快步的跑转家去罢。回家大约还得把明天待用的各样糖配齐，财神重新再做，小菩萨也补足五百数目，到三更以后始能上床去睡，……为那糖客设想着，又为那糖客担心着财神的失去，还极其无意思的嗔视着又羡企看那群快要二炮了还不归家去的放浪孩子，糖客是当真收起独脚凳走去了。

"那丁丁糖已经过道门口去了！"六弟嗒然的说。

"每夜都是这时来，"我接着说。

"娘，那是一个湖北佬，不论见到了谁个小孩子都是'你哪家'的，正象陈老板娘的老板，我讨厌他那种恭敬，"九妹从我手上把那本字课抢过手去，"娘，这书里也画得有个卖糖的人呢。"

妈没有做声。

湖北佬真是走了。在鸭子粥没有到口以前，我们都觉得寂寞。

记陆弢

一

河岸上掠水送过来的微风，已有了点凉意。白日的炎威，看看又同太阳一齐跑到天末去了。

"几个老弟，爬过来罗！胆子放大点，不要怕，不要怕，有兄弟在，这水是不会淹死你的呀！"

高长大汉在对河齐腰深的水里站着，对着这面几个朋友大声大气的喊叫。

"只管过来！"

他声子虽然大，可是几个不大溜刷水性的人终是胆子虚虚的，不能因为有人壮胆，就不顾命凫过去！

至于我这旱鸭子呢，却独坐在岸边一个废旧碾子坍下来的石墩上面，扳着一个木桩，让那清幽清幽了的流动着的河水冲激我一双白足。距我们不远的滩的下头，有无数"屁股刺胯"一丝不挂的大大小小洗澡人。牵马的佚子，便扳着马颈扯着马尾浮来浮去。

他终于又凫过来了。

"芸弟，你也应当下水来洗洗！又不是不会水，怕哪样？水又不大深，有我在，凡事保险。会一点水很有用，到别处少吃许多亏，如象叔远那次他们到青浪滩时的危险。"

"我不是不想好好的来学一下，……你不看我身子还刚好不几天——"

"你体子不行，包你一洗就好了。多洗几次冷水澡，身子会益发强壮。……人有那么多，各在身前左右，还怯么？我个人也敢保险。……"

"好，好，过一个礼拜再看，若不发病，就来同你学撑倒船，打沉底汆子罢。"

…………

耳同尼忽然两个"槽里无事猪拱猪"在浅水里相互浇起水来了。

大家拍着掌子大笑。

"值价点！值价点！"大家还那末大喊着，似乎是觉得这事情太好玩了，又似乎鼓动他俩的勇气。

他俩脸对脸站着，用手舀水向敌方浇去。你浇我时我把脑壳一偏；我浇你时你又把眼睛一闭；各人全身湿漉漉的，口里喷出水珠子。在掌声喊声里，谁都不愿输这一口英雄气！

"好脚色，好脚色，——有哪一个弟兄敢同我对浇一下子玩吗？我可以放他一只左手！"他心里痒极了。见了耳打败了尼，口中不住的夸奖。恨不得登时有个人来同他浇一阵，好显点本事。谁知挑战许久，却无一个人来接应，弄得他不大好意思了——

"你们这些都不中一点用，让兄弟再泅过去一趟送你们看罢——芸弟，芸弟，你看我打个汆子，能去得好几丈远。"他两掌朝上一合，腰一躬，向水中一钻，就不见了。

水上一个圆纹，渐渐地散了开去。

这河不止二十丈宽，却被他一个余子打了一大半。——不到两分钟，他又从河那一边伸出一个水淋淋的脑袋来了。"哈哈！哈哈！怎么样，芸弟！"他一只手做着猫儿洗脸的架子抹他脸上头上的水，一只手高举，踹着水脚，腰身一摆一摆又向我们这边河岸立凫着过来了。

——好，好，好，不错！

我也同大家一齐拍着掌子大喊。

二

几天来下了点雨，大河里的水便又涨了起来。洪的水，活活地流，比先前跑得似乎更快更急！但你假若到龚家油房前那石嘴上去看看时，则你眼中的滩水，好象反又比以前水浅时倒慢得多了！

河岸也变换了许多。滩头水已平了。这水大概已上涨了一丈开外罢。

百货船三只五只，一块儿停泊在小汊港回水处。若在烟雨迷濛里，配上船舱前煮饭时掠水依桅的白色飘忽炊烟，便成了一幅极好看的天然图画。若在晴天，则不论什么时候，总有个把短衣汉子，在那油光水滑的舱面上，拿着用破布片扎成的扫帚，蘸起河水来揩抹舱板。棕粑叶船篷顶上，必还有篙子穿起晒晾的衣裤被风吹动，如同一竿旗帜。

他们这时不开行了。有些是到了目的地，应当歇憩；有些则等候水退时才能开头。这时你要想认做老板的人，你可一望而知。他必把他那件平常收拾在竹箱里的老蓝布长衫披到身上，阔气点的，更必还加罩上一件崭崭新青到发光的洋缎马褂，——忽地斯文起来，一点不见出粗手毛脚的讨人厌嫌样子了。

　　船的桅杆上，若是悬有一大捆纤带子，那一看就知道是上水候水的船了！至于下水船，它是没有桅杆的。桅子到辰州以下，是可以帮助上水挂帆；一到这北河来，效力不但早失，滩水汹汹，不要命的只是朝石头上撞，若船上再竖一根桅子，反觉得碍手碍脚，妨害做事。它们各个头上长了一把整木削就关老爷大刀般木桡，大点的船则两把。那桡的用处就是左右船身。到下滩时，发狂大浪朝到船头打来，后面的浪又打到前面，小点的船简直是从浪中间穿过的，若无一桡保驾，危险就多！上水船怕水没纤路，不能上行；而下水则正利用水大放艄。这时不但七百里的常德，一天多点可到，且水大滩平，礁石也不用怕了。

　　水虽说是这么大，但我们仍然可以有看到上水船的机会。

　　因为这些船多半是离此已不远了才涨水的，所以还是下蛮劲赶到，以便从速装卸，乘水大图第二批下水。

　　岸上十多个水手，伏在沿岸山地石路上，象蚂蚁子慢慢的爬着。手上抓着河岸上那些竹马鞭，或者但抓着些小草，慢而又慢的拖拉那只正在滩口上斗着水这边摆那边摆的货船。口中为调节动作一致的缘故，不住的"咦……唻……耶……嚎……"那么大喊大叫。这时船上，便只剩了两个管船人，一个拦头工，一个掌舵。那拦头工，手上舞着那枝湿巴巴的头上嵌有个铁钻子的竹篙，这边那边地戳点。口上也"镇到起，开到……

偏到，"那末指挥着后艄的掌舵老板。间或因为船起了细小故障，还要骂句把"干你的妈！""野狗养的，好生点罗！""我肏你娘，你是这么乱扳！"船上的"娘"，本来是随意乱骂的，象是荷包里放得有许多。气极时，儿子骂父亲与叔叔，不算什么回事。

这时的掌舵老板，可就不是穿青洋缎马褂，套老蓝布长衫，倚立在后舱有玻璃窗子边吃卷烟的老板了，人家这时正作古正襟的一心一意管照着船，挽起袖子，雄颈鼓眼的用那两只满长着黄毛的手杆擒住了舵把，用尽全身吮奶的力气来左右为浪推着不服帖的舵。这生活可不是好玩的事哟！假使一个不留神，訇的一下撞了石头就会全船连人带物的倒下水，所以他那时的颈部大血管，必是胀得绯红绯红，而背甲，肩膊，脚趾，屁股，都弄得紧张到胀鼓鼓的程度。

"慢！慢……靠到拉……好生罗！吃豆腐长大的，怎个这样没有气力？"声子是这么喊纤手，喉也喊嘶了。为得是鼓舞那些伏在岸上爬行的水手用劲，除不住的把脚顿得舱板訇訇底发响以外，还要失望似的喊几声"老子！爷！我的爸爸，你就稍用一点劲罢！"其实劲是大家都不能顾惜到不用了，就是船不听话。

这时的羧，常同我坐在这石嘴草坪上，眼看到一只一只船象大水牛样为那二十多个纤手拖着背上滩去，又见着下水船打着极和谐好听的号子连接着，挤挨着，你追我赶的，向滩下流去：两个好动的心，似乎早已从口里跑出，跳到那些黄色灰色浮在水面上跑着的船上去了！

它们原是把我们身子从别一个口岸载到这里来的！若是我

们果真跳上了船，那不上半天工夫，它就会飞跑的把我们驮到二百多里的辰州了……再下，再下，一直到了桃源，我们可上岸去找寻那里许多有趣的遗迹……再下，再下，我们又可以到洞庭湖中去，到那时，一叶扁舟，与白鸥相互顺风竞跑……而且君山是如何令人神往……这时他必定又要抱怨自己：不能同到几个朋友从宜昌沿江上溯，步行到成都，经巫峡，看汹汹浊浪飞流的大江，望十二峰之白云……机会失去为可惜。

一九二六年九月于北京

一九二一年夏天，这位好友在保靖地方酉水中淹毙。时雨后新晴，因和一朋友争气，拟泅过宽约半里的新涨河水中，为岸边漩涡卷沉。第三天后为人发现，由我为埋葬于河边。

一九八一年四月校后记于广州

传事兵

营门外，起床的喇叭一吹，他就醒了。想起昨夜在床上计算下来自己的新事业，一个鹞子翻身，就从硬木板床上爬起。房中还黑。用竹片夹成黄色竹连纸糊就的窗棂上，只透了点桃色薄灰。他用脚去床下捞摸着了鞋子，就走到窗边去。把活动的窗门推开，外面甜甜的早晨新鲜空气，夹上一点马粪味儿，便从窗子口钻到房子里来了。那个刚吹完了起床喇叭的号兵，正在营门前大石狮子旁，把喇叭斗在嘴边，从高至低——从低至高的反复着练习单音。营门口两个卫兵，才换班似的，挺然立着，让那头上悬着的一盏飏着灰焰的灯下画出一个影子映到门上去。一个马伕，赤了个胁膊，手上象是拿了一大束马草，从窗下过去。两个担水的，也象是不曾穿衣，口上嘘嘘的轻轻打着哨子，肩上的扁担，两头各挂一个空水桶摆来摆去，走出营门取水去了。在大堂那一边，还有个扫地的伕子，一把大竹帚子，在那石磴子前慢慢的扫着。又依稀是象在与谁吵嘴骂娘的声音，也可听到。外面壁上的钟，还是把时间"剥夺剥夺"的消磨着。大堂中，正中悬着那盏四方灯，同营门前的一个样，离熄灭还要一些时间，寂寞样儿，发出灰色黄暗的微光，全是惨淡。

天上渐渐的由桃灰色变成银红了，且薄薄的镀了一层金。

房之中，也有黄色的晨光进来，一切墙上的时代瘢疤，便这里那里全是。有些地方，粉灰剥落处，就现出大的土砖来。他的眼睛，从这一类疮疤样上移动着，便见到自己昨天才由副官处领来的那一顶军帽，贴在墙头，正如同一个大团鱼。帽上的漆布遮檐，在这金色微光里，且反着乌光。地下湿漉漉的，看到地下，就不由得不想起他的《文选》来了，于是走到床边，腰钩下去，从床下把书箱拖了出来。但，立即又似乎想起些别的更重要的事，就重复将箱子推到床下去了——箱子过重的结果，是多挨了他一脚，才仍然回到床下去。

他不忘记初次为副官引到上房去见统领时，别人对他身个儿的怯小是如何的生了惊异，便立志想从一切事情中做一个大人模样来。这时既然起身，第一就是当然应先理床！枕头拍了两下，这是一个白竹布在一种缝纫机的活动下啮成荷叶边的枕头，值得一块钱，因为出门，才从嫂嫂处拿来撑面子的。被盖，是一床电光布的灰色面子的被盖，把来折成一个三叠水式。但是，走开一点，他记起别人告他的规矩，三叠水式是只适宜于家里，于是，又忙抖开折成一个豆腐干式。有一条昨夜换洗的裤子，塞到垫褥下去后，床上的功课，似乎就告了结束了。

走到窗边，重新伸出头去。对到自己房子那间传达室，门还是关闭着，大概传达长吃多了酒，还在自由自在做梦！外面坪子里，全是金黄色。大操坪里，已来了一队兵士，在那里练习跑步了。从窗子外过去的小护兵，还未睡足的神气，一只手在眼睛边拭着，另一只手拿了碗盏之类出营门去。到门前时，那只在眼睛边的手，便临时再举上去行了一个礼，不见了。

……军队，这东西就奇怪，在喇叭下活动起来，如同一个大的生物，夜里一阵熄灯喇叭吹出时，又全体死去！

因为初来，就发现这类足以惊愕的事。到后又觉得这真可笑，就嗤的笑了。如今是也要象别人一样在喇叭下生活的了，总以为这是一种滑稽的生活。希望在感到滑稽的趣味中不搀杂苦恼的成分，才容易支持下去。

他并不是忘了起床后是洗脸。但人家把他安置到这里，是责任；关于洗脸的事，可无论如何也不能说是责任了！洗脸以及类于洗脸的吃饭，解溲，当然是要自己去找寻。他不知是否是要自己去到大厨房去，还是不久就会有一个伕子将大桶的水拿来给各处房间的人。他又想：这里也许还同县立师范学校一个样罢，盥洗室，是在先就预备下来的。他想找一个脸孔比较和气一点的人来问问这盥洗室的所在，但从窗子下过去的所见到的人，就无一个象已洗过了脸的样子。各人脸子上油烟灰尘都很可观。小护兵明明白白还是从"拾了鸡蛋被人打破"的一类好梦里，被护兵长用手掌拍着臀部醒来的，眼角上保留的那些黄色物，就可为他的确证。

……无怪乎，一个二个，脸都是那么"趄抹剌黑"！

他以为大家都不洗脸，成了脸黑的结果。可是，自己可不成啊！人家提篮里一块还未下过水的崭新牛肚布手巾，一块飞鸟牌的桂花胰子，还有无敌牌的圆盒子牙粉，还有擦脸用的香蜜，都得找到一个用处，才不至辜负这些东西！

"还是问问罢，口上是路"，因此就出了自己的房门。

"呀，传达先生！早咧！"一个副官处的小小勤务兵，昨天见他随同传达长到过副官处，对他起了新的恭敬。

这是他第一次被人喊传达，虽然传达下为加了先生字样，一个羞惭扑上心来，再不好意思向这勤务兵请教了。同这小兵点了点头，做一个微笑在脸上，他就走开向大堂这一边来。望钟，钟是欠二十分到五点。

……今天我是传达了呀，以后也是！"传达，这里来"，"传达，你且去"，这里那里，都会追赶着叫喊传达！一堆不受用的字眼，终日就会在耳边亲密起来，同附在头上的癞子一般，无法脱离，真是可怕……

然而，这是没有办法的事，正如此时提篮里的胰子牙粉一样：委屈，受下去，是应当，除非是不到这里来。不到这里来，他就是学生，人家不会叫他这样一个不受用的名称，从这名称上得来的职务上牵累，也不至于——自己要想洗脸，就自由大大方方把新牛肚布的手巾擦了胰子，在热水里把脸来擦，且即可从面盆的搪瓷上，发见自己那个脸上满是白沫子有趣的反影，是颇自然罢。

他希望再遇到承发处那个书记一面。他们同过学，见到时，就可以谈两句话，且互道"晚上好""早上好"，虽然客气却两方面都不损失什么的话语，到末后，就可将一切所不知的事问那人，就譬如说，洗脸，吃饭，解溲等等地方，以及职务上的服从，对上司的礼节。比这不能再缓的他也要知道，一个普通上士阶级传事兵是实支月薪若干元？发饷是不是必要到一个月以后？从昨夜他就计算起，零用中，他至少得理一回发，不然，实在已长得极难看了。且嘴边也象毛茸茸的，纵不是胡子，也不雅观。他不愿意别人说他年纪太小，但同时又不愿意他日在统领大人面前回事之时，因了头发和脸上的细毛，使统领在他实际年龄上又多估了几岁。且把自己收拾得好好的，展览到一班上司同事前头时，他以为会不至于因了他职务上的卑微而忽视了他的志向。他切望人家从他行为上，看出他是一个受过好教育的人。人家对他夸奖他的美貌，于自己也颇受用。这是他在学校时养成的一个细致的脾气。这脾气，在他想来，纵不能说是好，同坏总还是站在相反一条路上走。

承发处的书记，大概还没有起床罢，不见出来。那一对水夫，从外面把水桶里的水随意溅泼着，吹着哨子，又走进大堂后到大厨房去了。不因不由，使他脚步加快也赶了下来。转过大堂，从左边，副官处窗子下，一个小月拱门过去，大厨房，第一面那个无大不大的木水桶已立在眼前了。两个水夫一个一个走上那桶边矮矮木梯子上去，把水哗的倾倒下去。水夫走开时，他还立在那里欣赏那个伟大东西。桶的全身用杉木在两道粗铁条子下箍成，有六尺多高。想到这大水桶里，至少是可以游泳，可以踹水脚，可以打余子。不会水的一掉下去，也可以同河潭里一样，把人溺死。末后就想到在县里，为水淹死的朋友那副样子来，白白的脸，灰色的微张的眼睛，被鱼之类啮成许多小花朵样的耳朵和脚趾，在眼前活现。

脸还是没有洗，他又回到传达处门前了。从窗子外朝自己房里望，先是黑暗，因为方从光明处来，且房中为自己伸着的头阻了光。但不久就清楚了。起花的灰色被盖，老老实实成方形在印花布的垫褥上不动。一个荷叶边白色枕头，也依然卧着。屋顶，白色的棚子，有了许多雨迹，象山水画，又象大篆。地下，象才浇洒过水的样子，且有些地方，依稀还成了有生气的绿色。

他第二次想起《文选》，再不忍尽它在床下饱吸湿气了。

返到房中，就把箱子里同《文选》放在一个地方的《古文辞类纂》也取出，安置到那近窗的写字桌上去。书是颇好的版本，很值钱，可惜在这略觉不光明的房子里，已不容易在书面上去欣赏那颗"健德庐藏书印"的图章了。

他把书位置到大石砚台与红印色大洋铁盒子中间后，又无事可做了。总以为自己应做一点什么事，不拘怎样，打拳，行深呼吸，也是好的。职务，在传达长指示以前，他知道是不须过问的。这时只是为得是自己。但是自己有什么可以抓弄？连洗脸也不能！

到后在思想里去找寻，才记到抽屉里那本公务日记来。他昨夜曾稍稍翻过一道，见上头写了许多字，又有在一种玩笑中画下来的各种人脸相，是离开此房一个传事兵遗留下来的册子，名是"公务"，却录下了些私事。随手去翻开，一页上，写得是：

今天落雨，一个早晨不止，街上鸭子有的是乐。从窗孔伸出脑袋时，可以看到那个带有忧愁心情的灰色的天。一滴水溅到脸上来，大约是房子漏雨了。檐口边雨水滴到阶前，声音疲人，很讨厌。

大堂上地板滑滑的，一个小护兵从外面唱起《大将南征》的军歌进来，向前一撺，一个饿狗抢屎的姿势扑去，人起身时，脸上成了花脸，如包大人，手上的油条蘸了泥，烂起脸走去了。不知以后把蘸了泥浆的油条呈上师爷时，师爷是怎样的发气，护兵是怎样的心抖，担水的伕子们罪过！雨的罪过！

再翻一页是：——

没事可做，一出门就会把鞋子弄湿，不是值日，又不必办公。将用来写收条的竹连纸，为跌倒到地上的小护兵画了一个相，不成功。但眉毛那么一聚，不高兴的模样，正象从地下刚爬起的他。不久，又见到那小孩子出来，衣裳已换，赤了脚，戴个斗篷，拿一个碗，脸上哀戚已为师爷和颜拭去，但，歌是不再唱了。

接到这一页后的，是一张画，穿了颇长的不相称的军服孩子，头上戴了一大的军帽，一只手在脸边摩抚，或者，是前一位同事为那跌了的孩子第二次小心的描到这本子面来的罢。旁边有字，是"歌唱不成了！"又数过一页，上面是约略象"狮子楼饮酒"，"三气周瑜"一类故事画的，不过站立在元帅身边的，却都是军装整齐的兵士，这又是同事的笔调，虽然画是可笑的陋拙，却天真。

他觉得好玩，就一直翻下去，或者是空白，但填上了晴雨日子，或者记了些关于公事的官话，总无味。这本子便用了一些胡画作结束了。不过在一页涂上了两匹鱼的空行处，还有那么一节：

后山上映山红花开时，象一片霞。西溪行近水磨那边，鲫鱼颇多，大的有大人手掌大，小的有小孩子手掌小，只要会钓，真方便。

他于是便筹画起一根钓鲫鱼的竹竿来，这一个早晨，就让脸上脏着过去了。

一九二六年八月廿七日于西山

山
鬼

《山鬼》为中篇小说，其中前三部分发表于
1927 年 7 月 16 日、23 日《现代评论》第 6 卷，
第 136-137 期。署名为琳。
1928 年 10 月，全文由上海光华书局出版单行
本。本文插入的注释为作者原注。
《晨服副刊》第 2018—2023 号。署名何远驹。
1928 年 10 月由上海光华书局初版《长厦》单
行本。

长　夏

一

"我不来的。"我重复的说，"我不来，决不。"

"原故？"

"原故是不来。"

"那——"

那什么？在电话忽然一顿中，我能揣测出，六姐是不高兴了。赔一个礼吧，然而在电话上接吻比信上还浪漫，如此不切于实际，作了也无补于事。

"写信告我的原故，即时写，四点以前发，九点我就可以收到了。"

照电话中的嘱咐，我答应写信，然而我怎么能说出不来的原故？太阳这么大，走来会累死；坐车吧，这车钱还能要大姐来出么？

"穷到这样也还来说爱。"我想起，凄然的笑了。

写信怎么发？还是走去吧。我决心走去。万一当真途中受了暑，一个洋车夫样跌到地上就死去，别的人不知，但六姐，能明白我致死的原由。

但逢了救主，一出胡同口，一辆车子对面来，车上是小傅。

"这大热天走那儿去？"

"想到西城去有一点事。"

小傅见到我装束不凡，明白我是徒步旅行家，他说："不坐车，怕不行"，一面从衣袋里掏摸皮夹子。

小傅的车子进胡同去了，我有二十吊票子，来去都不必徒行，中暑想来不必了。在骑河楼我找到了替我出汗的人了，我坐车去看我的六姐。

"天气热，慢拉一点也无妨，"我在车上安慰那褐色光背人，他却以为我盼望快点，跑得更速了。

到了大姐处，给她俩一惊。

"怎么说不来又来？"

"惹你们的。"

大姐同六姐，这时正是在一块儿睡觉，大姐起身来，我就补了缺。

"老实一点吧，全是汗！"

"陪个礼。"

我把汗水全擦到六姐脸上去，大姐看不过意叫人把水打来了。

因为汗，我想起我出发时的情形了，我说"我是走来的。"

"不会那么快吧，这不止十里。"六姐是不信。

"坐在车上要别人走来。"大姐也用不信语调说。

"然而在先我是有心徒步走，因为不好……"

大姐不明白我的因为以下的话语，六姐却料到。

六姐说："还不送车钱吗？"

大姐也取钱。

"没有车钱还好意思来？"

这时不免夸口了。然而来去要大姐开车钱，是无从数清回数的。就因不好意思反而要大姐同六姐破费，所以才不能每天每天来西城，不然六姐的身至少有一半，归我有了吧。

到后仍然把我先是徒步计划到后遇到小傅的话说给六姐听，这话在六姐心中，起了一个痕。我能从六姐脸上察得出。但当我说出"我是期望在路上，万一中了暑死去，六姐会明白我"的话时，六姐却说为省这点费，中暑也应该。当真中了暑，六姐安心么，怕不应该吧？

"我是甘心受一点跋涉的苦楚，好到你面前找一点报酬。"

"不过走得全身是汗，我可不是为你擦汗水用的。"

只有大姐不作声。大姐当在想什么事情。

就是在车子上端端正正坐下来，在长安街大烈日下去让日头蒸，我也就够疲倦了。这来究竟为什么？我不明白。甚至我还准备着步行这么远的一段路，为得是……？

"一个耕田的人为了粮食的收成，大六月间去到田中收割稻米这是平常事。我，为收割爱的谷子来往不惮其烦的奔走。"想着，我又不能不笑我的傻——凡是爱都傻。多亲一次嘴，多搂抱一次，于我生活的意义上究竟添注了一笔积蓄吗？就算是，这积蓄于我将来又有什么用处？

"怎么尽傻笑？"六姐问我，我不作声。

六姐见我笑，笑得无理由。我就是笑我的傻！谁知笑也仍是傻。

大姐走到桌边去看书，问大姐，是什么书？答说是政治原理。大姐因为我来了，她不能占据六姐，就装成看书，其实心并不在书。

"大姐，怎么坐得远远的？"我说，"不高兴理我么？"

大姐懒理会这闲话，磕闲牙时大姐只有吃亏的。

"宝贝姐，睡到我的身上吧，"我轻轻的在六姐耳边说，脸上为六姐赏了一巴掌。

"大姐故意去看书，就是让我们来——"

"来做什么？说！说得不伧不尬我就又要打。"

六姐巴掌是又举起了，但我并不怕。

我说，"大姐看书不理我们就是让你用巴掌来吓我的。"

"嗤……"六姐笑。

六姐当真伏在我的身上了。天气热，但天气冷暖在两个情人中是失了效力的。再热一点把两个身子贴紧也是可以忍受的事情。与其去吃冰把热赶去，不如就是这样"以毒攻毒"好。

六姐只穿一件薄薄洋纱衣，我可以用鼻子去闻嗅一切，学打猎的狗。

二

"男人是坏种。"

"女人是？"

"女人是被坏种引坏的。"

"但男人其所以坏却是为女人的标致。"

"天下几多标致女人，谁负这使男人坏的责？"

"一个女人常常应负许多责，因为到那边引坏第一个男子，到这边来又可以引坏第二个男子。有时候，还使男人要死不活哩。"

"说不过你那张薄嘴。"六姐口一扁，掉了头过去看壁上画。

这是我画的。画自己的相。因为充诗人，故意头发画得许多长。画是侧面像，我把脸填成苍白。嘴儿却是红红的；红色涂得像一颗樱桃。我为解释起见同大姐说这是未来派，又说挽合象征派的方法作成的。其实是乱画。

"这是诗人的相哪。"六姐在揶揄我了，还在笑。

"天下没有女人也就没有诗人了。"

"你活下来都是为女人？"

"岂止。没有女人的世界，我不信花纵能开还有香！没有女人的世界，雀儿是哑子，也是一定。没有女人的世界，男人必定也没有嘴唇。"

大姐挽了嘴，"难道没有女人的地方，男人就不用吃饭说话么？"

"口的用处是为同女人亲嘴，才会那么红，那里是专为吃饭说话而有的？"

"那你以前一个人坐到住处？"

"以前吗？"我说不出理由了。

"唵，以前，说呀！"六姐也就帮到大姐来逼人。

"以前我是知道这时有一个六姐，口才存在的。"

"是强辩！"

大姐也和说，"是强辩。"

"我不再辩了。我只问六姐：嘴唇本来已很鲜红了，照大姐说法，嘴是说话吃饭用，为什么又要涂上这么多胭脂？难道吃饭说话也得一定要把嘴唇涂红才行？"

"只是说瞎话！"

"瞎话么？才不哪。"

六姐静呆对相看，心里有事似的不做声。

大姐取出香蕉来，要田妈取冰。我是不待冰好就拿过来剥皮吃。冰还没有来，我吃三个了。

"看哪，嘴是不为吃东西生的！"

"还说吗？"我看六姐说，"你若是让它永远贴在你那柔软的颊上，比香蕉再好的新鲜龙眼我也不吃！"

六姐脸红了。我走过去。六姐向床上倒下，我又跟到办。六姐眼闭了。当到大姐在旁也不怕，我把我吃香蕉的口去吃六姐嘴上的胭脂。

也不必用劲抵拒，就偎拢来了。

大姐不愿看。大姐在剥香蕉皮。我心想，香蕉只是为大姐一人预备，我们除了亲嘴不应当再来夺取大姐香蕉的。笑就不能忍。

"笑什么？"大姐问。

"我笑，"我在六姐耳边轻轻说，"我把大姐的香蕉吃多了。"

六姐悟不到我的意思，为大姐分解。

六姐说，"别人是正为你来此买好的，又讲怪话！"

"不，我不应当吃。"

"你说什么？"大姐问我的话，却要六姐答。

"说吃了你香蕉太多，不应该。"

"因为你欢喜，才买的。不然我又不大吃，六姐也嫌腻，要这多于吗？"

我狂笑。我说不出话。

"是颠子，"六姐一见我笑就有这一句批评。

"我是颠子，让我再颠一下吧。"六姐腰是又变成一捆柔树枝，我手是两条软藤了。

"我的天，轻抱一点吧。"

"我要抱死你。我一个人就是常常那么想：总有一天你使我发狂，我便把你腰抱断。"

"哎呀，真吓人！"

然而腰是抱不断。六姐没有话告我说是抱紧一点也无妨，但把那藤束紧一点时，六姐更愿意，这是六姐眼睛已作目语给我通知了。

慢慢的，我又把话引到香蕉上面来，我说出我不应吃香蕉的理由时，惹得大姐一次啐。

疲倦是来了，打一个哈欠。

"弟，你疲倦休息一会吧。只要五分钟，莫讲话，莫闹，睡倒着，我帮你打扇。"

"你是说六月里帮猪打扇的。"

"你总只爱说怪话，莫又惹得我气来——"

"好，好，依你办，我睡，你陪到我睡，一块儿，我才能安神。"

在一块儿我就能安神么？真是鬼话！

然而六姐就睡下来了。不动不闹也罢，只是口，应当有着落，让它贴在姐的脸或颈脖上。手，也应当环成一条带子。六姐不依；不依那能睡？

"唉，你怎不怕伤食？"

"不怕的。这精致的食品只有越来越使人贪馋。"

到底是太疲倦了。我睡她也睡。那香蕉，当真只有大姐一人吃。香蕉的味道，是看吃法来，有时吃，许比苹果甜，但大姐口中这时吃来是苦的，这是六姐明白告我以后我才知道的。

三

大姐故意说是打电话，就到学校里去了，她的屋里剩我同六姐。

六姐说："她爱你哩。"

"大姐爱我，这是你猜想，还是她同你说及？"

"我明白，事情是真的。"

"你的话真吓了我一跳。"

"干吗说这俏皮话？爱你的，是大姐。她真会为你发疯。你以为大姐不懂得爱人么？"

"为什么说得上，这不是一个笑话么？"

"爱人是笑话吗？我才听你这样说，以前我可不知道。"

"我不是说凡是爱人都可笑。'龙配龙，凤配凤，虱娘狗蚤配臭虫'；我们那能说得上爱？"

"你这是骂人，别人就不配爱你吗？"

"只有你才配同我——"

话是应当中止的时候了，六姐的嘴已为给封了，封皮就是我的嘴。

想起六姐刚才的话我怕起来了。然而大姐在近月以来，对于我，是不停止的在进攻，从一些态度上，我是多少也看出了一点儿。我对于这个，老实说，真感到不快。我是臭虫——这二者中总有一个是臭虫，然而这只有一个是，另一个则另外是一种，分明的是这说不到上爱。我这才知道一个人的心有时真野到不得了。也许这在大姐方面是可以自自然然发生的，可惜这好意，我竟无从领受。

"若是我是大姐我可不会有这种野心，"我说，"一个人不自量，是只有苦恼的。"

"但是，你不能禁止别人来爱你，也正像你无从使我恨你一个样。"

"她怎么能同你打比？"

"是吗？她心还以为我是有女子的人，也只有临时短期可以聚首，至于她，则……虽说也自谦似的说自己是寡妇，而你却是小孩子，不相称。"

六姐说了六姐笑。我也笑；但我同时要哭了。

"她也知道不相称，哼——"

"她说不相称也只以为是知识，年纪则并不。"

"六姐，我请你不要再说了。"

六姐就不再说了。

我们静静的在一处偎贴，约有两分钟。六姐今天模样似乎是为特意来作大姐说客的。又似乎探我的意思。然而不待探，我知道六姐是明白我的。"我要人爱我。"以前在某一时中，我是这么想过的。可是我如今才知道我的意见待修正。我要的，是我所爱那人的爱我。六姐就纵不爱我，这也得。只是大姐的爱我，可就感到真正的讨厌！

"你将怎样对她？"

"姐，你是为大姐差派来要讨回这么？"

"我只不过想明了你意思。"

"你很明了我意思，不待我说也有了。"

"她可怜。"

"我不能因为别人可怜而爱人。这是我口供。"

我觉得怪惨，为什么大姐却来爱我？我愿意在六姐面来回复得更坚绝一点，好让大姐因失望杀死这不当的野心。若是延长下去只有她苦恼，这不能怪我。

这中我有点儿抱怨六姐了。若果是六姐不在另一时节用过一些闲话将大姐心中的希望燃起，大姐或不至如此。必是六姐说，"驹也愿"。这可怜的人，没有一点大人应有的经验（才从乡下来的女人多半是如此），便以为，我常常到她那里便是可以从泛泛情形到更亲贴的地步的暗示，于是，心中便汹涌着热情，不可遏制的向六姐来诉说。于是，在我的身上就做起后福无涯的梦来。

"若是尽愿在我身上做梦就让她去做，我无从爱她，那你知道的。"我说的话六姐似乎就不当心听。六姐不能把这话去同大姐说，那是一定的。她又怎么好去传这话。她也怕大姐。大姐真使气，一决裂，我们也就全完了。除了大姐陪她她就不敢来；除了到大姐处去看六姐我也无法走到六姐家中去，大姐若是当真一使气，我们自然也就散席了。

"我们全都是懦人，"我心想，"也正因为懦，凡事要大姐，致令大姐也想跌进这个可怜关系里。然而这是我的错？又是六姐的错？这罪过谁纵愿意承认又有何种方法可以来补救？我又不是可以分散成为两个人。即照六姐说，三个人爱来也无妨于事，但在大姐六姐之间我就长久抑制了我们热情去拿接吻应酬另一个人是我做得到的事？"

"我真没有主意了，"我说。"六姐，你帮我想想，我可受不了这爱。我无权力禁止别人爱我，但若是一个人必定时常用我不乐接受的好意来奉献给我，又来怨我没有好报答，是两者都悲哀。"

六姐说，"我也没办法。我们少不了大姐，但又不一定要大姐也来我们关系中插一只脚。她这样做她的梦原是可以，可是又得在实际上沾光就……"

"你吃醋。"

"同你正经说话你又偏是这样的。我吃醋，你就同她……我也不至于。你的口真太刻了。"

"我是说笑的。这是使我随处闹出乱子的天才，因为说笑又使六姐生气了。"

"我不生气，只是我们应讨论正事。"

怎么讨论呢？没有结果。天落了雨，雨水积成一个湖，让它慢慢为太阳晒干，只有此一法，若是想掘开堤防，把这水泄去，也许反而有泛滥的危险！

大姐一去却是那么久，先是太阳还在天井中，待到窗子上头有了窗外帘影了，还不回。

我怕大姐回时看得出我的颜色，我也怕见大姐的样子，我就先走了。

四

"这真是何苦？远远的，高高兴兴的，从西城走来，为一句话，就生了气，要哭样的，又即走回去！"六姐不明白，六姐说。

然而都是为我的错这我很知道。我凡事总处置得非常之可笑。我无从学得聪明老练一点来应付一切。口，又每每无意中来增加我的罪。我还刚思索到我无意中的罪过！又说道：

"要我怎么办？虽然是我使你生气，但气究竟在你肚内。"

六姐也无话可说。六姐是明白我的口专会造孽，自己也就才正发过一场小气的。六姐的脸刚给我赔不是把秋霜抹去，大姐又生起气来，我明白我处境了，我是为赔礼而生。

"大姐，算我说错了，把手上的伞儿放下吧。"

"大姐说要走，就当真走么？"六姐说，说了又向我，"你的口，也就够损，真要人招架！"

"在口上有了罪的在口上来赎，再准不得账时，又请手来作见证，大姐也应释然了！"

说到手，我就作揖。见上司，在往常是应当打恭叩头的，如今为大姐赔礼，就免了叩头。

"大姐，在作揖哩，还不依？"

其实不在六姐说话大姐也是见到我的举动的。大姐不但见，大姐且知道，这作揖，挽留大姐就是挽留陪到六姐来的大姐呀！若是大姐一人来，要走就走也就不必那么客气了。大姐故意要说去，六姐自然也便应当一同走。大姐在这上头并且看出果若是作揖能挽留得人住，要六姐作十个揖，也办得到的。

"大姐，还早咧。"六姐说，身并不离开椅子。

"我想走，我不愿在此多呆一分钟。"

"那我以后也不再去你那里。"

"随你的便吧。"

大姐话虽很坚决，但在六姐起身以前总不会把六姐掉下顾自先出大门的。

"谁就不说一句错话么？"我说，我带哭声的，忍了笑来作。

我有计策了，难道只准别人用眼泪来攻击我，我就不能挤一点眼泪出来攻击别人么？大姐中了我的计，意思似乎就稍软了点。

"大姐算了吧。"六姐走过去，把伞强了放到床后去。

大姐坐下了，不做声。

我看若再哭下去，又会闹出别人的眼泪，就哈哈子笑。然而我的眼中当真有了泪。为了要别人回心，一滴眼泪的效用是那么大，我想起大姐平素流得那样多的泪，竟去得像无影无踪，泪是尽自当到我面前大流，却没有撼动我一次。为了泪的价值的差异，我忽然觉得我在先前为别个女人所流的泪的次数，在别人也许看来更平常，就可怜自己起来当真呜咽了。

"怎么，别人已不走，还流猫儿尿干吗？"六姐说。

我自睡到床上去，蒙了脸，也不管大姐同六姐，我真大哭了。在一处，眼泪这东西，是如何的值价，另一处，又分文不值，我在此时，却因为它起了伤心了。我愿意让它在风中干去，不必在一个我不爱她的人心中起影响。我为这眼泪可耻。与其拿来当成一种工具征服我不要的人，不如没有眼也没有泪！

我为我的泪可耻又可怜，泪就来得更加多。

这可出我意料以外的坏了。大姐走拢来，说是她的错。我要大姐认错么？我要别人认错准什么事？我又不说过错不是我的。然而，我的泪，适于此时流，这正足以将大姐心泡软。天呵，我又悔我的泪流不当其时。无意中来征服一个人的心，这俘虏，却现在我的眼前，我的举措就不当到这样，又使我受罚！

再哭真是不得了。我为我的举措失当得来的殷勤懊丧。我想我应当大笑，假装是哭着闹玩的样子，就又嗤嗤笑。大姐立时就走开。

六姐有一半清楚我的种种勉强处，过来倒在我对面。

"何苦？"六姐说的话极低，似不让大姐听到。"我是真难过。"

"我要这样做；想做一个好人，结果却偏是那样，不如意：我承认我的失败，就更伤心！"

"爱你你不爱她就是了，何必处处同她作对？"

六姐的话是对的。我不是就为免避同大姐作对才如此马虎么？不过一个爱做错事的人他要学好，结果只使他更把事情弄得坏，教我怎么办？

"你莫伤她的心，也莫使她高兴，就好了。"六姐又为出主意。

"天，你的话请你自己去想吧，莫要伤她的心，又莫给她高兴，我惭愧我生来笨，学你不来，只有我死了，就好了。"

"那里是要人死的事？你只要少对于她的言语行动注意点，敷衍到她，——你想，她多可怜！"

"我何尝不知道她可怜。但是，一个人，为人用爱情累赘到身上，又是怎样可怜的事！"

六姐听到咕咕的笑了。

"你是为你自己可怜才哭的?"

"就是如此,不瞒你。"

六姐笑,笑中把脸贴近我的颊:"这也是累赘吗?"

"这是我愿意的累赘。"

我们又把嘴唇拼合在一块儿了。

大姐在另一个房里,像漱口样子的喷水,六姐问:

"大姐,做什么?"

"喷一下这天冬草。"

"明知已死的草何必再去洒水呢?大姐算了吧。"

"草要死,死它的,喷一点水也不过尽尽我这心罢了"

大姐好久不过这边房子来,六姐起身看,又轮到大姐,哭了。

若非天妹买桃子打市场转身,我不知要到什么时候才得救。

五

"没有力量勇气的人,一世只有同恓惶作伴,好弟弟,我这一世也记着你这一句话。"大姐说了又轻轻叹气,仿佛意是伊当真无力气的。

我们是一字形坐在一条长凳上,六姐居中间。

大姐的话是为我而发。说这话,就证明她还想竭仅有半斤气力向我攻击的。我心想:"恓惶也罢,你有勇气又能奈我何?"

我要人爱我,但我要我所爱的人来爱我,无端而来的善意,只是一批如像烧料的东西,挂在身上易撞碎,不碎则又嫌累赘。

关于大姐的爱我就深深感到累赘了。这不是我在先意料中的事。我从不疑心她居然会有此盛意。但我这不中用的尾琐的男子，在没有得好女子垂青以外还要受这样人的麻烦纠缠，我真要哭了。我要咒骂我的命运了。

然而为了安慰别人起见，我是无从在被别人攻击以后就把嘴脸挫下作成生气模样的。我眉也不敢略蹙，虽然在这朦朦胧胧夜色笼罩的天空下。

我还说，"大姐将来是个了不得的人，在别的事业上，当然可以得到胜利的。"

六姐也应和这话。然而我又看出六姐是在懂得我心思以后为我的话打边鼓，好使大姐高兴一点的。

"我是真没有勇气。"

大姐不说了，又似乎大姐也看出我话是在她心上打了一拳的样子，想着"在别的"三字，就低低的啜泣了。

"天哪，这不是在用眼泪来攻击我吗？还说当真没有勇气，恐怕当真有，我就会为一个人抱死了。"我心想，要笑不能笑，又觉得心惨。

要我说什么？我没有说的。我不能为怜悯去爱一个人，虽说我们是朋友。难道只准我为别人流泪别人就不应当来为我流一点泪么？我是为这世界上稍为标致一点的女人也流了不少的眼泪。眼睛近日的坏未尝不是因为这原故。如今是轮到别人来为我而流泪了。——这是第一个，以后我还要看到那些曾令我爱过而不理我的女人的眼泪，那时才是我复仇的时候！

"我想我不如到汉口去当兵让炮子打死，倒较如今还要好一点。"把手巾擦眼的大姐，还是不息的出兵。

我仍然是没话可说的。若是能当兵，就去做大兵，一仗两
仗打死了，也许我到那时是能感动的。但是天下当真就有那么
人能为我去死？就当真有人去为我死掉，仍然恐怕也买不到我
的爱。我不能因为那个人的苦恼去把爱情来安慰别人。我决不。
她再苦恼是她应有的。我因为要苦恼，我才去大胆爱我所不能
爱的女人。我爱个人，她不爱我也无妨于我的爱，我只恼我自
己的不济，不怨天尤人，不迁恨于对手。

"为什么原故来哭？我真有点……"我想要说我真有点……"
我想要说我真的有点"怕"，但经六姐轻轻捏我手一下，就不再
做声。

"大姐算了吧。"六姐说，"都是生到这世界上很可怜的人，
能够一块儿玩，痛痛快快的谈笑，就有了。谁能断定明天以后
的事？无端的在一起，也会无端的分开。"

六姐也要哭，我能懂得六姐话中有泪在。我笑了，我笑了，
我惨然的笑。

六姐继续说："天下无不散筵席，正因为易散，我们尤其应
当在一起来快快乐乐才是事；不然也辜负了这难得的良辰！"

"天气好，我是没分的。"

"三个人你为什么又没分？"我说的，简直是傻话，装呆不
知大姐悲哀的原由。

"我是唱三花脸的，爱情戏中的配角。"大姐不哭了，话中是
有泪。

"为什么说这……"六姐心事是更复杂的。她愿意把话移到
别一事上去，又是办不到的事，要安慰大姐，又明知大姐的心
事所在只是无从安慰起——六姐也知我的为难处。

谁不是配角？难道配角就是单演悲剧么？我想起我此时的难处才够哭！我明知道我这懦怯人，自己在此勉强充汉子，以后说不定，我为使大家安宁起见，颐自去自杀，也是免不了的事。对于六姐的爱我为使六姐保持她家庭和平，这是我不死也得离开此间理由的一种。为了使大姐不致因我而摧残了自己，我也得远去这地方才成。

"你们二人当我死了我就平安了。"我哭了。心想，"我才应该哭！我为怜恤我自己；为我这懦弱性质，不敢拒绝人，又不愿破坏别人的家庭，我才应该把一些眼泪来赔偿你们！"

委实说，我被人攻击我苦了，我不要的东西是无时无刻不在我身边：我要的却永远不到手。我就是生出来为一些窝窝头女人爱的么？爱我又必责我以回头去承受这累赘，且用眼泪作后盾，动不动就来我的面前流，我是看一个人流泪来混日子的？

我走了。我想我不走是会更难受。也许我竟做出更坏的事情来使大姐心碎。

"你们坐一坐，我有点儿事，非走不可了。"

一个人，到世界上给另一人苦恼同欢喜，本不能一定，这也不是自己意思可以分派的。但我明知我只能使大姐苦恼，心上却终又有点不安，想在一些小事中，赎补我一点罪过，临走时，我作伪装为当真是有事要走，不是为她逼迫的原故，我们握握手。

当我为一只肥大的手掌，用力捏着时，我更感到累赘在我身上的不舒服。我一旁走动一旁想，我想这累赘，也许就因为我但图在一些小节上给人以小小安慰，结果更大的苦恼就这小事上发生了。

把虾蟆吃天鹅的不恰当比拟在心上荡漾，我为这天鹅可怜，又为虾蟆可怜，从这事上我悟了爱情是怎么一回事。

六

听大姐说呆一会儿六姐的他就会来，我要走了。

"不准走！"六姐拉着我不放，有把握的。

"我怕见到他。"我又补充我的话，"我怕见他也只是为你。"

我当真是怕。我胆小。胆小又要充汉子，爱上别人的太太，听说老爷就要来，我想最好我是先走一步了。

所谓银样蜡枪头，是为我这样人而说的，我不辩。

"他不会疑你，决不的。"六姐说，六姐的话只能保她自己一方面的险，我终觉得见面是不好。

真不疑我么？他聪明，前一次，我已深深不安了。那时我们还不到这么地步，但是忽然来到大姐处，一进门，闹玩笑似的说，"哈，你拐了我太太来！"我不知不觉红脸了。

我想到那一次，我真还要红一次脸的，走是一定了。

"我不准你走。"

六姐的命令，违反时，就有眼泪流。我愿意见六姐的泪比大姐的笑还好，但是定要一个人流泪，又何苦？又明知道她是病才好，为顺她意思，勉强坐定了。

"请开释我吧，"我在六姐耳边衷恳了，我还不忘记，"我是为你咧。"

六姐也轻轻的说："不怕，他纵疑，也只会笑大姐的。"

"怎么扯到大姐身上去？"

六姐不作答。

我就问大姐："大姐，她说我在此，他见了，他会疑到你身上，反来取笑你，是真么？"

大姐忽然脸红了。

六姐要封我口也封不及了。六姐轻声说："你这口，真是除了必得时时刻刻用另一个嘴唇捂住你就会乱说错话。"

"这是你说的！"

"是我说，我又不是说诳话。但你当到大姐说，大姐脸红了。你问这话就是狠狠在大姐的心上打一拳。我的他，他纵见你在此也只会取笑大姐，说你爱大姐才常常来！实际上，你又是这么的同她离得远，且大声问她，你想大姐听了不难过么？"

我惭愧了。我想我为了单是使这疑心落到大姐身上，好让大姐在这误会上头得一点聊以解嘲的快乐，也应勉强呆在这里一会儿了。

我坐下之后，望大姐，大姐还在低头借故理鞋子。

这时我很为大姐可怜。大姐是就愿意别人有这种误会，以便从这误会中找寻一点满足的啊。我不能爱人，难道这一点牺牲也理不到？

因此我想起我们在看电影时大姐必得要我坐在她同六姐中间的原故。因此我复想起我们在一处玩时她必把我安置于她们中间的用意。

我说："大姐，我就不走了，我不怕六姐的他了，待他来，我还要当到他来抱六姐，同六姐亲嘴。"

我若无其事的脱了刚穿好的长衫子，六姐为代挂在衣架上。六姐说，"来不来，也不一定的，说是七点送钱来，纵来这时也还蛮早咧。"

"这时我倒愿意他来了，好赎我的罪。"我说，还有话要接下去。

经六姐的眼一鼓，我就不敢再来多嘴了。望到大姐我又动了可怜的心思。我若是，有这样知趣，正当到六姐的他来到时，忽然去抱着大姐，那时的大姐，真不知要怎样的感动！只要是这种亲洽情形在六姐的他的心中有想起的可能，大姐的愉快，也就正如得到真的款洽一样满意了。那时的大姐，也许在感动中会流许多泪，又会学一个悲剧中的情妇样子即刻晕倒在她情人的怀里，而我，就立时抱了她放到床上去，且以口哺药水去喂她。然而，倘若是真有这一场戏演，真是一出如何滑稽的戏啊！

这么热热闹闹当然是不必，只要是六姐的他来时，我对大姐暂时把对六姐平时的狎情形，用上十分之一给那来客看，大姐就会得到一些为我所料想不到的快乐了。

我为了别人这可怜小小的希望，我应当来成全人一次，这无疑！若把爱情的重量放在天平上去称，也许大姐比六姐要重两倍以上。但是老天的安置，却是这样巧，真纯热烈的爱却偏放到一个相貌不扬的女人心中：我这人，至少是和一般人的那样通俗与平凡，我要的，却是一个有着美的身体的女人。大姐即或可以做一个好家庭主妇，但再收拾一点也不能做人的情妇：我不要太太，所要的只是浪漫的情人。六姐脾气就再坏，年龄就再长，那是仍然合于我的口味的。若大姐，则当另外看一种人的嗜好，我们相差终是太远了。

时间还只才五点，六姐的他要来也说得七点才来，各人有各人的心中事，又都不说话，这种时间怎么来断送？

我说："六姐，我们玩点什么吧。"

"我主张下棋，"六姐说，六姐顶会围别人的子。

"我不下棋的。我下不赢六姐，回回败。"大姐这话或者不止是说棋。

"胜败乃兵家常事，大姐莫自馁，同六姐摆一盘吧。"

"我让你两子，来试试，说不定今天会要我败的。"

"让我我也不做的。我棋坏，是一种；天意把胜利给六姐，又是一种。"

"大姐是话中有骨耐人嚼"，我慑于六姐的警告一句话到喉边又咽下。

六姐说："好姐姐，来一盘，我决定让你，不放煞手就有了。"

我为当差事，把棋纸摊开到方桌上头，大姐勉强同六姐对局。我就站在旁边做哑子。

果然大姐赢了一局了。六姐不放松，又要大姐摆。

"说是一局呀。我今天胜一局就够了，明天要败又败吧。"

大姐推困倦，走到床边就倒下。大姐今天当真胜了一局棋，心中自然是高兴，不过直到七点半钟六姐的他还不来，大姐赢一局空棋罢了。

七

时间还才六点多呢，电话又来了。

"在这个时节，就给我一个信。"

"说什么？"我是的确不知在一张纸上，还应当说一些连从电话上和到当面尚说不尽的话！

然而，那边似乎生气了，照例的啐。

"莫生气吧，我的好人。"

"我的不好的人，你不照我的话办，我可要——"

"我不知道说什么！"

"你知道。"

"我当真不知道。"

"你像做文章吧。你做文章写一万字也写得出，为什么这里写一千字两千字也不能？"

"做文章是做，随便的。你这怎么……"

"就说'爱'。"

"肉麻。"

"那你不依我办以后来时我可不理的。"

"做诗好不好？"

"只要写得真切，不准闹玩笑也成。"

唉，这真是做戏！为什么定要写到纸上才成？爱情的凭据，难道是一张纸么？写一千句话，纵有五百个精粹动人的字眼，难道比得上亲一次嘴么？

"好，为了遵从你的意思我来写……"

我想这样起头。写完头一句，看看，不行！这是大概又准不得账的。似乎必定也像做小说一样，第一句，要写"我的亲爱的，"或者更热闹点的称谓才行。但是，那是小说，这也是？我不明白六姐这嗜好。我想这嗜好，总有一个时候要厌烦。既然当面不过像一对通常夫妇一样心肝骨肉还不曾叫过一次，为什么一写到信上，就要装饰一下文字？我发誓不写"亲爱的"。我不当面喊过叫过的字眼，在信上，我也不采用。

我仍然那么保守着习惯来起头，在顶前头加上一个"我的姐。"我当真是没有话要在纸上来说么？太多了，我写一年也不会写完。并且，我口拙，当面我能诉尽我的心中一切么？我除了当面红着脸来亲嘴以外我是一句话也少说的。我沉默到同死人一个样。不，我已说过一些废话了，不着本身的，玩笑的，应酬的，我说过许多了。我说的话我自己听了还不懂，别人怎么会明白？我此时来将我的心，——这是一颗不中用的，怕事的，又不能不充成汉子的中年人的心！——剖给她瞧吧。

下面是信：

> 我的姐：唉，我的姐。你要我写信，这时在写了。
>
> 一面想你一面写，且在这纸上亲了一百次嘴，把这纸送你。……写不下去了。有话要说，写不出。倘若是，你的身体此时在这里，我可以用我的手来搂你，从我的力量上证明我的爱。
>
> 你少吃一点辣子，听我的话，我就快活了。
>
> 你少忧愁点，闲忧闲愁能够把身体弄坏；我也为你好好的保养，身体好，也可以玩，也可以做事，至少是在一起时不至于如过去吃亏。
>
> 你不要哭。你哭，我就陷到莫可奈何的井里，非赔到哭不成，我眼睛，坏的程度是你知道的，你愿意它全瞎吗？
>
> 我们星期五同星期一的聚，应当敛藏了各人的悲

哀，——不，我们见了面，应没有悲哀，全是快乐。

你问我，为什么少说话又不写信？我可以告你，口是拿来接吻的，不是说话的。手呢？本来是拿来抱人的，臂膊才是那么长，那么白。（没有人抱时，才写字。如今的手它只愿意常常搂到你的腰，懒于写字了。）说懒，就不写，姐，你让它休息吧。名你知道的（吻纸又是三十次）。

又，在我日记上，我写着："我当真是没有话……我此时将我的心，——这是一颗不中用的，怕事的，又不能不充成汉子的中年人的心！——剖给你瞧吧。"这很可笑。我剖心，怎么剖法？剖也剖不清白，还是留待见面亲嘴吧。

信写了，就去寄。我佩服一些人，一动笔就是十张纸。我是总像悭吝信笺似的写一张纸还要留上一半空白的。今天恐她又嫌少，字就特别写得大；结果是居然得了两张半。在那半张上，我又画了一个生翅膀的神的像。一眼看去已像很多了。装进信封时，是颇厚，天呵，我什么时候也会在信写一千句以上的闲话废话？或者这也是身体坏的原故，或者这属于天才，无写信天才，以后纵成小胖子，也不成。

说是在纸上亲嘴一百次，是瞎话。至于以后又是三十次，更瞎活了。我没有这些闲功夫，用到这无补实际的事情上。只是据人说，这项事，有人当真做过的，但我不。我能在六姐嘴上，或者颊边，或者头发脚，颈部，吻一千次，——再不然，吻一次，延长到一点两点钟，也可以。要我对一张纸亲嘴一百次，这傻劲，没有的。

我说凡是我不作的我不说，我如今，在信上，却说吻纸一百三十次，让这笑话给六姐一个愉快吧。

……把手横过去，就像捆一把竹子，手是束腰肢的藤。

唉，镇天我是就只能想这些事情的！

八

昨天的信收到了，有回信，其中一段我不懂。

"好弟弟，答应我做诗怎么不见？"

我是什么时答应了这一笔债？让我记一下。翻昨天的日记才想到是电话中随意说过来。我会做什么诗呢？我除了亲嘴，别的全不会。要我在文字上来浥注亲嘴的热情，是办不到的事。但是要，不写可不行，就写吧。

因天雨而想及六姐眼中的泪雨，就写无题诗：

也不要刮风，也不要响雷，

无端而落的是你眼中的雨。

唉，又不是润花，又不是润草。

唉，又不是润花，又不是润草，

——不断的绵绵的为谁？

我是为雨水淋透了的人。

愿休息于你的晴天模样蔚蓝眼光下。

莫使脸儿尽长憔悴。

莫使脸儿尽长憔悴，

你给一点温和的风同微暖的太阳吧！

为尽她猜想，不写别的一个字。但当要发时，怕她见了又会
生气的，在尾后，说道：

说要诗，诗来了。只你当是诗吧。若还不满意，待
命题。做秀才的人这样苦是免不了的？同纸附上"点心"
一包。

"发信是八点以前，则十二点以前准收到，"这是姐的经验
话，因此冒雨走到巷口邮筒去投信。

电话来了，是两点钟。

"你诗见到了，好。"

"好？不说笑话！只要你以后——"

"不，我懂你的意思的。我以后决不再哭了。不过接到这信
时，又要……"

"我替你着急，你那眼睛也会干，变瞎子。"

"若是变瞎子，倒好。"

"喂，我问你，怎么不回我一首诗？"

"回，怎么回？"

"难道你还不会么？"

"且呆会儿吧。"

"我就呆等。"

当真我是呆等的。四点半以前发信九点便可到，奇怪，时间

到今天，便很慢！

到九点，自己走到柜上去看看，在那大钟上头见到三封信，有六姐的蓝信封儿在。我像得了宝。

信太简单了。我将发气，难道就只准人对我发气么？

信是；——

没有诗，只有一些吻，从纸上寄来。乖乖，这信到时大概快要到你上床的时候了，好好的睡觉，让梦中我们在一块儿吧。

你的姐六六

实在我却不能睡，新的嗜好是你到无可救药的。除非这时有一个柔软嘴贴到唇颊边休息！

也许再过一阵要不同一点吧。也许再过一阵更要难受，这可望而不可即的寂寞。先前是孤家寡人惯了的，也不觉其不可奈。如今却全变。唉，或者这就是叫做恋爱的味儿。

不能睡，明天又不能过去，仍然来在灯下头写信，好在明早发。

姐：得到你的信，只两整句话，我要发气了。为什么，答应我的诗，又不见来？我是真要发气了。这气的大，是你想不到的，若是你在这儿，我要抱死你。人家因为你，近来竟总不能睡。你说这时是我睡的时候了，是的，睡是睡，可是只卧到床上，闭了眼睛尽想你而已。

这时有一千句话想写，要写可不能写出十句。或者，我对于我心上的蕴蓄，自己也不大明白，这一千的数目是确有，但不是说话，是……。你猜吧，是什么。

我悭吝，不想在信笺上寄你的点心了，好留在梦中……

把亲嘴当点心，是精致的充饥的东西。但为什么分派给我的，总是"过午"，"消夜"就办不到？我怕想。这时节，能说不是正有一个人在六姐身边消夜么？

我尽想着，一个裸着体的妇人的身子，横陈于床上，这床，本不是我的。床边还有一个人，也还裸着体。且这人，不久，就亵渎的压在那人身上了。她作他的床，他作她的被。不久，她们成一个人了，嘴是一把锁，还有一把更精巧的锁，在下体。

什么时候让这妇人在我的拥抱下也是一整夜！我想我有那一天，我会死在那柔软的身体上。

十一点了，我还是不能睡。这个时候不是有许多许多的人在……？我应当再寄一张给六姐的信。

姐：此时是十一点了，不能睡，天知道，我是在此时应做一些什么事！我想到的事，只使我脾气更坏。我要消夜。我有一天到疯时，我的疯的原因，请神给我作证，就是为这消夜的事！我无从制止在我的深处引起的诱惑。我且自始至终辨不出这诱惑是不应当任其在心上自行滋蔓！

到如今，为了手的委屈，嘴的委屈，一切力的委屈，我成了一个失眠人。这医治法子，只有你知道。

我不怕你笑，我说我不能忍耐了。我愿把一些痛苦担负来换一刻钟的欢娱，不怕一切。

教我怎么办？你应当负一点责。让我做你丈夫一夜吧。别人做了你的床畔人，已快十年了，你的弟，只愿十分钟，也够数！

十二点了，我还是不能睡。

九

"一人来，不怕么？"

问六姐，六姐低头笑，不做声。这个妇人脸部成了桃色了。

比这里有老虎还可怕似的是要六姐一人来此。在过去，任怎样也非同大姐来总只不放心。其实，来了，我能吃人么？

类乎吃，六姐倒不怕。六姐耽心只是适于此时会有另一个人来。然而当真按照我们的计划，在进房以后，把门反锁上，有谁还来扭锁么？

"把伞放了！"我说，"请坐，放下伞！"

于是才把阳伞放到椅子旁。

"啊，今天……"我想我会要疯一小时。

六姐只是不作声。今天一个人敢来，至少在出门以前，就备了些胆战心惊的结果！这时忸忸怩怩不说一句话，心是大约在开始一种异样的跳了。

"弟你给我一杯水，渴极了。"

就给一杯水，六姐全喝了，神略定。

"你要我来做什么？"

"这你不知道？"我反问，她只笑。

六姐当真不知道？一个将近三十岁的妇人，给人赴约会，对于约会的意义，是不知道？六姐所知道的恐怕还不止此的，我相信。一来就脸红，这是心中早有了成竹。我在这样一个女人面前还能用得着鬼计？但我将怎么来开端？在谈话以前，我在一个人顾自反省起来了。我想：今天，我要做一些傻事了，我要在一个人身上来做一种我数年来所梦着的事情了，——我心在跳，身子略略的发抖，走过六姐坐处去，六姐也似乎预料到有这一着，把一个头推到我的肩旁来，我们开始来作一个长而静默的接吻。

分开了，自然的，慢慢的，我们头已分开互相望着脸儿了，都摇头。

"我如今才明白爱，"我不说完却已呜咽了。

这眼泪，给一个温暖的柔软的六姐的舌子为舐干净了，六姐眼中也有泪。

"你往天怕来就是怕这样贪馋的亲嘴？"

"我怕你吗——我只恐给一人知道：除了他，你要我每天来都行。"

每天来，我没有这大胆的希望，但是这时不是梦，人在我身边，六姐归我所有了。

"我前几天为你写个信，信又不敢发，还说，请你让我做你一天的丈夫！如今，我是算得当真做了你的……"

"我何尝不愿同你在一块，只是我是个懦人，我害怕。"

"这时还有什么害怕？"

"都是你坏！"

先是为巴掌所打，后又为一个软的湿的嘴唇偎拢来，六姐是在恩威并用的。我新的生一种野心，我想我应再给六姐做点事，请六姐到寝室去。

"到那边去做什么？"

我脸发烧了，不好意思说。呆一会。

"我很倦，想睡，"我轻轻的说，"我们可以睡到谈。"

我哈欠，当真疲倦攻击我的全身了，睡下是正好。然而这时陪到六姐睡，两个人，会安静么？

六姐怯，也许是有意的怯，说，"你可以去睡。"

我一人睡怎么成。我知道，我应采用一点一个男子此时所有的本能，稍为强制下六姐。

"为什么事定要我？"

"你来了，就明白，为什么又定要强我说原故？"

六姐叹了一口气，怯怯的，让一只手给我拉到床边了。

这时我已成了老虎了，使六姐心跳，是不免。但一个曾被老虎吃过的人在一个没有吃过人的虎面前，也不会怎样怕得很，这我却看得出的。

我还不知怎样的吃法，我们如同当到大姐见着的时节，那么的横睡，虽是并在一块我却不敢搂抱她。并且我拘执，这情形，于我终是太觉生疏了。

在一种扰动以后，会有一个长时间平静，就是在以前，也是如此的。我们为了明知不可免的波涛要来人却异常安静了。六姐不说话，我也无可说的事。我们各自躺下来，如无其事一样休息着。我心也不如任何一册故事上所说，一个恋人当初期同到他的情人幽会时节的不安，我且思极力制止自己的暴乱在可能忍受范围以内我没有敢去接触六姐的身体任何一部分。

我想："这是试验我的一个好机会。"

不过，我要这机会来试验我准什么账？忍耐下去，我的胜利难道是我在将来可以追悔的事么？我不在此时来把我的薇奴丝裸体的像全展览于我的面前，我不是一个真的傻子么？

"我的神，这里没有人，你可以裸体！"我在吟起诗来了。

我在吟起诗来了，六姐见到我起了变化，坐起来。我用手去拉，于是又倒下，但六姐已用手蒙了脸。

"你让了我吧，弟弟，这不是好事。"

"没有比这事在我俩生活中为更好了。"

"我们相爱就有了，何必定要……"

"让我们联成一体来发现我们的天国。"

六姐蒙了脸，尽我为解衣扣同裙带。

…………

"姐，你给了我人生的知识了。"

"胆小的人，二十八岁还来做人的情妇……"

我们都哭了。我们不久又都睡去了。

醒来两人身上全是汗。

…………

这老虎第一次吃人，算是吃过了，但到夜里独自在床上来反嚼日里经验时，却恣肆的哭了一点钟，到哭倦，就睡了。

十

在这世界，无数的，是早上，是晚上，是不拘何时，在一块儿亲热得同一坨饧一样的伴侣的中间，其中有个人，在他情感厌倦时，把太太推开，说，"去到别处去，找一个情人亲嘴吧，"六姐就是这样跌到我的臂圈里来了。

孤僻腼腆的我，直到一个女人落在怀抱中以后，才证明自己也并不是一个终究就不配做那有着嫩白的脸儿，适于搂抱的腰身；善于害羞的眼睛，反复接吻不厌的嘴唇的妇女的情人！亲嘴的事于我起初本来是如何陌生，然而从这生疏动作中——类乎一个厨子缝补袜子的生疏动作中，就曾给了六姐更大的欢喜。并且，于这些事情上头，我不能不承认我那天才的存在，先是许多行为六姐是我的保姆，不久我就在一些给六姐兴奋醉麻的事上，显出我俨若是个经过半打女子训练过的男子了。在学生时代六姐对于这学生，是异样高兴，但当六姐发现我这天才时，她竟简直为一些新的不曾经的热情所融化。我只对我这本能抱憾，我心想，倘若是，我们的友谊，在三年四年以前就已进步到这样，也许施展这天才的机会还要多！如今，过去的已成为凄凉的寂寞的过去了，我也不敢再去想，未来的，那还是未来，准热闹呢。

因为这半个月太热闹，嘴唇在六姐身上某部分作工，手也在作工，还有其他五官百骸全不能安定，不在六姐身边时，脑又来思想六姐。六姐因为天气热，怕是病会忽然生，为关心我的健康，约定暂时且休息，隔得远一点，到七夕，大家再相见。今天还只是初二。目下我的口，我的手，我的……，又不得不暂时赋闲了。孤单惯了的人，索性孤单下去，这是可耐的。譬如没有吃过冰的人，虽然听说冰比凉水好，但他决不会在得冰吃以前有瘾，热极时，凉茶凉水仍然是可以解渴。但吃过一回，要戒绝，就比戒烟戒酒还要难于断根了。我顶同情于一个人的话，这话说在他的一种日记上，说是"一个人顶容易上瘾的嗜好，怕没有再比同恋人亲嘴的事情为坏了！吸大烟，喝酒，打吗啡针，都不会如此易于成癖。只要一个年青妇人的嘴唇，有一次在你粗糙的略有短短青胡子的边嘴贴了一秒钟，你就永远只会在这一件事上思索那味道去了。"我是只思索六姐那嘴唇的味道么？我还能思索别的许多的事情。在六姐给我的印象中，我是可以咀嚼出为六姐将温柔浸透了的甜味的。这一来，教我怎么办？

为六姐写信。只是一句话，信是那样的：

姐：昨天定的约，我可办不到。

没有回信，三点钟来电话了。

"得你的信了，我明白你急。"

"你明白我你就来，或者我——"

"不，好弟弟，不要这样吧。你应当休息一下才是事。天气太热了。你瞧你身子多坏。你不听我话，好好的，坐在家中睡，又胡思乱想，我是不高兴的。"

"我想为了你高兴，我只有同你在一块。"

"那不成。"

"那不成，我要闷死了。"

"何苦？"

从电话中，听出六姐是有转心模样了，我又加了一点儿什么。

"姐，你不来，我就一个人要哭。"

"难道就要我终日在你身边么？"

"这于你是办得到的好事，你就办，不然，我也不敢怨你，但我自己有权利摧残我自己。"

"天哟！你真——我来，我来，明天来，好不好？"

"那今天我怎么过？"

"啐！你又不是我的老子——下午六点钟来吧。"

"好极了。我不是你的老子，你却是我的冤家。你不来，我就……"

"懒同你说了。"

六姐把机挂上了。今天才初二，我们是约定初七才见，因为怕不能守约，还在当时发了一个小小牙痛咒，然而破例的是我们两个人，要应咒，应当是她疼上牙我疼下牙的。但只要是眼前有六姐在身边，在将来，就让我一个人来受这牙痛的天罚，又有什么要紧？倘若是，我们的聚合，是用寿命或者别的可以打兑得来时，就是损失未来一年幸福兑换目下一天偎傍我也情愿的。

简直是用要挟法子样六姐哄来，答应后，我忘了天气的酷热。到市场去为六姐买她爱吃的橘子。把买回的橘子放在冰上头，好让六姐来时吃那冰橘子，我又吃那吃过冰橘子的六姐的嘴唇。

没有钟也没有表的我，把我自己的脉搏来计算时间的脚步。我算到这时六姐是在做些什么事，又算到在洗脸，又算到在……又算到在……

院子中有了我所熟习的脚步，六姐在我还没有算到上车子的时节已到我的房中了。我又惊又喜，说不出话发了呆。

"一个人在做什么事？"

"我在等你，在计算你的打扮收拾的时间，不期望你这姐姐就来了。"

显然是六姐也不怕牙痛，才不到五点钟就来了，到这里时我知道我应做的事，我发了一种瘾，姐的伞还拿在手上，我就缠着姐的腰身了。

"口害！你是这样怎么得了？"

我不必对这话答复。这话又不是问我，又不是同我商量什么事，又不是厌烦我而说的。我能看得出的是六姐，因我有形无形的友谊的重量压到挣扎不能的情境里，正如同我屈服于她那温柔管束下一样：我们互相成了囚犯也成了财主，我们都没有自己存在了。

············

天夜下来了。在平常也有天夜时，不过在我全生活的过去每一个天夜都不同今天的薄暮。

我不爱看这灰色的天空。我更不是为了欢喜看在这灰色天空里像一块黑绒抛来抛去的蝙蝠的飞翔。我陪六姐坐在这小院子中，是要等星子。星子出来时；让在银河旁的牵牛织女星看到我们的亲嘴，作为报它往年七夕夜里对我示威的仇。再过几日的七夕，我们同星子是只有各行各的事，关于示威应当二免的。

山 鬼

一

毛弟同万万放牛放到白石冈，牛到冈下头吃水，他们顾自上到山腰采莓吃。

"毛弟哎，毛弟哎！"

"毛弟哎，毛弟哎！"左边也有人在喊。

"毛弟哎，毛弟哎！"右边也有人在喊。

因为四围远处全是高的山，喊一声时有半天回声。毛弟在另一处拖长嗓子叫起万万时，所能听的就只是一串万字了。

山腰里刺莓多得不奈何。两人一旁唱歌一旁吃，肚子全为刺莓塞满了。莓是这里那里还是有，谁都不愿意放松。各人又把桐木叶子折成兜，来装吃不完的红刺莓。一时兜里又满了。到后就专拣大的熟透了的才算数，先摘来的不全熟的全给扔去了。

一起下到冈脚溪边草坪时，各人把莓向地下一放，毛弟扑到万万身上来，经万万一个蹩脚就放倒到草坪上面了。虽然跌倒，毛弟手可不放松，还是死紧搂到万万的颈子，万万也随到倒下，两人就在草上滚。

"放了我罢，放了我罢。我输了。"

毛弟最后告了饶。但是万万可不成，他要喂一泡口水给毛弟，警告他下次。毛弟一面偏头躲，一面讲好话："万万，你让我一点，当真是这样，我要发气了！"

发气那是不怕的，哭也不算事。万万口水终于唾出了。毛弟抽出一只手一挡，手背便为自己救了驾。

万万起身后，看到毛弟笑。毛弟把手上的唾沫向万万洒去，万万逃走了。

万万的水牯跑到别人麦田里去吃嫩苗穗，毛弟爬起替他去赶牛。

"万万，你老子又窜到杨家田里吃麦了！"

远远的，万万正在爬上一株树，"有我牛的孙子帮到赶，我不怕的。——毛弟哎，让它吃罢，莫理它！"

"你莫理它，乡约见到不去告你家妈么？"

毛弟走拢去，一条子就把万万的牛赶走了。

"昨天我到老虎峒脚边，听到你家癫子在唱歌。"万万说，说了吹哨子。

"当真么？"

"扯谎是你的野崽！"

"你喊他吗？"

"我喊他！"万万说，万万记起昨天的情形，打了一个颤。

"你家癫子差点一岩头把我打死了！我到老虎峒那边碾坝上去问我大叔要老糠，听到岩鹰叫，抬头看，知道那壁上又有岩鹰在孵崽了，爬上山去看。肏他娘，到处寻窠都是空！我想这杂种，或者在峒里砌起窠来了，我就爬上峒边那条小路去。

……"

"跌死你这野狗子！"

"我不说了，你打岔！"

万万当真不说了。但是毛弟想到他癫子哥哥的消息，立时又为万万服了礼。

万万在草坪上打了一个飞跟头，就势只一滚，滚到毛弟的身边，扯着毛弟一只腿。

"莫闹，我也不闹了，你说吧。我妈着急咧，问了多人都说不曾见癫子。这四天五天都不见他回家来，怕是跑到别村子去了。"

"不，"万万说，"我就上到峒里去，还不到头门，只在那堆石头下，听到有人说话的声音。声音又很熟。我就听。那声音是谁？我想这人我必定认识。但说话总是两个人，为什么只是一个口音？听到说：'你不吃么？你不吃么？吃一点是好的。刚才烧好的山薯，吃一点儿吧。我喂你，我用口哺你。'就停了一会儿。不久又做声了。是在唱，唱：'娇妹生得白又白，情哥生得黑又黑；黑墨写在白纸上，你看合色不合色？'还打哈哈，爽妈好快活！我听到笑，我想起你癫子笑声了。"

毛弟问："就是我哥吗？"

"不是癫子是秦良玉？哈，我断定是你家癫子，躲在峒里住，不知另外还有谁，我就大声喊，且飞快跑上峒口去。我说癫子大哥唉，癫子大哥唉，你躲在这里我可知道了！你说他怎么样？你家癫子这时真癫了，见我一到峒门边，蓬起个头瓜，赤了个膊子，走出来，就伸手抓我的顶毛。我见他眼睛眉毛都变了样子，吓得往后退。他说狗杂种，你快走，不然老子一岩头打死你。身子一蹲就——我明白是搬大块石头了，就一口气跑下来。

癫子吓得我真要死。我也不敢再回头。"

显然是，毛弟家癫子大哥几日来就住在峒中。但是同谁在一块？难道另外还有一个癫子吗？若是那另外一人并不癫，他是不敢也不会同一个癫子住在一块的。

"万万你不是扯谎吧？"

"我扯谎就是你儿子。我赌咒。你不信，我也不定要你信。明儿早上我们到那里去放牛，我们可上峒去看。"

"好的，就是明天吧。"

万万爬到牛背上去翻天睡，一路唱着山歌走去了。

毛弟顾自依然骑了牛，到老虎峒的黑白相间颜色石壁下。这里有条小溪，夹溪是两片墙样的石壁，一刀切，壁上全是一些老的黄杨树。当八月时节，就有一些专砍黄杨木的人，扛了一二十丈长的竹梯子，腰身盘着一卷麻绳，爬上崖去或是从崖顶垂下，到崖腰砍树，斧头声音它它它它……满谷都是。老半天，便听到喇喇喇的如同崩了一山角，那是一段黄杨连枝带叶跌到谷里溪中了。接着不久又是它它它它的声响。看牛看到这里顶遭殃。但不是八月，没有伐木人，这里可凉快极了。沿这溪上溯，可以到万万所说那个碾房。碾房是一座安置在谷的尽头的坎上的老土屋，前面一个石头坝，坝上有闸门，闸一开，坝上的积水就冲动屋前木水车，屋中碾石也就随着转动起来了。碾房放水时，溪里的水就要凶一点，每天碾子放水三次，因此住在沿溪下边的人忘了时间就去看溪里的水。

毛弟到了老虎峒的石壁下，让牛到溪一边去吃水。先没有上去，峒是在岩壁的半腰，上去只一条小路，他在下面叫："大哥！大哥！"

"大哥呀！大哥呀！"

象打锣一样，声音朗朗异常高，只有一些比自己声音来得更宏壮一点的回声，别的却没有。万万适间说的那岩鹰，昨天是在空中盘旋，此时依旧是在盘旋。在喊声回声余音歇憩后，就听到一只啄木鸟在附近一株高树上落落落落敲梆梆。

"大哥呀！癫子大哥呀！"

有什么象在答应了，然而仍是回声学着毛弟声音的答应！毛弟在最后，又单喊"癫子"，喊了十来声。或者癫子睡着了。一些小的山雀全为这声音惊起，空中的鹰也象为了毛弟喊声吓怕了，盘得更高了。若说是人还在睡，可难令人相信的。

"他知道我在喊他，故意不作声，"毛弟想。

毛弟就慢慢从那小路走，一直走到万万说的那一堆乱石头处时，不动了。他就听。听听是不是有什么人声音。好久好久全是安静的。的确是有岩鹰儿子在咦咦的叫，但是在对面高高的石壁上，又听到一个啄木鸟的擂梆梆，这一来，更冷静得有点怕人了。

毛弟心想，或者上面出了什么事，或者癫子简直是死了。心思在划算，不知上去还是不上去。也许癫子就是在峒里为另一个癫子杀死了。也许癫子自己杀死了。……

"还是要上去看看，"他心想，还是要看看，青天白日鬼总不会出现的。

爬到峒口了，先伸头进去。这峒是透光，干爽，毛弟原先看牛时就是常到的。不过此时心就有点怯。到一眼望尽峒中一切时，胆子复原了。里面只是一些干稻草，不见人影子。

"大哥，大哥，"他轻轻的喊。没有人，自然没有应。

峒内有人住过最近才走那是无疑的。用来做床的稻草，和一个水罐，罐内大半罐的新鲜冷溪水，还有一个角落那些红薯根，以及一些撒得满地虽萎谢尚未全枯的野月季花瓣，这些不仅证明是有人住过，毛弟从那罐子的式样认出这是自己家中的东西，且地上的花也是一个证，不消说，癫子是在这峒内独自做了几天客无疑了。

"为什么又走了去？"

毛弟总想不出这奥妙。或者是，因为昨天已为万万知道，恐怕万万告给家里人来找，就又走了吗？或者是，被另外那个人邀到别的山峒里去了吗？或者是，妖精吃了吗？

峒内不到四丈宽，毛弟一个人，终于越想越心怯起来。想又想不出什么理由，只好离开了山峒，提了那个水罐子赶快走下石壁骑牛转回家中。

二

"娘娘，有人见到癫子大哥了！"毛弟在进院子以前，见了他妈在坪坝里喂鸡，就在牛背上头嚷。

娘是低了头，正把脚踢那大花公鸡，"援助弱小民族"啄食糠拌饭的。

听到毛弟的声音，娘把头一抬，走过去，"谁见到癫子？"

那匹鸡，见到毛弟妈一走，就又抢拢来，余下的鸡便散开。毛弟义愤心顿起，跳下牛背让牛顾自进栏去，也不即答娘的话，跑过去，就拿手上那个水罐子一摆，鸡只略退让，还是顽皮独自低头啄吃独行食。

"来，老子一脚踢死你这扁毛畜生！"

鸡似乎知趣，就走开了。

"毛弟你说是谁见你癫子大哥？"

"是万万。"毛弟还怕娘又想到前村那个大万万，又补上一句，"是寨西那个小万万。"

为了省得叙述起见，毛弟把从峒里拿回的那水罐子，展览于娘的跟前。娘拿到手上，反复看，是家中的东西无疑。

"这是你哥给万万的吗？"

"不，娘，你看看，这是不是家中的？"

"一点不会错。你瞧这用银藤缠好的提把，是我缠的！"

"我说这是象我们家的。是今天，万万同我放牛放到白石冈，万万同我说，他说昨天他到碾坝上叔叔处去取老糠，打从老虎峒下过，因为找岩鹰，无意上到峒口去，听到有人在峒里说笑，再听听，是我家癫子大哥。一会会看到癫子了，癫子不知何故发了气，不准他上去，且搬石块子，说是要把他打死。我听到，就赴去爬到峒里去，人已不见了，就是这个罐子，同一些乱草，一些红薯皮。"

娘只向空中作揖，感谢这消息，证明癫子是有了着落，且还平安清吉在境内。

毛弟末尾说，"我敢断定他这几天全在那里住，才走不久的。"

这自然是不会错，罐子同做卧具的干草，已经给证明，何况昨天万万还亲眼明明见到癫子呢？

毛弟的娘这时一句话不说，我们暂时莫理这老人，且说毛弟家的鸡。那只花公鸡乘到毛弟回头同妈讲话时，又大大方方跑到那个废碌碡旁浅盆子边把其他的鸡群吓走了。它为了自夸胜利还咯咯的叫，意在诱引女性近身来。这种声音是极有效的，不一会，就有几只母鸡也在盆边低头啄食了。

没有空，毛弟是在同娘说话，抱不平就不能兼顾这边的事情，但是见娘在作揖，毛弟回了头，喝一声"好混账东西！"奔过去，脚还不着身，花鸡明白三十六计走为上计，稍慢一点便吃亏，于是就逃了。那不成，逃也不成，还要追。鸡忙着飞上了草积上去避难，毛弟爬草积。其余的鸡也顾不得看毛弟同花鸡作战了，一齐就奔集到盆边来聚餐。

要说出毛弟的妈得到消息是怎样的欢喜，是不可能的事情。事情太难了，尤其是毛弟的妈这种人，就是用颜色的笔来画，也画不出的。这老娘子为了癫子的下落，如同吃了端午节羊角粽，久久不消化一样；这类乎粽子的东西，横在心上已五天。如今的消息，却是一剂午时茶，一服下，心上东西就消融掉了。

一个人，一点事不知，平白无故出门那么久，身上又不带有钱，性格又是那么疯疯癫癫象代宝（代宝是著名的疯汉），万一一时头脑发了迷，凭癫劲，一直向那自己亦莫名其妙的辽远地方走去，是一件可能的事情！或者，到山上去睡，给野狗豹子拖了也说不定！或者，夜里随意走，不小心掉下一个地窟窿里去，也是免不了的危险！癫子自从失心癫了后，悄悄出门本来是常有的事。为了看桃花，走一整天路；为了看木人头戏，到别的村子住过夜，这是过去的行为。但一天，或两天，自然就又平安无事归了家，是有一定规律的。因有了先例，毛弟的妈对于癫子的行动，是并不怎样不放心。不过，四天呢？五天呢？——若是今天还不得消息，以后呢？在所能想到的意外祸事，至少有一件已落在癫子头上了。倘若是命运菩萨当真是要那么办，作弄人，毛弟的妈心上那块积瘀就只有变成眼泪慢慢流尽的一个方法了。

在峒里，老虎峒，离此不过四里路，就象在眼前，远也只象在对门山上，毛弟的妈释然了。毛弟爬上草积去追鸡，毛弟的妈便用手摩挲那个水罐子。

毛弟擒着了鸡了，鸡懂事，知道故意大声咖呵咖呵拖长喉咙喊救命。

"毛毛，放了它吧。"

妈是昂头视，见到毛弟得意扬扬的，一只手抓鸡翅膊，一只手捏鸡喉咙，鸡在毛弟刑罚下，叫也叫不出声了。

"不要捏死它，可以放得了！"

听妈的话开释了那恶霸，但是用力向地上一掼，这花鸡，多灵便，在落地以前，还懂得怎样可以免得回头骨头疼，就展开翅子，半跌半飞落到毛弟的妈身背后。其他的鸡见到这恶霸已受过苦了，怕报仇，见到它来就又躲到一边瞧去了。

毛弟想跳下草积，娘见了，不准。

"慢慢下，慢慢下，你又不会飞，莫让那鸡见你跌伤脚来笑你吧。"

毛弟变方法，就势溜下来。

"你是不是见到你哥？"

"我告你不的。万万可是真见到。"

"怕莫是你哥见你来才躲藏！"

"不一定。我明天一早再去看，若是还在那里，想来就可找到了。"

毛弟的妈想到什么事，不再做声。毛弟见娘不说话，就又过去追那一只恶霸鸡。鸡怕毛弟已到极点，若是会说话，可以断定它愿意喊毛弟做祖宗。鸡这时又见毛弟追过来，尽力举翅飞，飞上大门楼屋了。毛弟无法对付了，就进身到灶房去。

毛弟的妈跟到后面来，笑笑的，走向烧火处。

这是毛弟家中一个顶有趣味的地方。一切按照习惯的铺排，都完全。这间屋，有灶，有桶，有大小缸子，及一切竹木器皿，为毛弟的妈将这些动用东西处理得井井有条，真有说不出的风味在。一个三眼灶位置在当中略偏左一点，一面靠着墙，墙边一个很大砖烟囱。灶旁边，放有两个大水缸，三个空木桶，一个碗柜，一个竹子作的悬橱。墙壁上，就是那为历年烧柴烧草从灶口逸出的烟子熏得漆黑的墙上，还悬挂有各式各样的铁铲，以及木棒槌、木杈子。屋顶梁柱上，橡皮上，垂着十来条烟尘带子象死蛇。还有些木钩子——从梁上用葛藤捆好垂下的粗大木钩子，都上了年纪，已不露木纹，色全黑，已经分不出是茶树是柚子木了（这些钩子是专为冬天挂腊肉同干野猪肉山羊肉一类东西的，到如今，却只用来挂辣子篮了）。还有猪食桶，是在门外边，虽然不算灶房以内的陈设，可是常常总从那桶内发挥一些糟味儿到灶房来。还有天窗，在房屋顶上，大小同一个量谷斛一样，一到下午就有一方块太阳从那里进到灶房来，慢慢的移动，先是伏在一个木桶上，接着就过水缸上，接着就下地，一到冬天，还可以到灶口那烧火凳上停留一会儿。

这地方，是毛弟的游艺室，又是各样的收藏库，一些权利，一些家产（毛弟个人的家产，如象蛐蛐罐、钓竿、陀螺之类）全都在此。又可以说这里原是毛弟一个工作室，凡是应得背了妈做的东西，拿到这来做，就不会挨骂。并且刀凿全在这里，要用烧红的火箸在玩具上烫一个眼也以此处为方便。到冬天，坐在灶边烧火烤脚另外吃烧栗子自然最便利，夏天则到那张老的大的矮脚烧火凳上睡觉又怎样凉快！还有，到灶上去捕灶马，或者看灶马散步——

总之，灶房对于毛弟是太重要了。毛弟到外面放牛，倘若说那算受自然教育，则灶房于毛弟，便可以算是一个设备完整家庭教育的课室了。

我且说这时的毛弟。锅内原是蒸有一锅红薯，熟透了，毛弟进了灶房就到锅边去，甩起锅盖看看。毛弟的妈正在灶腹内塞进一把草，用火箸一搅，草燃了，一些烟，不即打烟囱出去，便从灶口冒出来。

"娘，不用火，全好了。"

娘不做声。她知道锅内的薯不用加火，便已熟了的。她想别一事。在癫子失踪几日来，这老娘子为了癫子的平安，曾在傩神面前许了一匹猪，约在年底了愿心；又许土地夫妇一只鸡，如今是应当杀鸡供土地的时候了。

"娘，不要再热了，冷也成。"

毛弟还以为妈是恐怕薯冷要加火。

"毛毛你且把薯装到钵里去，让我热一锅开水。我们今天不吃饭。剩下现饭全已喂鸡了。我们就吃薯。吃了薯，水好了，我要杀一只鸡谢土地。"

"好，我先去捉鸡。"那花鸡，专横的样子，在毛弟眼前浮起来。毛弟听到娘说要杀一只鸡，想到一个处置那恶霸的方法了。

"不，你慢点。先把薯铲到钵里，等热水，水开了，再捉去，就杀那花鸡。"

妈也赞成处置那花鸡使毛弟高兴。真所谓"强梁者不得其死"。又应了"众人所指无病而死"那句话。花鸡遭殃是一定了。这时的花鸡，也许就在眼跳心惊吧。

妈吩咐，用铲将薯铲到钵里去。就那么办，毛弟便动手。薯这时，已不很热了，一些汁已成糖，锅子上已起了一层糖锅巴。薯装满一钵，还有剩，剩下的，就把毛弟肚子装。娘笑了，要慢装一点，免吃急了不消化。

三

毛弟的妈就是我们常常夸奖那类可爱的乡下伯妈样子的，会用薤头作酸菜，会做豆腐乳，会做江米酒，会捏粑粑——此外还会做许多吃货，做得又干净，又好吃。天生着爱洁净的好习惯，使人见了不讨厌。身子不过高，瘦瘦的。脸是保有为干净空气同不饶人的日光所炙成的健康红色的。年四十五岁，照规矩，头上的发就有一些花的白的了。

装束呢，按照湖南西部乡下小富农的主妇章法，头上不拘何时都搭一块花格子布帕。衣裳材料冬天是棉夏天是山葛同苎麻，颜色冬天用蓝青，夏天则白的——这衣服，又全是家机织成，虽然粗，却结实。袖子平时是十九卷到肘以上，那一双能推磨的强健的手腕，便因了裸露在外同脸是一个颜色。是的，这老娘子生有一对能作工的手，手以外，还有一双翻山越岭的大脚，也是可贵的！人虽近中年，却无城里人的中年妇人的毛病，不病，不疼，身体纵有小小不适时，吃一点姜汤，内加上点胡椒末，加上点红糖，乘热吃下蒙头睡半天，也就全好了。腰是硬朗的，这从每天必到井坎去担水可以知道的。说话时，声音略急促，但这无妨于一个家长的尊严。脸庞上，就是我说的那红红的瘦瘦的脸庞上，虽不象那类在梨林场上一带开饭店的内掌柜那么永远有笑涡存在，不过不拘一个大人一个小孩见了这妇人，总都很满意。凡是天上的神给了中国南部接近苗乡一带乡下妇人的美德，毛弟的妈照例也得了全份。譬如象强健，耐劳，俭省治家，对外复大方，在这个人身上全可以发现。他说话的天才，也并不缺少。我说的"全份"，真是得了全份，是带有乡评意味的。

自从毛弟的爹因了某年的时疫，死到田里后（这妇人还只三十五岁），即便承担了命运为派定一个寡妇应有的担子。好好的埋葬了丈夫，到庙中念了一些经，从眼里流了一些泪，带了三年孝，才把堂屋中丈夫的灵座用火焚化了。毛弟的爹死了后，做了一家之主的她，接手过来管理着一切：照料到田地，照料到儿子，照料到栏里的牛，照料到菜猪和生卵的一群鸡。许多事，比起她丈夫在生时节勤快得多了。对于自己几亩田，这老娘子都不把他放空，督着长工好好的耕种，天旱雨打不在意。期先预备着了款，按时缴纳衙门的粮赋。每月终，又照例到保董处去缴纳地方团防捐。春夏秋冬各以其时承受一点小忧愁，同时承受一些小欢喜，又随便在各样忧喜事上流一些眼泪。一年将告结束时，就请一个苗巫师来到家里，穿起绣花衣裳，打锣打鼓还愿为全家祝福。——就这样，到如今，快十年了，一切依然一样，而自己，也并不曾老许多。

十年来，一切事情是一样，这是说，毛弟的妈所有的工作，是一个样子，一点都不变。然而一切物，一切人，已全异——纵不全，变得不同的终究是太多了。毛弟便是变得顶不相同的一个人。当时毛弟做孝子那年，毛弟还只是两岁，戴纸冠就不知道戴的为哪一个人。到如今，加上是十年，已成半大孩子了。毛弟家癫子，当时亦只不过十二岁，并不痴，伶精的如同此时毛弟一模样，终日快快活活的放牛，耕田插秧晒谷子时候还能帮点忙，割穗时候能给长工送午饭。会用细蔑织鸡罩；鸡罩织就又可拿了去到溪里捉鲫鱼。会制簟席，会削木陀螺，会唱歌，有时还会对娘发一点脾气，给娘一些不愉快（这最后一项本领，直到毛弟长大懂得同娘作闹以后才变好，但是同时也就变痴变呆了）。其他呢，毛弟家中栏内耕牛共换了三次，猪圈内，养了八次小菜猪，鸡下的蛋是简直无从计算数目，屋前屋后的树也都变大到一抱以外。倘若是毛弟的爹，是出远门一共出十年，如今归来看看家，一样都会不认识，只除了毛弟的娘，其他当真都会茫然！

至于癫子怎样忽然就癫了呢？

这事就很难说了。这是一桩大疑案，全大坳人不能知，伍娘也不知。伍娘就是毛弟妈在大坳村子里得来的尊称，全都这样喊她，老的是，少的是，伍娘正象全村子人的姑母呀。癫子癫，据巫师说，他是非常清楚的（且有法术可禳解）。为了得罪了霄神，当神撒过尿，骂过神的娘，神一发气人就癫了。但霄神在大坳地方，即以巫师平时的传说，也只能生人死人给人以祸福，使人癫，又象似乎非神本领办得到。且如巫师言，禳是禳解了，还是癫（以每年毛弟家中谷、米收成人畜安宁为证据，神有灵，又象早已同毛弟家议了和），这显然知道癫子之所以癫，另有原

139

因了。

在伍娘私自揣度下，则以为这只是命运，如同毛弟的爹必定死在田里一个样，原为命运注定的。使天要发气，把一个正派人家儿女作弄得成了癫子，过错不是毛弟的哥哥，也不是父亲，也不是祖先，全是命运。诚然的，命运这东西，有时作弄一个人，更残酷无情的把戏也会玩得出。平空使你家中无风兴浪出一些怪事，这是可能的，常有的。一个忠厚老实人，一个纯粹乡下做田汉子，忽然碰官事，为官派人抓去，强说是与山上强盗有来往，要罚钱，要杀头，这比霄神来得还威风，还无端，大坳人却认这是命运。命运不太坏，出了钱，救了人，算罢了。否则更坏也只是命运，没办法。命里是癫子，神也难保佑，因此伍娘在积极方面，也不再设法，癫子要癫就任他去了。幸好癫子是文癫，他平白无故又不打过人。乡下人不比城里人聪明，也不会想方设法来作弄癫子取乐，所以也见不出癫子是怎样不幸。

关于癫子性格，我想也有来说几句的必要。普通癫子是有文武之分的，如象做官一个样，也有文有武。杀人放火高声喝骂狂歌痛哭不顾一切者，这属于武癫，很可怕。至于文癫呢，老老实实一个人寂寞活下来，与一切隔绝，似乎感情开了门，自己有自己一块天地在，少同人说话。别人不欺凌他他是很少理别人，既不使人畏，也不搅扰过鸡犬。他又依然能够做他自己的事情，砍柴割草不偷懒，看牛时节也不会故意放牛吃别人的青麦苗。他的手，并不因癫把推磨本事就忘去；他的脚，春碓时力气也不弱于人。他比平常人要任性一点，要天真一点，（那是癫子的坏处？）他因了癫有一些乖癖，平空多了些无端而来的哀乐，笑不以时候，哭也很随便。他凡事很大胆，不怕鬼，不怕猛兽。爱也爱得很奇怪，他爱花，爱月，爱唱歌，爱孤独向天。大约一个人，有了上面的几项行为，就为世人目为癫子也是常有的事罢。实在说，一个人，就这样癫了，于社会既无损，于家中，也就不见多少害处的。如果世界上，全是一些这类人存在，也许地方还更清静点，是不一定的。有些癫，虽然属于文，不打人，不使人害怕，但终免不了使人讨嫌，"十个癫子九个痴"，这话很可靠。我们见到的癫子，头发照例是终年不剃，身上褴褛得不堪，虱婆一把一把抓，真叫人作呕。毛弟家癫子可异这两样。他是因了癫，反而一切更其讲究起来了。衣衫我们若不说它是不合，便应当说它是漂亮。他懂得爱美。布衣葛衣洗得一崭新。头发剃得光光同和尚一样。身边前襟上，挂了一个铜夹子（这是本乡团总保董以及做牛场经纪人的才有的装饰）。夹的用处是无事时对着一面小镜拔胡须。癫子口袋中，就有那么一面圆的小的背面有彩画的玻璃镜！癫子不吃烟，又没同人赌过钱，本来这在大坳人看来，也是以为除了不是癫子以外不应有的事。

这癫子，在先前，还不为毛弟的妈注意时，呆性发了失了一天踪。第二天归来，娘问他："昨天到什么地方去了？"

他却说，"听人说棉寨桃花开得好，看了来！"

棉寨去大坳，是二十五里，来去要一天，为了看桃花，去看了，还宿了一晚才转来！先是不能相信。到后另一次，又去两整天，回头说是赶过尖岩的场了，因为那场上卖牛的人多，有许多牛很好看，故去了两天。大坳去尖岩，来去七十里，更远了。然而为了看牛就走那么远的路，呆气真够！娘不信，虽然看到癫子脚上的泥也还不肯信。到后来问到向尖岩赶场做生意的人，说是当真见到过癫子，娘才真信家中有了癫子了。从此以后因了走上二十里路去看别的乡村为土地生日唱的木人戏，竟一天两天的不归，成常事。娘明白他脾气后，禁是不能禁，只好和和气气同他说，若要出门想到什么地方去玩时，总带一点钱，有了钱，可买各样的东西，想吃什么有什么，只要不受窘，就随他意到各处去也不用担心了。

大坳村子附近小村落，一共数去是在两百烟火以上的。管理地方一切的，天王菩萨居第一，霄神居第二，保董乡约以及土地菩萨居第三，场上经记居第四：只是这些神同人，对于癫子可还没能行使其权威。癫子当到高的胖的保董面前时，亦同面对一株有刺的桐树一样，树那么高，或者一头牛，牛是那么大，只睁眼来欣赏，无恶意的笑，看够后就走开了。癫子上庙里去玩，奇怪大家拿了纸钱来当真的烧，又不是字纸。还有煮熟了的鸡，洒了盐，热热的，正好吃，人不吃，倒摆到这土偶前面让它冷，这又使癫子好笑。大坳的神大约也是因了在乡下长大，很朴实，没有城中的神那样的小气，因此才不见怪于癫子。不然，为了保持它尊严，也早应当显一点威灵于这癫子身上了。

大坳村子的小孩子呢，人人欢喜这癫子，因为从癫子处可以得到一些快乐的缘故。癫子平常本不大同人说话，同小孩在一块，马上他就有说有笑了。遇到村里唱戏时，癫子不厌其烦来为面前一些孩子解释戏中的故事。小孩子跟随癫子的，还可以学到许多俏皮的山歌，以及一些好手艺。癫子在村中，因此还有一个好名字，这名字为同村子大叔婶婶辈当到癫子来叫喊，就算大坳人的嘲谑了，名字乃是"代狗王"。代狗王，就是小孩子的王，这有什么坏？

四

　　大坳村子里的小孩子，从七岁到十二岁，数起来，总不止五十。这些猴儿小子在这一个时期内，是不是也有城市人所谓智慧教育不？有的。在场坪团防局内乡长办公地的体面下，就曾成立了一区初级小学。学校成立后学生也并不是无来源，如那村中执政的儿子，庙祝的儿子，以及中产阶级家中父老希望本宗出个圣贤的儿子，由一个当前清在城中取过一次案首民国以来又入过师范讲习所的老童生统率，终日在团防局对面那天王庙戏楼上读新国文课本，蛮热闹。但学生数目还不到儿童总数五分之一，并且有两个还只是六岁。余下的怎样？难道就是都象毛弟一样看牛以外就只蹲到灶旁用镰刀砍削木陀螺？在大坳学校以外还有教育的，倘若我们拿学校来比譬僧侣贵族教育，则另外还有所谓平民的武士教育在。没有固定的须乡中供养的教师，也不见固定的挂名的学生，只是在每一天下午吃了晚饭后，在去场头不远一个叫作猫猫山的地方，这里有那自然的学校，是这地方儿童施以特殊教育的地点。遇到天雨便是放学时。若天晴，大坳村里小孩子，就是我所举例说是从七到十二岁的小猴儿崽子，至少有三十个到来。还有更小的。还有更大的。又还有娘女们，抱了三岁以下的小东西来到这个地方的。那些持着用大羊奶子树做的烟杆由他孙崽子领道牵来的老人，那些曾当过兵颈项上挂有银链子还配着崭新黄色麂皮抱肚的壮士，那些会唱山歌爱说笑话的孤身长年，那些懂得猜谜的精健老娘子，全都有。每一个人发言，每一个人动作，全场老少便都成了忠实的观众与热心的欣赏者。老者言语行为给小孩子以人生的经验，小孩子相打相扑给老年人以喜剧的趣味。这学校，究竟创始了许多年？没有人知道。不过很明白的是，如今已得靠小孩牵引来到这坪里的老头儿，当年做小孩时却曾在此玩大的，至少是，比天王庙小学生的年龄，总老过了十倍了。

每一天当太阳从寨西大土坡上落下后，这里就有人陆续前来了。住在大坳村子里的人，为了抱在手上的小孩嚷着要到猫猫山去看热闹，特意把一顿晚饭提早吃，也是常有的事情。保董有时宣布他政见，也总选这个处所。要探听本村消息，这里是个顶方便地方。找巫师还愿，尤其是除了到这里来找他那两个徒弟以外，让你打锣喊也白费神。另一个说法，这里是民众剧场，是地方参事厅，单说是学校，还不能把它的范围括尽！

到了这里有些什么样的玩意儿？多得很。感谢天，特为这村里留下一些老年人，由这些老年人口中，可以知道若干年前打长毛的故事。同辈硕果仅存是老年人的悲哀，因了这些故事的复述，眼看到这些孙曾后辈小小心中为给注入本村光荣的梦以后的惊讶，以及因此而来的人格的扩张，老年人当到此时节，也象即刻又成了壮年奋勇握刀横槊的英雄了。那些退伍的兵呢，他们能告给人以一些属于乡中人所知以外奇怪有趣的事迹，如象草烟作兴卖到一块钱一枚，且未吃以前是用玻璃纸包好。又能很大方的拿出一些银角子来作小孩子打架胜利的奖品。这小小白色圆东西，便是这本村壮士从湖北省或四川省归来带回的新闻。一个小孩子从这银角子上头就可以在脑子中描写一部英雄史。一个小孩子从这银角子上头也可以做着无涯境的梦。这小东西的休息处，是那伟大的人物胸前崭新的黄色麂皮抱兜中。当到一个小孩把同等身材孩子扑倒三次以上时，就成那胜利武士的奖品了。

遇到唱山歌时节，这里只有那少壮孤身长年的份。又要俏皮，又要逗小孩子笑，又同时能在无意中掠取当场老婆子的眼泪与青年少女的爱情的把戏，算是长年们最拿手的山歌。得小孩们山莓红薯一类供养最多的，是教山歌的师傅。把少女心中的爱情的火把燃起来，山歌是象引线灯芯一类东西（艺术的地位，在一个原始社会里，无形中已得到较高安置了）。这些长年们，同一只阳雀样子自由唱他编成的四句齐头歌，可以说是他在那里施展表现"博取同情的艺术"，以及教小孩子以将来对女子的"爱的技术"。

猜谜呢，那大多数是为小女孩预备的游戏。这是在训练那些小小头脑，以目中所习见的一切的物件用些韵语说出来，男小子是不大相宜于这事情的。

男小孩子是来此缠腰，打筋斗，做蛤蟆吃水，栽天树，做老虎伸腰，同到各对各的打平和架。选出了对子，在大坪坝内，当到公证人来比武，那是这里男小子的唯一的事业，从这训练中，养成了强悍的精神以外，还给了老年人以愉快。

如今是初夏，这晚会，自然比天气还冷雨又很多的春天要热闹许多！

这里毛弟家的癫子大哥是一个重要人物，那是不问可知的。癫子到这种场上，会用他的一串山歌制伏许多年青人，博得大家的欢喜。他又在男孩比武上面立了许多条规则。当他为一个公证人时总能按到规则办，这尤显出他那首领的本事。他常常花费三天四天功夫用泥去抟一个张飞武松之类的英雄像，拿来给那以小敌大竟能出奇制胜的孩子。这一来，癫子在这一群人中间，"代狗王"是不做也不成了。把老人除开，看谁是这里孩子们的真真信服爱戴的领袖，只有癫子配！只要间上一天癫子不到猫猫山，大家便忽然会觉得冷淡起来了。癫子自己对于这地方，所感到的趣味当然也极深。

自从癫子失踪一连达五天以上，到最近，又明知道附近一二十里村集并无一处在唱木头傀儡戏，大家到此时，上年纪一点的人物便把这事长期来讨论，据公意，危险真是不可免的事了。倘若是，那一个人能从别一地方证实癫子是已经死亡，则此后猫猫山的晚上集会真要不知怎样的寂寞！大家为了怀想这"代狗王"的下落，便把到普通集会程序全给混乱了。唱歌的缺少了声音，打架的失去了劲帮，癫子这样的一去无踪真是给了大坳儿童以莫大损失。

上两天，许多儿童因了癫子无消息，就不再去猫猫山，其中那个住在寨西小万万，就有份。昨天晚上却是万万同到毛弟两人都不曾在场，癫子消息就不曾露出，如今可为万万到猫猫山把这新闻传遍了。大家高兴是自然的事。大家断定不出一两天，癫子总就又会现身出来了。

当毛弟为他娘扯着鸡脚把那花鸡杀死后，一口气就跑到猫猫山去告众人喜信。

"毛弟哎，毛弟哎，你家癫子有人见到了！"

毛弟没有到，别人见到毛弟就是那么大声高兴嚷，万万却先毛弟到了场，众人不待毛弟告，已先得到信息了。

毛弟走到坪中去，一众小孩子是就象一群蜂子围拢来。毛弟又把今天到峒中去的情形，告给大众听。大众手拉着手围到毛弟跳团团，互相纵声笑，庆祝大王的生存无恙。孩子们中有些欢喜得到坪里随意乱打滚，如同一匹才到郊野见了青草的小马。毛弟恐怕癫子会正当此时转家，就不贪玩先走了。

场里其他大小老少众人讨论了癫子一阵过后，大众便开始来玩着各样旧有的游戏，万万便把昨天上老虎峒听癫子躲在峒中所唱的歌唱给大众听。照例是用拍掌报答这唱歌的人。一众全鼓掌，万万今天可就得到一些例外光荣了。

"万万我妹子，你是生得白又白。"

万万听到有人在谑他，忙回头，回头却不明话语的来源，又不好单提某人出面来算账，只作不曾听到这丑话，仍然唱他那新歌。

"万万，你看谁个生得黑点谁就是你哥！"

万万不再回头也就听出这是顶憨赖的傩巴声音了。故作还不注意的万万，并不停止他歌喉，一面唱，一面斜斜走去，刚刚走到傩巴身边时，猛伸手来扳着傩巴的肩只一掼，闪不知脚还是那么一拐，傩巴就拉斜跌倒，大众哄然笑了起来。

傩巴爬起便扑到万万身上，想打个猛不知，但精伶便捷的万万只一让，加上是一掌，傩巴便又给人放倒到土坪上了。

傩巴可不爬起了，只在地下蓄力想乘势骤抱万万的脚杆。

"起来吧，起来吧，看这个！"一个退伍副爷大叔从他皮兜子内夹取一个银角子，高高举起给傩巴助威。傩巴象一匹狮子，一起身就缠着万万的腰身。

"黑小鬼，你跟老子远去罢，"万万身一摆，傩巴登不住，弹出几步以外又躺下了。

"爬起再来呀！看这里，是袁世凯呀！"袁世凯也罢，鲁智深也罢，今天的傩巴，成了被孙大圣痛殴的猪八戒，坐在地上只是哼，说是承认输。真是三百斤野猪，只是一张嘴，傩巴在万万面前除了嘴毒以外没有法宝可亮了。

大叔把那角子丢到半空去，又用手接住，"好兄弟，这应归万万——谁来同我们武士再比拼一番吧。"

"慢一点，我也有份的！"不知是谁在土堆上故意来捣乱，始终又不见人下。

"来就来，不然我可要去吃夜饭去了。"因此才知万万原是空肚子来专门告众人的癫子消息的。

"慢一点，不忙！"但是仍然不见下。

不久，一个经纪家的长年唱起橹歌来，天已全黑了。在一些星子拥护业已打斜的上弦月的夜景中，大家俨然如同坐在一只大麻阳乌篷船上顺水下流的欢乐，小孩子们帮同吆喝打号子，橹歌唱到洞庭湖时，钩子样的月已下沉了。

五

虽然说，癫子本身有了下落，证明了他是还好好的活在这世界上面。但是不是在明天后天就便可以如所预料的归来？这无从估定。因此这癫子，依旧远远的走去，是不是可能的？在这事上毛弟的娘也是依然全无把握的，土地得了一只鸡，也正如同供奉母鸡一只于本地乡约一个样：上年纪的神，并不与那上年纪的人能干多少，就是有力量，凡事也都不大肯负责来做的。天若欲把这癫子赶到另一个地方去，未必就能由这老头子行使权势为把这癫子赶回!

但是,癫子当真可就在这时节转到家中了。

癫子睡处是在大门楼上头,因为这里比起全家都清静,他欢喜。又不借用梯,又不借用凳,癫子上下全是倚赖门柱旁边那木钉。当他归来时,村子里没一人见,到了家以后,也不上灶房,也不到娘房里去望望,他只悄悄的,鬼灵精似的,不惊动一切,便就爬上自己门楼上头睡下了。

当到癫子爬那门柱时,毛弟同到他娘正在灶房煮那鸡。毛弟家那只横强恶霸花公鸡,如今已在锅子中央为那柴火煮出油来了。鸡是白水煮,锅上有个盖,水沸了,就只见从锅盖边,不断绝的出白气,一些香,在那热气蒸腾中,就随便发挥钻进毛弟鼻子孔。

毛弟的娘是坐在那烧火矮凳上,支颐思索一件事,打量到癫子躲藏峒中数日的缘故,面部同上身为那灶口火光映得通红。毛弟满灶房打转,灶头一盏清油灯,便把毛弟影子变成忽短忽长移到四面墙上去。

"娘,七顺带了我们的狗去到新场找癫子,要几时才回?"
娘不答理。

"我想那东西,莫又到他丈人老那里去喝酒,醉倒了。"
娘仍不作声。

"娘,我想我们应当带一个信到新场去,不然癫子回来了以后,恐怕七顺还不知道,尽在新场到处托人白打听!"

娘屈指算各处赶场期,新场是初八,后天本村子里当有人过新场去卖麻,就说明天托万万家爹报七顺一个信也成。

毛弟没话可说了,就只守到锅边闻鸡的香味。毛弟对于锅中的鸡只放心不下，从落锅到此时掀开锅盖瞧看总不止五次。毛弟意思是非到鸡肉上桌他用手去攫取脯腿那时不算完成他的敌忾心！

"娘，掀开锅盖看看吧，恐怕汤会快已干了哩。"

是第七次的提议。明知道汤是刚加过不久，但毛弟愿意眼睛不胖望到那仇敌受白水的熬煮。若是鸡这时还懂得痛苦，他会更满意！

娘说，不会的，水蛮多。但娘明白毛弟的心思，顺水划，就又在结尾说，"你就揭开锅盖看看罢。"

这没毛鸡浸在锅内汤中受煎受熬的模样，毛弟看不厌。凡是恶人作恶多端以后会到地狱去，毛弟以为这鸡也正是下地狱的。

当到毛弟用两只手把那木锅盖举起时节，一股大气往上冲，锅盖边旁蒸起水汽象出汗的七顺的脸部一样，锅中鸡是好久好久才能见到的。浸了鸡身一半的白汤，还是沸腾着。那白花鸡平平趴伏到锅中，脚杆直杪杪的真象在泅水！

"娘，你瞧，这光棍直到身子煮烂还昂起个头！"毛弟随即借了铁铲作武器，去用力按那鸡的头。

"莫把它颈项摘断，要昂就让它昂罢。"

"我看不惯那样子。"

"看不惯，就盖上吧。"

听娘的吩咐，两手又把锅盖盖上了。但未盖以前，毛弟可先把鸡身弄成翻天睡，让火熬它的背同那骄傲的脑袋。

这边鸡煮熟时那边癫子已经打鼾了。

毛弟为娘提酒壶，打一个火把照路，娘一手拿装鸡的木盘，一手拿香纸，跟到火把走。当这娘儿两人到门外小山神土地庙去烧香纸，将出大门时，毛弟耳朵尖，听出门楼上头鼾声了。

"娘，癫子回来了！"

娘便把手中东西放去，走到门楼口去喊。

"癫子，癫子，是你不是？"

"是的。"等了一会又说，"娘，是我。"

声音略略有点哑，但这是癫子声音，一点不会错。

癫子听到娘叫唤以后，于是把一个头从楼口伸出。毛弟高高举起火把照癫子，癫子眼睛闭了又睁开，显然是初醒，给火炫耀着了。癫子见了娘还笑。

"娘，出门去有什么事。"

"有什么事？你瞧你这人，一去家就四五天，我哪里不托人找寻！你急坏我了。……"

这妇人，一面絮絮叨叨用高兴口吻抱怨着癫子，一面望到癫子笑。

癫子是全变了。头发很乱，瘦了些。但此时的毛弟的娘可不注意到这些上面。

"你下来吃一点东西吧，我们先去为你谢土地，感谢这老伯伯为了寻你不知走了多少路！你不来，还得让我抱怨他不济事啦。"

毛弟同他娘在土地庙前烧完纸，作了三个揖，把酒奠了后，不问老年缺齿的土地公公嚼完不嚼完，拿了鸡就转家了。

娘听到楼上还有声息知道癫子尚留在上面，"癫子，下来一会儿吧，我同你说话。这里有鸡同鸡汤，饿了可以泡一碗阴米。"

那个乱发蓬蓬的头又从楼上出现了，他说他并不曾饿。到这次，娘可注意到癫子那憔悴的脸了。

"你瞧你样子全都变了。我晌晚还才听到毛说你是在老虎峒住的。他又听到西寨那万万告把他，还到峒里把你留下的水罐拿回。你要到那里去住，又不早告我一声，害得我着急，你瞧娘不也是瘦了许多么？"

娘用手摩自己的脸时，娘眼中的泪，有两点，沿到鼻沟流到手背了。

癫子见到娘样子，总是不做声。

"你要睡觉么？那就让你睡。你要不要一点水？要毛为你取两个地萝卜好吗？"

"都不要。"

"那就好好睡，不要尽胡思乱想。毛，我们进去吧。"

娘去了，癫子的蓬乱着发的头还在楼口边，娘嘱咐，莫要尽胡思乱想，这时的癫子，谁知道他想的是些什么事？但在癫子心中常常就是象他这时头发那么杂乱无章次，要好好的睡，办得到？然而象一匹各处逃奔长久失眠的狼样的毛弟家癫子大哥，终于不久就为疲倦攻击，仍然倒在自己铺上了。

第二天，天还刚亮不久娘就起来跑到楼下去探看癫子，听到上面鼾声还很大，就不惊动他，且不即放坶内的鸡，怕鸡在院子中打架，吵了这正做好梦的癫子。

这做娘的老早到各处去做她主妇的事务，一面想着癫子昨夜的脸相，为了一些忧喜情绪牵来扯去做事也不成，到最后，就不得不跑到酒坛子边喝一杯酒了。

六

显然是，癫子比起先前半月以来憔悴许多了。本来就是略带苍白痨病样的癫子的脸，如今毛弟的娘觉来是已更瘦更长了。

毛弟出去放早牛未回。毛弟的娘为把昨夜敬过土地菩萨煮熟的鸡切碎了，蒸在饭上给癫子作早饭菜。

到吃早饭时，娘看癫子不言不语的样子，心总是不安。饭吃了一碗。娘顺手方便，为癫子装第二碗，癫子把娘装就的饭赶了一半到饭箩里去。

娘奇诧了。在往日，这种现象是不会有的。

"怎么？是菜不好还是有病？"

"不。菜好吃。我多吃点菜。"

虽说是多吃一点菜，吃了两个鸡翅膊，同一个鸡肚，仍然不吃了。把箸放下后，癫子皱了眉，把视线聚集到娘所不明白的某一点上面。娘疑惑是癫子多少身上总有一点小毛病，不舒服，才为此异样沉闷。

"多吃一点呀，"娘象逼毛弟吃出汗药一样，又在碗中检出一片鸡胸脯肉掷到癫子的面前。

劝也不能吃，终于把那鸡肉又掷回。

"你瞧你去了这几天，人可瘦多了。"

听娘说人瘦许多了，癫子才记起他那衣扣上面悬垂的铜夹，觉悟似的开始摸出那面小圆镜子夹扯嘴边的胡须，且对着镜子作惨笑。

娘见这样子，眼泪含到眶子里去吃那未下咽的半碗饭。娘竟不敢再细看癫子一眼，她知道，再看癫子或再说出一句话，自己就会忍不住要大哭了。

饭吃完了时，娘把碗筷收拾到灶房去洗，癫子跟到进灶房，看娘洗碗盏，旋就坐到那张烧火凳上去。

一旁用丝瓜瓤擦碗一旁眼泪汪汪的毛弟的娘，半天还没洗完一个碗。癫子只是对着他那一面小小镜子反复看，从镜子里似乎还能看见一些别的东西的样子。

"癫子，我问你——"娘的眼泪这时已经不能够再忍，终于扯了挽在肘上的宽大袖子在揩了。

癫子先是口中还在嘘嘘打着哨，见娘问他就把嘴闭上，鼓气让嘴成圆球。

"你这几天究竟到些什么地方去？告给你娘吧。"

"我到老虎峒。"

"老虎峒，我知道。难道只在峒内住这几天吗？"

"是的。"

"怎么你就这样瘦了？"

癫子可不再做声。

娘又说，"是不是都不曾睡觉？"

"睡了的。"

睡了的，还这样消瘦，那只有病了。但当娘问他是不是身上有不舒服的地方时，这癫子又总说并不曾生什么病。

毛弟的娘自觉自从毛弟的爹死以后，十年来，顶伤心的要算这个时候了。眼看到这癫子害相思病似的精神颓丧到不成样子，问他却又说不出怎样，最明显的是在这癫子的心中，此时又正汹涌着莫名其妙的波涛，世界上各样的神都无从求助。怎么办？这老娘子心想十年劳苦的担子，压到脊梁上头并不会把脊梁压弯，但关于癫子最近给她的忧愁，可真有点无从招架了。

　　一向癫子虽然癫，但在那浑沌心中包含着的象是只有独得的快活，没有一点人世秋天模样的忧郁，毛弟的娘为这癫子的不幸，也就觉得很少。到这时，她不但看出她过去的许多的委屈，而且那未来，可怕的，绝望的，老来的生活，在这妇人脑中不断的开拓延展了。她似乎见到在她死去以后别人对癫子的虐待，逼癫子去吃死老鼠的情形。又似乎见癫子为人把他赶出这家中。又似乎见毛弟也因了癫子被人打。又似乎乡约因了知事老爷下乡的缘故，到猫猫山宣告，要把癫子关到一个地方去，免吓了亲兵。又似乎……

　　天气略变了，先是动了一阵风，屋前屋后的竹子，被风吹得象是一个人在用力摇。接到不久就落了小雨。冒雨走到门外土坳上去，喊了一阵毛弟回家的毛弟的娘，回身到了堂屋中，望着才从癫子身上脱下洗浣过的白小褂，悲戚的摇着头——就是那用花格子布包着的花白头发的头，叹着从不曾如此深沉叹过的气。

　　毛毛雨，陪到毛弟的娘而落的，娘是直到烧夜火时见到癫子有了笑容以后泪才止，雨因此也落了大半天。

一九二七年六月作

十四 夜间

《十四夜间》1929年3月由上海光华书局初版。
原目收入小说作品:《或人的家庭》《十四夜间》。

或人的家庭

美美近来肝气旺，发气了，绝对不吃饭。

"你莫发气吧，我的好人。"瘦个子的少白，又在尽那新式丈夫的义务了。

"那把头发向后梳，新式样子，穿花绸衣裳的，那才是你的好人哪。"美美索性说，且在语气上加了诮讪的成分。

"你真——"

美美的话是刺进少白心里去，少白说半句话就不能再接下去了。

谁家两口子不常常吵点小架？纵不是"常常"，"间或"难道都不么？然而美美同少白，则是间或也不的。同住以来是三年，一次都总不。一同来受穷，只把亲嘴当点心，在这种情况中，两人都能让对方，凡事都是让，一点不见其龃龉，纵有一个因为别的一件事情自己烦恼了，另一个，便过来亲嘴，为了恐怕身边人不安，那一个烦恼着的也就立时愉快了。然而凡事都要变，天气同人并不是两样，近来天气变得特别热，不到五月就可穿夏布，据说是潮流的关系，美美是因了这时代的潮流，男人嗜好转了个方向，也变成容易生气的人了。一个发气一个来赔礼，这风潮，自然很少再会扩张。但是那个赔礼的人因为赔礼疲倦了呢?

少白便是因为赔小心已感到疲倦了的一个人。

倘若是我们相信或人那段话,"人的感情是有弹性的东西,当容让到再不能容让时,弹性一失就完了。"我们可以承认这并不是少白的错处,不过遇事便赔小心,养得美美越容易生气,少白的不对地方仍然还是有。我不是说少白凡事得放辣一点。我是说,对一个爱人,有些地方柔顺是好的,有些地方若除了装腔作势就会有许多毛病随了自己的容让而产生。这话不一定可以算真理,但这话是经验,虽然并不见之于《爱的技术》一类的书中。

为什么要遇事赔小心?这就是因了你处处表示你弱点(这是女人方面在同你合不来以后猜想的)。你在求一个女人爱你的时节,你可以采取比赔小心还更来得恳切的一些特别章法,那无妨于事。但一个爱了你的女人,你就得变更战略了。你不专私点,调皮点,还只处处想从殷勤中讨爱人的好,你就准失败。一个未为人爱的女人所嗜好的是忠顺,一个已成了别人爱人的女人按照她的天性,你得把对付旧式太太的方法来对付她才是事。你不这样办,一定失败无疑。她是她,你是你,那个时节你是她的仆,到以后,局面转过来,她是你的奴;她需要管束,你不按理论做去,她将以为你庸懦。假如正当此时有一个新的第三人侵入你们感情内,你的太太却要你吃苦。这是你自己的错,怪不得别人。我们还可以得一个相反的证明,就是太太有外遇的人,多数倒是有好丈夫的女子。一个人,应不应让太太有外遇,那是另外的问题,我们不放在这上头来讨论,我只说,其所以有,是多数由于丈夫对妻用的手段是仍然用一个对付情人的手段错误的结果而已。

　　然而我说到题上来，少白的爱人美美就是如我所说那类女人。因了少白采用的手段错误致使她容易催动肝火么？不，全不的。是另外缘故，这缘故，如美美所说，为的是近来少白心中另有"好人"在。两个人恋爱，把身子除开，全是两方面以心来拥抱，那自然不成。不过倘若心已向别的方向飞去后，单只互相搂着身体算是恋爱？也不成。美美看得出，少白就是所谓后面的一种。即或用手箍到太太的腰心里也不在乎此。美美痛苦到难堪。先是闷到心里头，少白不说什么时还好，一到少白在口上故意敷衍她时就非发气不可了。更使她动火的就是少白，口上还是偏偏不承认。错处在少白，这是公平的派法。

　　"你爱别人，你就去大胆的爱，这不算坏事，为什么又学怯汉子行为，故意来在我面前做鬼？"

　　怯汉子，一点不错，少白就是。但在美美嚷破以后，他还是不承认，只说是女人吃醋。我们有时讨论到人类的本领，我想怯汉子的最大本领怕就是支吾了。美美为此没办法，也只好拿出女人所有的本领来，一遇说不出时就只哭。这一来，实在热闹了许多，比起年前白天两人只是关起房门来默默亲嘴，空气真要不同许多了。

　　今天不知怎样两人就又把话引到这焦点上来，看看摆饭了，忽然起了风，天变了，——天倒不落雨，人却赌气卧在床上了。

　　"美，算了吧，我错了。"此是在美美说了她不是好人，少白心中另有好人的话以后约有三分钟。

　　这三分钟两人就只沉默着，坚持捱下来。美美也不哭也不动，心中划算这时的少白的心飘落在谁个身上。其实是错了。

少白的心在另一个赌气的时候，是不是还想到太太，可不敢保险，但此时，却是没有一秒不在太太身旁左右的。他有些计划，是回家以前的计划。他要想法使太太高兴，好提一个议，在吃饭时把这意思说出来，征求太太的同意。这计划的第一步是请太太容纳他意见。第二步，则是把一串绿色颈珠给太太作夏天的礼物。这礼物，因此一来不敢拿出来，藏在身上待机会去了。

各自收兵回营不是容易事，还是老爷使出最后一着棋，做一点怪样子来在太太面前认个错，譬如作揖下跪之类择其一。横顺这不是给别人欣赏专为太太而发的行为，算不得是丑。最后是，用嘴去把太太颊上的泪舔干净，就算和平解决了。

"美，你莫又哭，身子现到不好！"少白又故意逗一句。然而太太倒不哭。太太哭，则就可以按部就班如法炮制了，不哭时，可无法。

太太先是用手蒙到脸，此时就不再蒙了，手取开后望到少白说，"我才不哭啦。女人哭，给男人好更瞧不起。我还有几多事要笑，嘻嘻，——"笑，是冷的，有意的，这笑就表示比哭还伤心。少白也陪到冷笑，两人又把目光放在一块支持约有一分钟，还是少白打败仗，逃走了。我说的逃走，是目光。少白走到写字桌边去，借故看窗边的天，天上一些云，白白的，象羊样，一旁吃草一旁缓缓的走着。少白沉沉的放了一口气。

"美，我说我们实际上都老了，以后莫再闹孩子气了吧！"

"哼。"

"当真，我们应恢复以前样子才是事。"

先前少白要她哭，倒无泪，这时想到"以前"可难再忍了。

"莫说以前吧，"她哽咽着低声说，"以前我年青，如今象你所说我老了——你倒不，至少还是三十岁以内。三十岁的男子就是正逗人爱的当儿。"

"你看你说的话多酸。我是说我老了，你还年青标致得同一个十八岁女子似的，谁个不说你漂亮？"

"是吗？漂亮而不时髦，也就不。"接着美美就念少白所写的文章中一段，"你有一个太太同时髦宣战时，你将得到比没有太太以上的苦恼。"少白想用手掩耳，但即时又明白这方法不对，仍然听。太太见到这情形更要说。不再堕泪了，气得笑。"是的，因为我不时髦，不愿把发向后梳，就使你苦恼，不是么？"

"我有什么苦恼？你高兴，莫遇事发气，我象做神仙。"少白想讲和，话语越来越好听。

算是和议开端有了眉目了，少白就坐近床边来，所谓进一步者是。

他把手去摩她的下巴，她用手去抵拒，但不太过分，终于少白的手就在她的脸上了。

"你有些地方是吃醋吃得过火了一点。"

"那你为什么总在我面前称赞那些时髦人？"

"你难道不算时髦么？只要你把——"

"头我偏不向后梳。"

"我又不说头，我是说你象——"

"我象，我象你那些学生，你那些朋友？"

"是你的朋友，又不是我的。"

"名义上，不但她，你也是我的。但我看得清清楚楚的，有一个人心是常在别人身边的。"

少白不再辩，是事实。"但你比谁都还美，"他说，这一句，就只这一句。

不怕是新式的也罢，是旧式的也罢，当到你同太太开和平会议时，你无意有意把那称赞她美的字眼提出去，会生出大效力，一定的。这是一件顶好的法宝。一个女人无论何时都仍然愿意有人说她美。有时你转达一个人话语，到你太太面前时，你得小心，说是这人对她美丽极羡企，你太太会对这人特别感到好处，因此以后就又同她要好，也未可知的。她的聪明纵明知这不过是一瓢甜米汤，事实未必是如此，但这类话语用得若恰当其时，在一个女人心上是受用，比你送她一件东西还高兴，不信谁都可以试试看。

少白原是明白这个诀窍的，不过什么是恰当其时就难说。如今见到太太仍然中在这一句话上，回心转意了，就又加了些作料。美美是当真脸上有了笑容了，乘便那一串绿色假珠子颈串就由少白代为挂在美美脖子上。白白的长长的一个颈脖，配上一件翠绿色颈饰，衣是无领浅黄色，当真是"美——美。"

"美，你起来看看镜子里的你。"

就起来。少白代为拿镜子。镜子中，照出一个年青的女人的脸孔，另外是少白的脸；嘴巴上，一些隔了五天不曾刮过的地方，有一些黑色的细的胡子长出了。

太太这时愿意颊上有一件柔的东西压迫它一下，横了眼去睇少白。少白这时不注意到此。少白看了侧面美美的影子，有一点儿感动的，但这感动是为了美美脖子上头挂了绿色珠串以后俨然另外那一人的结果！

美美横横的一瞬，意思是说爱人你就亲我一下吧。过一会儿，如美美的意，在少白察觉了以后，美美便为少白抱着了。

紧紧的，如捆一束柴，是美美的腰在少白长的臂膊弯子里时候。

没有一丝怒气了，也没有一丝痛苦了，落在少白臂弯子里的美美，这时流了泪——是每一对爱人因了小事争持和解以后快乐的流泪。少白则并不。少白若有泪，定当另外有一个原由。

少白呢，心想到，这样的事是平常，太平常了。有那一天，终会有另外一个女人，也是穿无领黄衣，脖子长长的，白白的，头发却向后梳去，红着脸在他的搂抱下同他吃那爱情的点心。

呆一会，简直是呆了好一会，就是说少白把他眼前的爱人，当成另一个还没有成功的女人搂着享福好一会以后，少白肚中委屈到无从再委屈的样子了，两人就在灯下来吃早已冷冰了的晚饭。

"少白，我们明天就去欧美同学会改过头发的式样。"

"是这样，我的幸福就全了。"

美美想，"一个太太当真似乎是为陪男人到外面出风头的，不时髦，就不行。"

少白想，"是这样，就只差身材这个比那个略高一点的不同。"

话题回到珠子颈串后，美美问："这是几块钱？"

"六块半，"实则只六块，半块的数目，是少白计算明天把发改成法国式的消费的。

这幕剧，到后来，末尾自然是接吻，但接吻，我们从电影上看厌了，不说吧。

一九二七年六月二十写于北京城

十四夜间

　　子高住在铜钱巷，出巷就是北河沿，吃了晚饭就去河沿走慢步，是近日的事。天气热，河沟里的水已干，一些风，吹来微臭的空气。子高在河沿，一旁嗅着臭气一旁低头走，随意看着坐车过路的车上人，头上是白白的月。淡淡的悲哀，在肚中消化食的当儿，让其在心上滋长，他不去制止。向南走到骑河楼，就回头，一会儿，又到汉花园的桥上了。

　　一对从身边擦过去的白衣裙女人。人是过去了，路上就只留下一些香。这些香，又象竟为子高留下的一样，因为路上此时无别个人。

　　子高就回头。回头时，一对白的影子走进铜钱巷去了。

　　"是个娼妇吧？"他心想。

　　其实，是个娼妇，或者不，在子高，又有什么法子来分别这两种人的人格呢？在子高心中，总而言之是女人：女人就是拿来陪到男人睡或者玩，说好一点便是爱。一种要钱的，便算娼；另一种，钱是要，但不一定直接拿，便算是比娼不同一类的人。前者有毛病，使人笑话的地方，也只不过为了她干脆而已。或者，为了她把关系全部维系在金钱与性欲上面而已。不愿意，但要钱来生活，不得不运用着某一类女人天赋的长处，去卖与人作乐，这是娼所造的罪。但是比娼高一等的时髦小妇人，就不会为了虚荣或别的诱引献身于男子的么？一个男子他能想想他将一个女子的爱取得时所采的手段，他会承认女人无须去分出等项，只是一类的东西。她们要活，要精致的享用，又无力去平空攫得钱，就把性欲装饰到爱情上来换取娼妓是如此，一般妇人也全是如此。过去既这样，此时自己也就不会觉到这是不正当的活法了。娼的意义，若是单在性欲近乎太显然直接贸易所生的罪恶上，成为一般人对之卑视的观念，这观念，在另一时期，会无形失去，可能的。目下的一般妇女，所谓时髦的，受过良好教育的，在经济方面，撒赖于男子身上，十人之中可以找出有九个，另一个，则是可以得母家遗产。这类女子可耻的地方，实在就比娼妓要更多，要女子想起这是羞耻，几乎是决不可能的事。也许以后永久也就没有一个女人会将这种羞耻观念提起吧。

"娼是可耻的营生，但一个平常女人，其可耻的事情并不比娼妇为少。"这是子高常想及的事。但是，此时，子高却以为自己也是可耻的。女人在天赋上就有许多美处尽男人受用，天下女人又是那么多，自己不能去爱人，就是用少许的钱做一两件关于人的买卖也是办不到，儒弱到这样，就只单在一些永不会见到梦里以意为温柔，不是可耻吗？

"你就学一个流氓跟着这对女人走走吧。是娼妇则跟到她到家，做一个傻事，难道这就不算爱情么？"然而女人已经去远了，待到子高追进铜钱巷时已不能知女人去处了。依稀若有些余香，在巷口徘徊，子高又回头向骑河楼走去。

月亮更白了，还有好几粒星子。风，是有的，不大也不冷。

这样的天气，不知公园僻静处，就有多少对情人在那儿偎着脸庞说那心跳的话啊！

"初夏，盛夏，秋，秋天过去，河沿树木不拘是槐是柳，叶子就全得落去，冬天于是便到了。冬天一到，于是这年便算完事了。……"

如今是初夏，这年已经就去了一半，且是一半好天气，子高是在全无作为的空想中度过了。

"来了么？"子高见到伙计探头望，就笑笑的问。

伙计今天样子也忽神秘许多了，只微笑，微笑这东西，有时是当得说十句以上的话的。

"来了么？"

仍然是微笑。

他忽然觉得对伙计不大好意思起来了。害羞的是今天自己的行为，只好仍然低头看石涛的画。

"吴先生，要开水吧？"

"好吧，你就换一壶。"

伙计走进来换了一壶水。水换了，要说什么似的不即走。伙计望各处，眼睛大大方方四处溜。伙计望到子高的铁床，枕头套子才换过。床上一些书，平时凌乱到不成样子，此时也全不见了。若果伙计自信鼻子不算有毛病，今天房中就比平时香了点。回头看书架，书架也象才整理过。报纸全都折成方形放在一块儿。桌子上，那个煨牛奶的酒精炉子同小锅已经躲藏不见了。

"吴先生，今天是特别收拾了一下，待客呀。"伙计想到这样话，可不说。

子高见到伙计鬼灵精样子，眼睛各处溜，心里不受用。他也想到一句话，他就想到催伙计一句；再说一句第一遍的话。

伙计又望到子高微笑着，意思是要走。一只脚刚踹到门外，第二只脚就为子高的话停住在房中了。

"那人还不来么？"这里添了那人两个字，伙计觉悟了。

"快来了，别急，这是老张去叫的。吴先生，你也——"

话不必说完，用意全知道。伙计对于子高的行为，有觉好笑的理由。伙计代寓中先生叫女人，夜间来，到天亮又送回去，这是平常事。但是为子高当这差事，就忍不住要笑了。子高这样子，哪里象个叫私货来陪睡觉的人。陪到女人睡，或是女人陪到睡，一个男子对于女人应当做些什么事，伙计就总疑心子高至多只听人说过。伙计对子高，真不大放心。子高是不是也会象别一个先生们，对于来此的女人，照例要做一些儿女事？这成为问题！

子高心想这是自己太象孩子了，伙计对此就会有点嘲笑罢。自己最好的举动，便是此时实应学一个大人，于此事，尤其应得装得老成点，内行点，把一个干练模样做给伙计看，以后也才好做二次生意不为人笑话。但是平素行为已经给了伙计轻而易与的经验，这时就再俨乎其然正经老成也不成。

这伙计，真是一个鬼，终于不怕唐突问了子高一句话：

"吴先生，结过亲了罢？"

哈，这是一个好机会！这是一个足以把自己尿脬身分吹得胀一点的机会，子高就学到坏说句谎，说，"早已接过两年了。"其实是鬼话，但伙计给这么一下可把先时在心成为问题的事情全给推翻了。

伙计去了后，子高想着刚才的话独自笑。一个二十多岁的男子，不期今夜来做这种事，自觉可怜的笑了。

呆一会，人还是不来。

子高出到院中去，院子比房凉快点，有小小的风。"月圆人亦圆"，子高想起这么一句诗，找不到出处。又象只是自己触景得这五个字，前人并无说过的，但这五字不论是陶潜，是李白，是打油诗的单句，可极恰今夜。

月是在天的中央，时间是还不到十点，已略偏到西边了。十四的月算不全圆，人可先圆了。

"如此的圆也不算得圆，同十四的月亮一样吧。"

听到河沿一个小小唢呐的呜呜喇喇声，又是一面鼓，助着拍样的敲打，子高知道这是几个瞎子唱戏的。听唢呐，象是停在河沿一个地方吹了一阵后，鼓声敲着疏疏的拍子，又渐远去了。子高仰头望，初初只能看见一颗星。明河还不明，院中瓜架下垂的须叶，同在一种稀微凉风中打秋千，影子映到地上也不定。这算风清月白之夜吧。

"若来，"子高想，"就一同坐在这小小院子中，在月下，随便谈着话，从这中难道就找不出情人的趣味么？"

共一个陌生的女人在一块儿谈着话，从这谈话中，可以得到一种类乎情人相晤的味道。子高相信只要女人莫太俗，原是可以的。其实纵俗又何妨，在月下，就做点俗事，不是同样有着可以咀嚼的回味么？

不过，若来，第一句说什么话，这倒有点为难了。总不能都不说话。问贵姓是不大好吧。顶好是就不必知道彼此的姓名；不问她，自己也莫让这小婊子知道。这又不是要留姓名的故事，无端的来去，无端的聚成一起又分开，在生活中各人留下一点影子保留在心上就已够了，纵有这一夜，就算作是做梦，匆匆不及来打听身世，也许更有意思吧。一来就坐下，不说话，是好。默默的，坐下一点钟，两点钟，象熟人，无说话必要，都找不出一句话可说，那更好。不过，果真能够各人来在这极短极难得的一夜来说一整夜的话，且在这白白月光下来抱着，吻着，学子高所不曾作过的事，得一些新的经验，总不算坏事！

子高想着眼前就有新鲜事，自己今天真是也来演剧了。

望她来，她不来，子高觉着有点急。

外面渐冷了。仍然转房中，在灯下头筹画自己的行为与态度，比看榜的秀才还不安。

"吴先生，"在窗下，伙计老张的声音特别轻。听到叫，使子高一惊。这"昆仑"打了一个知会后，就把门扯开，推一个人进房来。

用不着红脸，在灯光下又不比白天。但子高，望到这雏儿颊边飞了霞，自己的脸也就感到发烧了。

"怎么样？"伙计不敢再进房，就在窗下问。

"你去吧。"子高接着想起自己做主人的礼节时，便极力模拟大方说，"请坐。"

人是坐下了，怯怯的，小鼠在人面前样子的蜷缩。又似乎是在想把身子极力的缩小，少占一点地，便少为人望到。如子高所预计，这是一幕全哑剧，全无话可说。若是女子是老角，子高这时受窘一定了。如今攻守已变了方向，子高恰恰站在窘别人之列，不说话，就更是窘人之事。终于想起来，坐下以后第二道阵势。

"吃一杯茶吧，"就倒一杯茶。

如所请，吃。不，先不吃，呆一会儿才慢慢伸手拿杯放到嘴边去。

淡蓝细麻纱夹衣，青的绸类裙，青的鞋，青的袜。子高是腼腆，望人也只敢从肩以下望去的，怕是眼睛碰在一块免不了红脸。

女人喝了茶，似乎想起此来功课了，旋脸对子高。她看他，详细的看他，虽然怯怯的神气还在，想说一句话，说不出，就举手理发。发是剪得很短的，全象不很老实前后左右蓬起许多缕。子高虽不望别人，可知别人在望他，就有点忙乱，有点不自然，越想镇定越不成，莽莽撞撞也就望过去。女人见子高抬头，让目光接触了一下，便又望别处去了。子高把发望了又望脸部，脸部又颈项，从肩顺下到腰透过薄薄夹衫到肢体上检察，腰以下的臀，腿，脚，全象看一个石雕像样细致望尽了。

这算是一个顶长的时间。

女人不说话又喝一口茶，喝了茶，过细去望茶杯的云纹。

子高又从下看上去，忽然觉得心中有点臊，坐在对面五尺远近的年青女人，他觉象他妹子了。一眼望去女人的年龄，总不会到二十吧。妹子是十五，纵小也不会差许多了。

这样嫖客遇到这样私娼那是无法的。

女人还是感到此来的任务，仍然是先立起身来拢近子高的身边。她把右手搭到子高肩上去，左手向前围。

心中跳着不同平常的速度的子高，仰起他的头，她不避他了。当到两人第二次眼光碰到一块时，子高眼中含了泪，勉强笑，她也笑。她侧了头去偎傍，脸就荡着子高的面庞。各人都感觉到别的脸部的烧热。子高的颈脖，有些细头发在刷，发了痒，手就不知不觉向着那女人的腰下环成一根带子了。

子高采取了最近不久到平安电影院见到一个悲剧主人公对他情妇的举动，口同女人第一次胶合了。

一方面，一个天真未泯的秘密卖淫人；一方面，一个未经情爱的怯小子，两人互相换了灵魂的一半。

这又应算是一个顶长的时间。

到后，子高哭了。"哎，我的妹！"

女人取出条手巾，为他擦着脸上的眼泪。接着是用口，在那曾经为泪所湿的地方反复接吻。

"我这人，是不值价的男人，谁个女人都用不着我的爱的。"

"你不高兴我吗？"她轻轻的说，说了脸又偎到子高的颊边。

"我有什么不高兴你这样的好人呢？你使我伤心，"他不再说了。女人眼中也有泪。

他觉得，这时有个比处女还洁白的灵魂就在他身边，他把握着了。她呢，她遇到一个情人了。他是她的医生，在往日，她的职业使她将身体送人去作践，感情带了伤，这时的他就是来诊察她的伤处的一个人。

是平常的事，世界上，就是北京城一个地方，这种事情随时随地就不知有许多！但是，子高一点可不平常的。虽然不是神秘，终究同平常是相反，本应她凡事由他，事实却是他凡事由她，她凡是作了主，把子高处置到一个温柔梦里去，让月儿西沉了。

一九二七年于北京东城中一区治下

篁君日记

《篁君日记》系一个独立中篇。篇中《记五月三日晚上》以前部分，最初分 12 次连载于 1927 年 7 月 13 日—9 月 24 日《晨报·副刊》。署名璩若。

1928 年 9 月全文由北平文化学社结集出版。

璇若序

这是我二表哥的一册日记的副本。

二哥因有所苦恼，不能在京呆，就往东北去。这时代，做匪当兵是我们同样用不着迟疑也可以去干的事，故二哥走到东北边方去寻找生活，我不但不劝阻，还怂恿其行。幸而好，得不死，一切便都得救了，即不幸，在那烂朋友队伍里坏了事，也省得家中徒把希望建设到二哥身上。二哥当真就走了。

如今是居然说是有一千四百人马在身边，二哥已不是他日记中的模样，早已身作山寨大王了。大王也罢，喽罗也罢，到如今，居然还不死，总算是可贺的事！

这日记，是二哥临行留下的，要我改，意思是供给我作文章的好材料。我可办不到。我看了，又就我所知的来观察，都觉得改头换面是不必的事。

照二哥原来样式章法我抄了下来。改，不过改一两个字而已，我把它发表了，有二哥在他日记前头一点短文的解释，我不说什么话了。

六月廿四璇若于北京城

自　序

　　这短文，作为在妻面前的一点忏悔。我不欲在这上头贬损了任何人，也不想从这上面再引出一些事外人的研究的兴趣。妻若是在她事务的暇裕中，见到这忠忠实实的报告，还能保持到她那蕴藉的笑容在脸上，我算是释了一件冥冥中负了多日的重担了。过去的我，自己也在极力设法要把它忘却，虽然结果剩下的怅惘，至少还够下半世浪费。

　　唉，我仍然无从禁止我去这样的遐想：倘若最近的再度的继续，我将拿什么来兑换我的苦恼？这里只有一个方法，就是妻能来到北京。人民还未死尽房屋还未烧完的河南，兵的争夺与匪的骚扰自然也还不是应当止息的时期，这时的妻还正不知到何方，想起多病的妻引着三岁的儿子逃亡的情形，就恨不得跪在妻面前痛哭一场了。唉，我当读我自己这文字时，觉得本来是人生顶精细的一部分，我却糊涂啃碎咽下了。

　　我也正如一个小气人一样，对我过去的花费而伤心。虽然是并不比一个用钱可买的恋爱为真实，但从一些性格上的调合与生活中的温柔着想时，我恐怕我还要带这一段缠绵到坟墓里去。

上面的话作为我这失了体裁的文章一点解释和此时一点见解。

民国十五年十二月廿七日

篁君记于北京

篁君日记

记四月初一

没有起床。知道是天晴，窗子上有斜方形太阳，窗外麻雀也叫得热闹，这是一个懊恼的早晨。不知怎样，懊恼竟成了近半月以来象点心样的不可离的东西了。莫名其妙的，略病样的，有些东西在心中燃。不是对欲望的固执，又不象穷，只是懊恼。要做一点小事都不能。譬如打一段短文，那打字机近来就似乎毛病特别多。衙门是可上可不上的一个怪地方，到那里去也只能听到些无聊的谈论，精致的应酬，与上司夸张的傲慢的脸，以及等级不同的谦卑。这全是些增加人头痛的情形。不去既无妨于月底薪水的支取，就索性不去了。象在随意所之的思索些事，就静静睡在小床上。思索些什么？自己也不清楚。总觉得眼前是窄，是平凡，是虚空。但是不是想要宽一点，或免去平凡把生活变得充实一点？不，这又不想。窄，平凡，虚空，是不可耐的，但仍然还是那么耐下来了。依然活着，是明显的事。身体也不见得比去年更坏。所以有时又如同平凡还反而适宜我一点。

随意遐想的结果，就觉得开一个小小书店，卖点菌子油，或往国民军中去，都会比间一两天到署里去签一回到的差事来得有希望点，伟大点，至少是更合宜于我一点。不过所有这些只是一个空洞的概念。在平常，属于具体的计划，就万不会从我心中产生，想着，想着就算满足了。这样懦怯的怕去与现实生活接触，青年人中总有不少吧。

表停了，看针还只指三点一刻，但外面大客厅已响了九下，仍然无起床的意思。玉奎进来，把一封信扔在近床桌子上，出去了。信是妻由河南寄来，看封面便已知道了。薄薄的四页纸，轻描淡写，不肯十分显露写信时的沉痛，但抑郁瘦弱苍白的脸儿，如在纸前摇晃。十七天前写此信时，她是如何含着辛酸，强打精神用文字安慰在外的人！信上还说钝崽是怎样的想他的爹。唉，不幸的孩子！你不出世也罢。爸爸对你简直是造了罪孽了。你娘若是没有你，也不会妨碍她的学业，你一来，你娘却只能放弃一切来照料你了。若不是为你，你娘哪能走到那兵匪不分的故乡终日四乡奔走做难民？若不是为你，你爹这时也不会再这儿傍着别人了。牺牲了你爹娘的一切希望来养育你，你要是再爱哭爱病，即或你爹是坏人，不敢要求你做孝子，可是你娘，就是为料理你失了自己康健的娘……做爸爸的想到你们母子，只有哭了。

为了可怜的远在异地母子们苦难的解除，十一点时，跑到东安市场去占卦，只希望能从那道貌岸然的长老脸上得到一点空虚的安慰。我不能明白我为什么便忽然成了菩萨的信徒。或者，妻之对于《明圣经》之虔敬，久而久之，我也便感化于妻之诚心中了吧。诚诚恳恳的在一个发须全白了的占卦老人面前，拈了香，磕了头，用妻的名义祷告了一阵，到结果，长老开口了。

这使我吃惊。我明明在平常时看出他是一个老骗子，但这时在他那简单又略象夹了点粗暴的声音里，我全心倾倒了。我想，牧师这东西，果然是在祭台上能保持到他的应有的庄严，此外不必苛求于他，他已就尽了他救人的职务了。如象此时的长老，他用他的严肃音容，抓着我的心，捏着我的感情，使我把当时对他的轻蔑还给他加倍的恭敬。在开口之前他先对我笑，这笑已就使我想跪下去请求他设法。

"这个，"那老神仙说。"这是你男子的错处。年青人，稳健点，莫把自己掷到漩涡去。卦里明明说是'两女争一男'！"

我笑了。我暗想我刚才的虔诚可笑。我看出这骗子的聪明了。故作庄严使我心悦诚服，又把一个普通男子最关心最普遍的惑疑算在我账上。但我仍然是为他那不儿戏的态度所征服。呆会儿，柔声问他：

"先生，莫把子儿排错了吧？错处只在'争'字上，不然就是一男'占'二女。先生，我是替女人问卦的。"

我待要把自己撇开，好看这老骗子怎样的来转他的舵。说话间，我是再不能收敛我对他的鄙夷了。

但是他可更进了一步。

"年青人，我告你，你可看这卦。这是小星——讨姨太太的卦。不信么？以后灵验时再来谈谈吧。"

满口的胡说，我不愿意再听了。

人到无聊时，求神，皈依宗教，是一个顶安全的隐藏地，但经过一番驴头不对马嘴的问答后，显见得求神不成，还只好跑进人的队伍里求醉麻了。

下午便到真光去。视官上的盛宴，影戏院中是可以恣肆满足的。不过那老骗子的话总还在心里。这对我是异样滑稽的设想，倘若是真象那等小官僚一样，讨一个姨太太在家里。从老骗子口气上，可以看出姨太太这东西在社会上正在怎样的流行。他方面，朋友中，三十来岁的人，事业地位，是每日站到大学讲堂上去教书，又不穷，竟叨不了旧社会的光，又赶不上年青人的队伍，彷徨无所归寄，做单身汉子的又不少。这世界，当这婚姻制度崩溃的时节，真是太多想不到的牺牲！

虽然是滑稽，正因为老骗子一提，自己却粘在这滑稽事上，妻的方面暂时无形忘记了。在座位面前，大致就有不少的姨太太或准姨太太吧。适如其分的收拾得干干净净，身儿很香，头则按照老爷的嗜好或剪或留，顾盼中都保留着一点诱惑老爷的章法。嘴唇为让老爷有胡子的嘴去擦的缘故特别抹得红红的。……

接着是想起一个姨太太的生活——

每日陪到穿马甲戴红顶子瓜皮帽留有一小撮胡子的胖子老爷睡到九点十点半才起床。吃了饭便去公园喝茶。夜间不看电影就打点牌。间一两日又到老爷同事或亲戚家玩玩。天气略变就到瑞蚨祥去选老爷欢喜的衣料。……老爷吸大烟，就学打点泡子，替老爷扛枪。吃醋也是一个姨太太应有应会的事情。还有挨老爷的……

还有读过书的姨太太如何生活，所能猜详的得多一桩事——上北京饭店跳舞。但这就得看老爷为人如何了。老爷若是旧式老爷，懂得女人是随时都在引诱男子，或随时都有为男子引诱之危险，老爷怕自己用钱买来的宝贝随了别人逃跑，跳舞是必不许可的。就是半新式的老爷，设若看得出自己姨太太长得比别的女人好看，跳舞想来也是以不去为稳妥。本来在一个辉辉煌煌灯光如昼的大客厅中，让自己姨奶奶去陪到别的年青漂亮小伙子搂着抱着，除了自己想借此升官发财，此外便是惧内的老爷吧。

从真光回来，得一点社会的新见解，就是照中国的经济情形看来，姨太太制度是不能废除也不必废除的。一个部中普通办事员，有个姨太太，不也是常见事情么？一些军阀，不是正在采用"大夫妻五十"的制度么？女人方面呢，书，是读的，但知识这东西，在男子身上是一个工具，在女人则成了一件装饰，不能与颈串一类物件生出两样用处来。因这样，妾制的保留，就更可以满足有知识女人奢侈的欲望，是纵不适宜于多数人，但正如同近世的一切制度一个样，至少于女人，于有钱的男子，已能凭了那制度享福叨光了。

记四月初一的晚上

回到住处去，照老例八点半钟才能开夜饭。

在餐桌上，姨太太的事情似乎应该忘记了。

事实可并不如此。同餐桌就有一个姨太太。虽然这是别人所有，无从来印证市场那老骗子说我的事情。不过，这终是一个姨太太。我为我脑中所萦绕的预言，开始做一些略近于傻子的梦了。一上桌我就用平素不曾有的眼光去注意她举动。而她，不久也就有了些感觉，这感觉，神秘的反应回来，我更傻了。

……不过，这人从装饰上行为上身分上都太同我想象的姨太太生活相离太远。这是制止我向傻走去的一个小打击。姨太太人格的综合，我总以为放浪一点并不算过分。这人却小寡妇样的朴素，沉静又如同一个无风的湖面。若非从她那微长的蛋形脸庞上时常现出些三月间春风样子的和气笑容来，真容易使一个陌生人猜想到她是一个丧了良人的可怜未亡人。

必是天上支配，命运之神有意要在我们中间玩弄一点把戏来开开心，男女主人全都不在家。饭，是特意为这几个长久住客开的。同桌六人。这年青奶奶正安排在自己的对面。每一度举箸去夹菜，眼睛便与眼睛相触。记起日间那老骗子的言语，我无从禁止我去端详她那小小白脸儿。用一种非同平时的异样注意去搜索对面的人的飘忽的神气，我在她未察觉以前便先感到了。在她脸上，我寻出了些天公打就她时雕凿的痕迹。我发见了些在往常忽略了的颈部的曲线。我在她那一双白净匀整上面满被覆了绒样纤毛的耳轮上重新估了价值。那双用白玉粉末和奶油调合捏就的手，使我生出惊奇了。其实，这纵是罪过，就算那轻微一点的罪过吧。因我先时所寻觅的意思，还只是不能忘情于老骗子对我所示的预言。这方面，又恰是一个给人去从身体上发挥爱情的姨太太罢了。

——我不算一个皇后，但够得上做一个年青康健的男子的伴侣，身体完美无疵，灵魂亦还如处女清洁……

象谁在我耳边启示。这样一来却坏了。我看她对我长久注意明了后的羞涩了。唉，真是一件坏事！这女人从我注视上，不知生出一些什么足以使她红脸的想头！她将把我对她注意的缘故想到使我也红脸的事上去，那是无疑的。一个女人为一个男人去计算，除了到要女人睡下去心跳的事外真已无可做的事。她自己无端脸红，就是准备对一个男子扔给她的爱情的接受。

这我可以对天明志，赌不拘何等的咒，我的罪（倘若是罪），实在是因了她犯罪，使我瞎猜瞎想，我才敢过去触摸那爱情！我把握着那红脸的印象，便忍了痛苦逃回房中了。

回到房中，我竟忽然发现了许多过去的冤屈似的，无从忍受的伏在床上了。要哭，并无眼泪。而且又觉得应当笑。不是新得了什么，也无失落的东西。我奇怪我过去居然能朦朦胧胧一个人在此房中安住下来，如今是竟象办不到了。烦恼如同一群蜂子，同时飞扑到心上来。我想把自己痛打一顿，我咬我自己的手臂。我又笑，笑我这时是快要发疯、准备在一条危险石梁上走路的人了。凡是发酒疯的人都得喝大量的酒，我只喝一些空空洞洞恋爱的苦酒，过一阵，我就要做疯子的事了。我同时又在嘲弄我自己，因为在醉麻的过程中我只一半是胡涂，另一半，我还保有我的清明，不单能看人，看自己也还很清楚。

"这是恋爱么？""是的，"我就回答我自己。我还附加解释，"趁着同是年青，就是互相把爱情完全建筑在对方的身体上，灵魂也会得到幸福的。一个看羊的牧女同到一个砍柴的黑少年就是这么办。我这样行为，我所感到义务的分量比较权利还要多。她是那样年青那样娟好却为一烟鬼所独占。为让她来认识爱情，我就做她一个情人也应当，别的影响我可不必再管了。"

我不知我呆了有许久。

听到里面屋子的笑语声，从不休息。大家于饭后肆无忌惮的说着各样精致的谑语，这正是客人们一个顶好的消遣法，老主人不在家则尤其可以放肆。

我不能做什么。甚至这未来而将要来到的恋爱道路应如何走去，也不能思索，我仍然只呆着。

不久，听到话匣子的一个跳舞曲在开始战栗了。几个年青客人大致是也开始互相搂着在那大厅子里闹起来了吧。我能猜想，她是必为了身分的缘故，加以性格的沉静，跳舞于她却无分。在话匣子旁照料的必属她。她虽然不在厅中同别人搭着肩儿打回旋，那双雅致的脚儿，总会活活泼泼的蹈踏。

这也不是没有意思的事情。大家都寻得出许多机会来将另一个人的脸搁到自己肩上来，大家都可以从繁促的曲子中将跳着的心儿去接受同舞的人疲乏后的一度柔媚的斜睐，我为什么不去混到这一群快乐人中去胡闹？

只有将身从床上举起的力量，我是旋又颓然倒在床上了。一个负了罪的人胆子是格外虚。一个有了恋爱的人，羞怯是每每会不自觉的跑到脸上来。我没有敢出去的气概了。

让时间慢慢流去，尽舞曲搅扰我灵魂的安宁，我把妻在过去所给我的温柔与目下我能想到的妻的痛苦引到自己心上来，以便抵抗所有的诱惑。我愿意从这中得救。

唉，用旧的印象防御，让新的诱惑来攻击，妻所给我的力终于消失馨尽了。我用新生的欲望杀死了对妻的爱情了。我把一些因妻而来的苦恼全部隐藏于这新的幸福阴影下头了。我找出了些新的义务和权利，我要在妻以外挖掘一个年青女人身上所秘藏的爱情矿藏了。

我诅咒那给我预言的老骗子早死。如无他的启示，这时我也许还是心境很平和，这将近中年人的心中，也无从重新燃起这火燎了！但鬼迷了我的心，到临睡以前，我还想第二天又去市场，去送那五毛钱的敬礼。好找一点先知的帮助。

记四月十四与十五

　　超过了我预料的顺利接近，苦恼随了希望的进行亦益深。我成了另外一个人，我成了我曾在平日用嘲弄替代同情去与之打趣的那个无爱而苦恼的尊三了。我并不是爱而不得，我只担心于最近将来所演的角色。我想扮演得聪明一点老练一点都不能。我一面在模仿一个悲剧的主角，把全体都用爱情的温柔来点缀，一面我又看得出我是卤莽得同一个厨子。是的，我把一个厨子对付一个同事娘姨的方法采用了，我从一些略近冒失的殷勤中把这奶奶征服了。我使她至少在用爱的方面看得出我是一个豪杰。这爱情的桩子，我相信打在她心上的比在我心上的还结实。从一个微笑，一回无语的斜瞬，我坚实了我这信心。

　　也因了这信心，更使我苦恼。我在昨天前天就开始在一种跋涉的途程中寻得了我的懦怯性（我虽喝了无数杯，我并不大醉）。加之几日来主客家庭的过从，使我见出了些在当日未发见的无从脱卸的关系。这之间，我还不愿舍去我在此全个友谊的情分，我又象看得出若果我让事实去进展，在一个不可免的身体的亲洽的结果。别人所负的责任是会有将身体去殉情欲的可能。我终于退后了。从十号以后，我便在一种藏躲中生活下来。但隐约中常象有一只手要抓到我。又如同这一只不可知的手在一度抓到我以后又复放下，以后虽不捏紧、我挣脱却又苦无从似的。挣扎既不能，前进我又怕，我就倒在这细腻的权威下面，成了一动弹不得感情染了瘫痪的病囚犯。

　　一个隔着嶂壁的咳嗽，就使我心跳。细碎轻微的脚步声在我耳神经上发颤时，也如有锋梭的矛子刺到我心上一样。我不图我用了些粗暴殷勤征服了别人后，又为人用些不当意的举动使我五体投地！

今天十四，算算我跌进深坑的日子已是两礼拜。阴郁的天气，以及夜来的失眠，助长我恋床的习惯。在床上睁开眼睛时，已是十一点钟。我怎么就睡到这时候？自己也着惊了。但我仍然不起身。在床边，有琦琦昨天所放的一本《小岛》，就顺手取来看。一个人走近窗外，我的书不知不觉跌落被上了。我没有抬头以前，我就能察出近床大横窗子外面绒布窗帘是在为一只手所移动。我采取了琦琦的行为，把眼睛故意就一闭，在幔子隙罅窥人的人便说话：

"还未醒呢。"

"真是变了，总是有病不愉快了吧？"听一个人在略远处说。

我知道是两人，便不即张目。

"曾叔，曾叔，十二点快了，还不起么？再不起，开饭那就不候了！"这是琦琦的声音。

我眼略睁开，便见这小孩平贴在玻璃上的小小圆脸儿。这是一个顶小的客人，因孤身，便长住下来了。年纪是八岁。有一头乌青的短发，同一张又圆又白的小脸。一对大的黑眼睛，极其妥帖的布置在细细的眉弯下，证明这逗人怜爱的小孩，虽在小小时节便为上天夺了爹妈去，仍然能得别的许多人疼爱，不致失掉她活泼。这孩子，聪明得象一只狗，柔弱得象一只羊，因此大家把她宠爱得同一个宝。"开眼了，开眼了，"琦琦嚷着笑着，便见另一个脸同时也贴近窗子来。

我爬起床了，做了件又聪明又呆的事情。我也把嘴贴到窗上去，竟同琦琦隔着窗子亲了嘴。我没气概就把嘴唇再移过去点，虽然明看到她并无避开的意思。

"还不快起床，宋妈对于她的菜可又不负责任了。昨天咱们吃的那烂白菜，今天准得又要吃。"说了是笑。

"那得全罚曾叔吃，咱们可不管！"

"可不管！我也不管，谁小一点谁就吃白菜！"

为了躲避琦琦隔着玻璃的巴掌，就把脸故意移偏左一点。显然是站在远一点的琫小姐会知道，故即刻离开窗子走到廊下去。但是，脸红了。呵，这桃色的薄云使我桃色的梦更清朗，我没有再装害怕了，在她脸部所贴过的地方，我把嘴唇努着，为琦琦虚击打了十余下方止。

洗漱完毕，没有刮脸的余裕，便为琦琦催到餐厅去。

吃了饭。院子中丁香全开了，大家都出来看丁香。各人坐在走廊下的小朱红椅子上。

"这花是开了又谢谢了又开的。"

许是有意说的吧，又许是无意。

"的确花是会常开，人却当真一天比一天衰老了。"

"勿要脸孔！"

"勿要脸孔"琦琦学着说。

"这一班人我不正是比你们都要老一点？"

大家就都大声笑。

"曾叔今天不上衙门去，我们同婶婶到你房去下棋罢。"

所谓"求之不得"者，是此事。

象是有了病，我近来愿意一个人独住，我好思索我这病的根。但下棋却是我的药。我大胆服了。

我净输。输得琦琦高兴到乱跳。

"怎么，净输呀！"

不但是棋，我全输了。但是我看得出我的赢家的神气，就从我输中感到另一事上她输给我了。

我特别找一些俏皮字眼做工具，使她感觉我的嘴是贴在她心上。我又把身子也尽我手足本能去接近她，使她渐习惯于这部分的接触，移去她所怯。终于我们的脚在桌下相碰了。

碰，白里边出微红的脸，我能看出这女人心的跳跃，在那腮边我能吻一千次。

记四月十九

我用我良心掌自己的嘴。又特意把妻相片取出来安置在桌上，以便忏悔自己数日来行为的错误。但是这准得什么账？菊子来下棋，输了又搬兵，把她找来帮忙。轮到我输了，这是一定的。我在有意无意中间都走一些不利于己的子路，好尽她高兴。

"不，你这是故意输给她，对我你就特别狠，"菊子说，说了又看把我杀败的那人。

她只笑笑。

"我一同她下，子路就不由得我不乱。不拘什么全给打败了。"

"一到了我面前就是粪棋了，"她说了，更大笑。

菊子有意嘲谑的样子，"不知道是什么事，这总有个缘故的。"

"有什么缘故？你说！"

"我不说，这一些人算我棋顶不高明，算你（指她）顶高明，就是了。"菊子或者看出我们情形了。

棋不必下了，菊子同她坐在床上梳头发。

女人就只头发就能使一个男子销魂的。唉，对到这些头发我想些什么？我把一些同头发全无关系的事全记起来了。这些头发，在某一本经上，似乎说过能够系住大象的，这时系了我的心，引我堕到谷里去。

"只有女人头发是最美的东西。"菊子是剪了发的，显然这话与菊子无分。

她听了，故作鄙夷样子扁着嘴，这一来更俏。

菊子又要同我下。有她在此，我也认输吧。谁知输得菊子说我是故意，随便动，不应当。

"要我怎么办？我就认输，那不行么？"

"那不行，"菊子说。

"那我就小心小心来赔到菊子小姐下这盘！"

她负手在旁边看，菊子有毛病，每一着棋总得悔上三次以上才算数。她象厌烦了，走到窗下去。

"二少爷，这是谁的相片儿？"

"姨太那么客客气气称你做二少爷呢。"菊子说了动一个车，落在我的炮头上。

"不准悔。"我说，"一走就不准悔！"

"不。决不了。"

"决不就将！"

菊子把棋一推，说是算输了。

"赢了要发气，输了也发气，小姐奶奶们真不容易招架！"

"怎么无端又把我扯上？难道我也发过你的——"

"你——"我说，且伸指头。隔得远，然而她的脸是涨红了。

似乎《红楼梦》上宝玉就有一段下棋事，然而这有什么关系呢？我不是宝玉，菊子倒象史湘云。这简直是笑话。看菊子模样，未必不是有点儿发酸。她还拿着相片看，菊子走过去。

"这是你的什么人？"她搭搭讪讪拿了妻的相片问。

菊子就代答，"是二嫂，他的——（指我，我却同菊作鬼脸）太太。"

"喔，这人多美呀。"

"二哥，我说二嫂她象一个人。"菊子意思所在我明白。

她拿了妻的相片端详着，不即放，又看看菊子，"菊小姐，这象你！"

"象我，才不象我！我说象你，一点不差。"菊子简直坏得不得了，又故意问我，"二哥，你说姨奶不有点象二嫂么？"

"你二嫂哪里有她美？"

"你们全是鬼！"说了，就走。

只剩菊子同我在房中。菊子想到什么就好笑。

菊子说："二哥，我看她是在——"

"莫乱说瞎话。"

"我才不说瞎话！你以为我看不出么？她是在爱（这字说得特别轻）一个人，我敢同谁打赌。不信我就去诈她。"

"谁？"

"还故意问！你不明白吗？你要故意如此，我就去告琫小姐。琫小姐就会为你们嚷出来。这事你能瞒我吗？"

菊子说了就要走，我却把她抓住了。

"不要走，你应当帮我的忙才算是好人！"

"我是专帮别人的忙……"

"你又酸。我一见你说出许多话，我就深怕你会使她不愉快。何苦？在别的事上，我能帮你忙时我也帮你的忙吧。"

"我有什么要你帮忙？我又不——"

"你不，你同七弟事，我一本册在心中。你以为我不知……"

菊子不愿意听完，就跑了。

房中剩下我一个人。妻的相片平置在桌上，捡起仍然藏到箱子去。妻没有能帮助我抵抗外来爱情的攻袭，反而更叫我朝坏的方面走去。

菊子真是一个不得了的聪明人，不期望她就能看出我们中间的关系！然而菊子同时有菊子私事，我也全知道。大家会意各行各的事，或者，不会有谁来妨碍谁吧。

又来了，悄悄的，幽灵似的，先是出现一只手，一个头，……

"菊子呢？"不即进，先问。

我答应，还是问菊子，不进来。这全是借故。也许她就明明见到菊子出了我的房，这来是有另外一种意思在。

"进来吧。"我也不说在，也不说不在。

就进来了。怯怯的，异样的，慢步走进来，使我气略促。

我望她，她也望我，是用某一次吃饭桌上那种望法。她很聪明的装成大模大样走到桌边来，用手扶着坐椅背。我们之间是有一张椅子作长城。有保障，她颜色便渐渐转和了。

"请坐呀！"

"我来找菊小姐的。"

我只笑。这明明是瞎说。"找菊子？有什么事？"

所谓"无语斜睇使人魂销"者，她是灵动的有生命的为这句话加了一次详细的解释。我临时想出我这两臂这一刹的义务所在，在一种粗卤的略使她吃惊的骤然动作中，她便成了我臂里的人。不用说，我这时懂得我的嘴唇应当做的事。

"你这是怎样啦？"

我不答，就用我的嘴唇恣肆的反复的动作为我解释这应答的话。

"人来了。"她将手来抵制我的头。

"不，谁都不怕！"

我怕谁？这又不是一件坏事情。在别人臂弯中抱着睡了五年六年了，只是这一时，难道就是罪过么？我相信，若果这时菊子或者七弟来，我还仍然是这样，手是不必松。我做的事算是罪过么？我年青，她也青年，一同来亲嘴，庆祝我们生命的存在，互相来恋爱，谁能干涉？

一个人，终于是哭了。我明白，这绝不是因了她的不乐意而哭。这眼泪，便是适间热烈的亲嘴的报酬。

她因怕人来，立时又止了，大的眼泪沿颊上流，我应永远在我扮演这一幕剧充配角成功的回忆上来微笑！我见了别人为我流的泪，我用我的嘴去吮干了。

"你害了我了。"

"不，我爱你，同时也就成全了你！我使你知道爱是怎样一回事，我使你从我身上发见一些年青的真情，我因了你才这样大胆。你知道我的意思？"

"我明白。我不是不爱你。我真怕。他们一知道——"

"我将全部承认这是我的行为，于你无分。"

"我只怕菊子。"

"她么？她知道也不要什么紧！以后我还要让她知道。"

不说了，这次是我被人将嘴唇用一件柔软东西贴着了。我用我所有力量这样办，在她颊上我做了些比同妻还热的接触。

"你爱我？"

"是，永远。"

"我早就爱你了。"

"…………"

琦琦老远喊着姨婶来，我们恢复了椅子的距离。

用眼泪来赔偿我行为中的过失。此时已渐夜了，房中一个人。我能记起那桌边椅子的位置，若在嘲我似的，椅角在灰色薄暮中返着微弱光。

"我究竟是做了一些什么事情？是梦还是……"我还很怀疑。

我在泪光中复独自低笑。我做了一件虽然是坏但无所为用其追悔的事情，我在一些吻中把我的爱更其坚锐的刻在一个年青妇人的印象上面了。我在妻的监视外，新的背叛成了不忠实的男子了。我来同我自己的感情开一次玩笑。我疯了。

不能玩，更不能睡。为妻写信，但信中我骗了妻，说是在此日惟念她，担心她的生活，做事也很懒。

"我早就爱你了"这话还在耳边。"早就，"唉，这样的人，还有一个女人早就在心中暗地里爱着，我不知道为这一句话，我还应用多少眼泪来赔偿！

我爱了一个人了，是的，我爱了一个做人姨太太的妇人了，——而她也爱我。

我在这本子上写些什么？真不必。一个微笑，一度斜睇，一句柔的低的颤动的话语，我写一年写十万字也无从描写到恰如其分。我自己的心里的复杂的、既非忧愁又非快乐的感情，我用什么文字可以好好保留到这一本记事册子上来？我不是写《少年维特的烦恼》的歌德，我没有这种天才。我又不是……

谢谢天！由你手下分派到这世界中女人身上的美质，我今天得用我这作工的手摩抚一道了，我用我洁净的嘴吻过了。再给我一个机会，让我来在你面前，凭了你，做一点更其神虔圣洁的事务罢。我为感谢与祈求来跪在床边，重新又流了一些泪。

我不再躲了。我尽我的力，极力向前走。我要直入那人的心，看看一个被金钱粗暴压瘪了的灵魂。我要看这有病的灵魂在我爱情温暖下逐渐恢复她的活泼同健康。我的行为是救一个人，使她知道应做与所能做的事，她有权利给人以幸福，而自己，也有权享受别人给她的幸福，这不是饰词。

记四月二十二

有三天不来。病了么？又不听到她们说。走去问瑃，说是晚上会要来。

喔，晚上要来的。我不再打听别的了。但愿意天懂交情，赶快就会夜。

我自问：这是恋爱吗？是，无疑的。不怕是我们全把这恋爱维持在两方肉体上面，也仍然是神圣洁白的。就为这身体，为这美丽的精致的躯体之拥抱，我失了我生活的均衡。倘若是，我能按照我的希望去在她身上做一些更勇敢的事，我全生活会更有意义。这一部宝藏，中间藏有全人的美质，天地的灵气，与那人间诗同艺术的源泉，以及爱情的肥料。就一时，一刻，一分，一秒，我能拥有这无价躯体，在我生活中，便永远不会贫乏了。

七弟来，邀我到西山去看蜂子，我说不。"有汽车，"他说。有汽车也不去，我只是不愿意出门。

"我不高兴那些虫。"

"在往日，就高兴。近来另外有了东西，蜂子自然是很可厌的了。"

我装作不懂这话意思。

"我们许多人都去，"他又说，"瑃姐，菊子，子明，同她。"

七弟坏，会看人，且会讥诮人，近来我才发见的。看颜色，必是菊子同他说了。

"七弟。你少坏一点。"

"嗯，我坏。"他不说了，大打着哈哈。

"菊子陪你去，七弟。"

"菊子陪我还有一个人陪你，我们四人坐一辆车子，我是以为再好没有了。"

"你说谁？我不懂。"

"你不懂？刚才瑃姐还笑着说，有一个人在她那里打听一个人！"

七弟说罢就走了。

这事显然瑃小姐也知道了。菊子则是不消说。我只怕七弟，吃饭时节也许故意当成一件笑话说。

七弟下午当真同子明、菊子三人上西山去了。家里剩下琦琦、琫小姐和我三个人。为了琫小姐要买衣料子，我们三人到西单去一趟。帮琦琦买了一块钱糖果，打一个转身，各处绸缎铺子看都不如意，返家时，天已快黑了。

我把我自己身上打扮得年青了许多。这可怜行为，在对镜时又自觉得好笑。在七年以前，与妻还没结婚时，我是为了别人，曾这么注意过衣服同脸。如今却又来给这事调排自己的生活，真够他日想起来惭愧！其实我老了，衰了，青春时代离开我身边已五六年了！我纵极力注意来修饰，在一个女人眼下也掩不了我的老迈。

正刮脸，琦琦走来了，说是琫姑让打个电话，问姨来不来。

"琦琦，我来帮你剃胡子。"

"不，你有胡子我没有。"

"你没有，我帮你画一点。"

"不，我不干。"

"画起胡子多美，你不见到四公公的胡子么？"

琦琦怕上当，不肯走拢来。但是待我取出香水瓶子时，这孩子，却扑到我怀里来，要给她洒头。

打完电话回说即刻来，同琦琦到琫小姐房去等。

"琦琦你头上又有香水味，必定偷倒我的香水了！"

"不，是曾叔给我洒的。你闻闻，这是曾叔叔的紫罗兰，比你的好多了。"

"琦琦长大以后真是不得了，你看这样年纪就知道爱俏。"

"可不是，同到你们这些姑姑婶婶在一起，以后只有更加爱漂亮的了。"

琦琦不做声。这孩子，怪调皮，听人谈到她美就高兴。你说她爱俏，她承认，一点不分辩。当真若是照这样下去，到四年以后，真是了不得的人，实在说，如今已就学到许多成年女子怪癖味，一点不象一个八岁九岁女孩了。

"三天不见，样子全变了。"琫小姐见到她进房，就起来握手，牵她到一处去坐。

果真全变了。今天换了衣，一身白，从上衣到鞋，象朵新开放的百合花。躯体圆圆的，在素色衣裳下掩着的肌肤，灯光下映出浅红。头上发蓬松松的，同二十四五夜间那样黑。动人极了。

"琫小姐，你瞧姨奶奶真是太美了。"

琫小姐就笑。我是在琫小姐笑后才知道我说话过分的。她假作不懂琫笑的意思，问琫我说了些什么话。

这是我们在我房中亲近以后第一次见面，她竟没红脸。她那若无其事的样子，是出我意料之外的。

琦琦倒在她身上，她又察觉琦琦头上的香水味儿了。

"姨，这是曾叔的，香极了。"

"你们男人也作兴用香水，七少爷还偷用过琫小姐的！"她说了，照例的用笑收尾。

"男人难道就不是人么？"

"二哥近来在变，往天似乎没用过。"琫的话中有刺。

我装作不听到，琫没办法。

"为谁？"她却故意问。

我怕再引下去了，转了个方向，说到别的事上去。

"我们今天买得有蔻蔻糖的，"我说了。琦琦记起糖，离开她身边，到镜台边取糖给姨看。

"琫姑不吃咱俩吃。"

"好极了。"

当真琫是不吃蔻蔻糖的。琦琦也只欢喜牛奶糖。这是为谁买的，她当能知道。

记四月二十三

她同菊子才洗过澡坐在菊子房里换袜子，听到脚步声，菊子从脚步轻重听出是我了，大声嚷：

"二哥莫来，别人换衣裳！"

"换衣裳，难道就不准人进来么？亏你到学校去演讲女子的解放！"

另一个人就嘻嘻的笑。

我停在窗下头，不动了。

"二哥，你以为我怕你么？别人——"

"别人是谁？"我明知，却故意当作不知道的样子开玩笑。"我知道，别人就是琫小姐，哈，看到你们长大的丫头，倒会装起害羞来了！"

我就进去了。菊子不做声，正在扣鞋带。她是披着发，赤了个双脚，穿露胸衬衫坐在床边一张矮椅上，见我来，故意把脸掉向墙。

我还故意装近视，"琫，你不理我了？那下次再莫想要二哥请看电影了。你看你那披发赤脚样子，真象活观音。"

她更笑，慢慢转过脸来看了我一眼，脸绯红。

菊子对我做鬼脸。"二哥真会装，你不看清是她么？我不信。"

我所见到的，是些什么？一个夏娃样子的女人，就在我面前，脸儿薄薄的飞了一层霞，这是证明吃了智慧之果以后的羞腼。我痴了，坐在菊子床上尽发呆。

她起身来取袜子，背了菊子对我眉略蹙。这是什么意思？我不解。发了我的气吧？不是的。不愿我进来？也不是的。

"闹了你们不便再谈知心话了吧。"我装成要走。

"哼，"她把嘴略扁，冷笑一声坐下去。菊子鬼极了，假作在理袜子，偷悄悄儿却注意到我们的动作。我才明白她是怕菊子。

我又坐下了。我摇头。我忽然又记起妻来了，这时的妻不知如何在受苦，我却来到这里同一个妇人胡闹。我摇头自惭，但是我可不能离此而他去，我为眼前的奇迹呆了。我不能一个人去空想分担妻在故乡的忧愁。我应对于目下的一切注意。我就先说话。

"菊子，今天听说七弟请你吃冰其淋！"

"请我？"

"他单只请你！他还同我说，前天到西山，到碧云寺时——"

菊子不做声，红了脸。我报了仇了。尤其是，我说的话在语气上故意要她知道菊子同七弟关系，她去望菊子，菊子抬起头来也望她，菊子笑，是有了把握的微笑，接着就借故走进里面房里去。

菊子进去了，她在穿一只袜子，向我摇头制止我冒失，我不动，仍然坐在床边等。菊子猛从内出来，以为我们或者正抱着亲嘴，正好大大的取笑，谁知失败了，只好搭搭讪讪仍然坐下去理发。

"菊小姐，你是怎么啦？……"

"我要看你们——"

"要看我们。我们难道怕你看么？"我去望她她却笑。

她把袜子穿好，头发随意挽成一个髻，到瑃小姐房去了。菊子也要走，我止着。

"把我拉下来，别人却走了，这有什么用处？"

她因了菊子的话却不即走开。

"莫听菊子话，你去吧。我要同菊小姐谈一两句别的话，才不准她走。"

她看看我复看看菊子，用手扶着头，露着肘子同膝弯，出去了。

菊子又同我做个鬼脸，我不理。

"二哥，你扯我下来有什么话可说。"

"有话说的。"

我的话，要说的是太多了，不知说哪一句好。我要问菊子，七弟是不是全知道了？我又要问菊子瑃小姐怎样。我还有要说的，就是请菊子莫太刻薄人，应当大家通融点。但我先说这样话，我说：

"菊子，你得小心点，大姨知道你同七弟事情，你就够受了。"

"我不知道。你们才要小心哪。"

其实两个人都怕，各人做的事，全出不得客，为婶婶知道就全完事了。

"二哥，我只怕子明，设若他一察出我们的鬼，事情就坏了。"

"我可不怕子明，子明不会说。"

"子明在极力同姨嫂要好，你不见到么？设若他见她只同你好，一发酸，保不了——"

"子明有毛病，他同四姐也有一手儿，要说时，我们就大家全说。"

"当真吗？"

菊子真不能相信我的话。然而我是的的确确见到他们做了一些比菊子同七弟还大胆的事。子明就因为明白我了解他们的关系，近来对我特别好。我是对子明以为无妨于事的。除了子明我倒有点儿怕璀。不过璀方面，若非菊子说，万不会失败。璀近来，纵常取笑我，但我相信这只是璀凭她聪明的眼睛看出一部分，绝不会知道我们当真就已怎样怎样的。

"我有点担心七弟的口。"我说，我意思是要菊子莫同他乱说。

"他也不知道，不过听了璀小姐取笑，故来套你的。"

然而我断定这明是菊子告他。要菊子莫同七弟谈这事，是无法。我说，"你嘱咐他口要紧，就是了。"

"好，"菊子起身了，转身就要走。

"慢一点，菊小姐。"

"怎么啦？"

我告你句话，还有什么可告的话？待着菊子近身来，闪不知，在她耳边吻了一下子。菊子半嗔半恨的把眼睛鼓了一下就走了。

夜里几人不下棋，在客厅跳舞，因为记到菊子的话，我留心子明对于那人的一切。

记四月二十五日里

这日晴，趁到晴，我往市场去，卜我此后的命运。

匀姑来。匀姑因为同子明有了些把戏，给瑃撞见，瑃去告她妈，因此有了两月不敢过这边来了。听到子明昨天有事上天津，一时不会回，就从石虎胡同来看菊子同瑃等。

几人一哄进到我房中。

必是菊子同匀说了我的什么话，一进房，几人便都笑。

"二哥房中真是香，怎不把我们一点香水使？"

瑃说了，单向匀姑笑。

"咱们自己找吧。"匀姑说到什么就会动手做。

"我是不准野蛮的。"

"准不准，由得你？"

在我床头终于翻出那瓶香水了。匀姑也够坏，故意把香水瓶子下所贴好的价目单子高声念：

"四块八角，好，二哥，可真了不得，也用这种香水！这不是男子用的，给了你的妹子吧。"

匀姑不客气，就当真把那小绿方瓶子捏着不放手。我不再做声。在这一群小姐中间我是做声不得的。这些人，虽说各人都有各人的毛病，但是我同姨的事，在她们心中，终是酸酸的！就中匀姑尤其是不饶人的女人，她并且有她理由。

"二哥，我吓你咧，看你舍得舍不得，谁知脸上颜色也变了。"匀姑说，带了笑，又同瑃故意将我来打趣，"你瞧，瑃小姐你瞧，二哥本来为别一人预备的东西，见我要拿它，说不出的苦，全给现在脸上！"

"本来是为你买的，知道你是今天要来的。"

话只是平常的一句话，但在语气上，我加了我们在过去曾纠缠过来的回忆，以及暗示，匀又同子明的关系，匀不能再做声了。我能猜出我的话在匀姑心上一击的分量。

菊子走过来，抢了匀姑手中的瓶子，"匀姑不要，让我拿，这几日，我正嫌我的香水不好哪。"

"菊妹妹，难道你要这个么？我听说七弟——"

话不让说完，菊子走开了。

瑃小姐同匀，不久也去了。

就中匀姑有一点心事，不是瑃同菊所知。

因了匀姑来到此，又把昨天转去的姨从西街接来。

"你来吧。是瑃小姐的命令，说，匀姑在此想见你，即刻来。"

"即刻干吗？今天为四老爷吃报母斋的，要来也得晚饭后。"

"你来我还有好事情告你！"

"你的事情我全都知道。嗤……"末后是一笑，电话就挂了。

晚饭后，那还隔多久，如今才两点呀！因匀是客，瑃请看电影，于是我同琦琦因为做陪客，也一同坐汽车去。

瑃同菊子在卖票处买票，先同匀姑琦琦三人上楼去，上楼梯时匀姑让琦琦先走。轻轻说：

"二哥，我听人说你近来得意！"

"听人说，是听哪一个丫头说的？"

"是琫告我。一个人，是应要爱……"

"姑姑怎么那么走得慢？"琦琦带跳带纵早已到了楼口了。

我望望匀姑，匀也望望我，我们都无言。我们快步走上楼。

回到家来独自一人在房里，想起些旧事。口香糖是我平时嫌恶的东西，但近来枕头下这类东西又可以寻出了。五年六年以前为了匀姑用过有半年，含到口内来哺匀姑也象正同昨日的事一个样。如今匀姑除了头发剪得很短以外，仍然是旧日的匀姑吧，但我们当年的情形这时却无从来再续了。因为匀姑爱用茉莉花味的香水，这糖在此时嚼来也总象有那种甜媚的感觉。又因为那年是在九十月里使用这糖独最多，那时的情景，留有深深的印象在脑中，一嚼起这糖来，就又似乎还有潇潇秋风秋雨的思念。我们的爱，这时究竟到什么地方去了？目下的，纵是到了白热的情恋，不是只要经过三年五年，又会同前事一样无影无踪么？我想：

难道是，为了三年五年以后相见，追忆起旧情时可以怅惘一阵，我们才来爱？

果真是那么，这时节也就可以退步了。

若说不，再进，进到两人身体合并在一处，这是可以永久维持下去的事么？

永久是不能，则以后在这事上的怅惘，尽此一生，附骨贴肉，我就来回味我们这恋爱，我受得住么？就是这么办，也可以——

然而在忠厚的妻的拥抱下，我来回味这浪漫的恋爱，我的对妻的负疚处，还好意思要妻饶恕么？

我还想到我应当做的事情，这就是把妻给予我的力量同到匀姑与我过去如今的关系给我一个改过自新的动机。若是这时那人在我的面前，我会作出一些与我近半月来截然相反的事情，那不一定的。也许我还能故意找出一点我们可以决裂的小事，来扩张，来延长。也许我……

但我同时又想，我也许一见了她，又能承认我一个人独处时所引起的不是良心乃是魔念啊！

呵，我这一刹那的魔念，能有什么用？

记四月二十五夜

我掂掇到时间的步伐，那边家里吃饭应比我们这边早，估计她不久会一人来的。我就含着我那特为了接吻而用的口香糖，捻息了房中灯，坐在大客厅的一个虽当路却黑暗的椅的上面等。

我把守到那出入必经的关口。这里去到瑃小姐卧房，还得经过大餐间，大餐间过去是一个长廊，再过去是小厅，小厅左边是老主人的卧房，顺到卧房窗下走，转那绿的圆拱门，进另一院子，那里一排三间偏东一间才是的。我预备要做一点别的事，就呆着，张了耳朵去听外面的鞋声。

客厅因无人，大灯不曾开，只有柱上小电灯发光，很冷静。想着：在这样一切安详沉默紫色的银色的薄暮里，淡淡的橘红色的灯光下，咬着耳朵谈话，复搂着颈脖亲吻，那是如何适意的一种高尚游戏！

从等候中我才证明时间对于人间的恋恋不舍的样儿——这真使我焦心。

终于，它它它在那大院子角门石地面上有了鞋的后跟触地的声音了。我站起来，但忽然变计又坐下，且把全身隐到灯光所不及处去。我想突如其来在她刚到我面前时猛的立起身，来吓她一下。

"啊！"我轻轻的喊了一声"嗨"，挺然立起来。

出我意料之外，她却只很庄重有礼的对我那一笑。

"我想吓你一下哩。"

"一进这厅子，就望到你了，你以为我不曾见你呆样子么？"

我有点惭愧了。

她却不即走，停了步。

"你一个人在此干吗？"

"我等你。"

"我要你等我干吗？"

故意那么说，还故意要走。为了解释等她的意思，我拦住了她。

"不准走！"

"又不是郊野，你拦路打抢人么？"

"是，我抢你，我要抢你到我房里去。"

"你癫了！"

真癫了，这抢人的我，当真有要她跟我到卧房里去的意思。不过我不敢十分用力。我怕一个听差打从外面来碰见。我也不拉她，就只不准走。

"放了我吧，来一个人就不好看了。"

"我要吃一个点心。"

"我不懂。"

"不懂吗？就是这样——"我把手，揽了她的腰，我的嘴，贴在一个柔软嘴唇上面了。

点心是一个便够么？十个也不成。

一个人，顶容易上瘾的嗜好，怕再也没有比同恋人接吻一事为坏了。吸大烟，打吗啡针，喝红茶，以及我中国还没有人试过的吃大麻，都不会如此易于成癖。只要一个妇人的嘴唇，有一次在你粗糙的略有短短青的胡子的嘴边贴了一秒钟，你就永远只会在这一件事上思索那味道。一个年青男子他那不会餍足的事，恐怕也只是对于他的女人做那些略近于麻烦别人的举动！但这能怪男人么？谁教那嘴唇红得诱人？

我禀承了胆大心细的名言，却自动把这女人从怀中释出。

"谁告你这叫点心？"

"这是比亚北的奶油酥还精致美妙不会伤食的东西。"

她禁不住一笑，低着头，快快的向里面就走。我抢身前去，我们是并行，手，本能的，仍然揽着腰。

我们一同行至暗处了。将要走到大餐间的北门边，她慢了脚步。这里比其他地方全要黑，纵有人过此也不会见到。她停了脚步。我们抱成一块在那过道中。借着客厅那小电微弱的光返射到另一处玻璃上，我能看出她脸的轮廓。柔软的硕长的身体，斜躺在我的臂弯里，发挥着异样的肉体温暖香味，我疑心我是抱了百合花的神。

同匀姑亲嘴，站着要低头才行。这人则我还须头略仰。她把头压在我肩上，我们便脸擦着脸了。这时是轮到她吃点心了。我的额，我的耳，我的眼睛，我的下巴，每一处被她用嘴亲过的地方都象怪好过。她的长耳环子碰着我的脸上时，我有说不出的一种温柔的灵感。

"让我学你来吃点点心。"我想照样办，要吻她的脸上的各处。

她说不，够了。

然而我的手是不能放。我为我这臂膊叫过屈，这时若手是稍松，我断定她是要逃。

"还不放我么？"

"不。我愿抱着你，至于永远。"

"莫说呆话吧。我应进去了。放了我，回头我们——"

"回头？"

她不答回头做什么，乘机掰开我的手，象一只鸟飞跑了。

我尽发呆站在那过道中不移动一步，听到一阵急促脚步从长廊下到小厅，进了小厅后，就听到几个人的笑声。

我随后走到长廊去，暗听她们的话语。

"等你一天哩，"这是匀的声音。

"对不住得很，"这是她的。

"我们去找二哥去，"这是菊子的。

我听到要来找我，着了忙，轻脚毛手走转到房中。

果然不久几人就来了，菊子当先锋，琦琦又当菊子的先锋。

"曾叔，姨来了，"这孩子，怪得凶，会来在我耳边说出这样话。

"姨来也得大惊小怪么？"

"因为糖。"

琦琦不说了。因为糖，又有了新买来的一大包，姨来琦琦可以同姨平均分，所以琦琦同我一样盼她来。

记五月初一

有人忽发颠狂，把自身奋力掷火中，不顾一切，这人行为常为世人所注意，众目为"癫子"。这人又是一"英雄"，因其能舍身于人所畏惧的事业上。在把身体牺牲到某种信仰上的人，其呆劲，我们是无从分析英雄与癫子的不同处来的。但是，除了少数人算例外，那无数的在情欲下殉了生命的人却为世人所忽略过了。把自己的灵魂掷到女人身上去，让恋爱的火焚烧着自己，这类事不是常常有么？如今的我，不也是正就那么处置了我自己么？我想我在"癫子"与"英雄"两种名称上，无论如何总占有其一。也许别人在这事上应称为英雄，我则免不了在另一时让我自视为癫子。

这事分明的，便是这恋爱，与其说其建筑基础于两人的灵魂上，倒不如说是得先在身体上来打桩子。然而直到如今除了那色授魂与的人前斜睇与背人时的象一块饧的搂着抱着外，我另外究竟做了一些什么伟大的事？我应做，我唯一应在这小奶奶身上做的事，我可不曾做。至于一些废话，我说了一大堆，一些不拘在菊子，或琤，或……我都可以干闹的事情，我却也同到她闹了不少。

"再进来一点，"这是这妇人在每一次为我所拥抱的时节所给我的一种无声的命令。我似乎是在进，如所吩咐的。然而我就不曾大胆走那我所应走的道路。且每到这样路上我气似乎就先馁。我把一些利害，一个中年人沾沾于名誉的理智，来作我的保护人，我宁死力掐着我的情欲的滋蔓。老子的"不见可欲而心不乱"的话语，我适得其反。在一个人的生活中，我成了勇士，我成了兽，我没有理智，没有任何种顾忌，我把我自己同她处置到一种白热情境里，我们全是裸体的兽类，任意的各人在生殖意义上尽其性欲的天才。但一见了她，我完了。见了她，在一些撩逗下，我证明我能力的存在，更进，我感到她的需要，再进，我便害怕起来。为了懦，我好好敛藏了我的本能，老实了。每于这种情景下，我所采取的手段是逃。我能逃得很远那当然是好。不幸的是我虽逃走也为她的吸力所引不能走多远。

我不能因此远去。我有原由离开这地方，但我总不能因这事情当真的逃走。我以为于我有益的只是在这诱惑上起一点障碍。或是其他的人妒嫉之类使我们不得不距离得稍远，又不过远。假使近，近又不至于当真走到危险的事情上去，这也好。

我又只能对天祈祷了。我希望神能给我能力以外还给我以莫使陷到不可自拔的阱里的幸运。我承认我是有着绅士的癖好，在感情上也容不下渣滓，虽有情欲的火在心中燃烧，却能用我顾全体面的理智的水浇熄的。然而这两种分量的消长，是不能在固定天平限度上，万一，在一度的亲嘴时，我即或是不改故常的我，但是她，却把她的裸露的身体展览于我面前时，我有什么方法再来拒绝这下阱的必然结果？

我是永远在这事上矛盾互相抵拒着的。明知是不可能，就不燃烧也罢。然而岂止仍然是燃烧么？有一时要爆裂，这是我先就自信终有那一日的。我到那时会丢了我的理智，会无所顾忌的将自身放在一种情欲的恣肆里。

翻翻我的这一月来的日记，我真要奇怪我自己起来了。我记了这样多琐碎的属于各人表面关系的动作，象在写一种供人开心的小说样的闲心，来为这生活作一种记录。我就不能做一点别的事情么？我要陷到这情形中有多长日子呢？我当真要来讨一个姨太太了么？这一月来我把妻安置到脑背后，然而脑背后也是没有妻的影子的。我对我这一月来的行为，真只有嘲弄，只有痛哭，没有一点觉得是可喜的地方。

如今是又有过四天不见了，难道这一场梦就如此平安醒转来了么？难道这就算是完了么？我不能相信我们会这样淡淡的收场。天知道，这个妇人在我身上目下与未来所想到的是些什么事。

我能瞧得很清楚的是我自己理智与情欲的争斗，我不袒护任何一方面。我尽理智保全我，制止我，警告我不向那崎岖道路上冒险，我同时，又并不蔽塞我感情的门。有时我为感情拉到一个顶危险的玩意儿上去，理智却临时出来牵我回到平静方面休息了。就在这样拉拉扯扯上头，我可得到比牺牲我情欲，或牺牲我理智，还要苦恼的苦恼！我简直不能动弹。譬诸用针作毡毯，翻身来去全都是那刺肤的尖针。

天使我再聪明一点，或再傻一点，我相信，我就非常容易把自己安置到那合宜于我的事件上去了。

只发我自己的呆气也是无益，就让这感情爬登到绝顶，再从高处跌下就完了。我今天来决心做这件事了，把身子收拾得干净点，预备到她家中去。以看她大嫂为名，我要再走进她身边一尺，把我们的心的距离缩短到事实给我们帮助的终点。

心理造的罪孽比我所能真在别一个人身上做的事情总是放大到三倍四倍，想起又自觉可怜。有些人，是不思索不忖度就去做的；又有些人，是单单从做梦中便能得到满足的。这两种人都少有许多痛苦。至于我，却把这两种成分糅杂在一起，既不甘于在自己一人心中煎熬这爱情的梦，又无能力去在别一人身上掘挖那宝物。就只在我这一种心情下生活着的人，我把同情永远交给他们，我想人间世，没有比这再会苦恼多少了。

妻来信。附有钝儿一趴伏在床上的相片，比去年离开北京时长大一倍了。信中有这样一段：

> 钝崽每天念"巴巴"两字，不明白是念"耙耙"，还是念"爸爸"，问他到底要什么，却用手塞进口里去。只要是能在外面暂时好，混得过，不要挂念到我们罢。钝崽的外祖母寄来了四十块钱，又寄来了一大包荔子，有了荔子吃，小孩却不"巴巴"了。……

做爸爸的真不值得要儿子来念及！爸爸堕落了，爸爸却不责备自己，但抱怨你妈。的确，妻要是泼剌一点，我或者能用妻给我的积威制止到这不当的苦恼。

妻所给我的，在我身上所能生出的效率，只是一种更柔弱更无用的宿命人生观，我可以预先在此写。

"妻的好性格，只是给我多向坏的方面找机会罢了。"

为了莫名其妙的内惭，我重新又把菊子说象一个人的那张妻的像片取出来，同到钝儿的像一起平放在桌上。

罪过，我从这相上生些怎样的胡思乱想。我想，我能为妻以外的人也可以生出这样的儿子，这人实在比妻还会快乐些不，一个人的野心的长大与滋蔓，真不是可以用方法铲除或预料得到的，我在妻与钝儿相片的上面，心灵上的建筑高入云霄了。

我为了迁就市场问心处那老骗子的卦爻，把别人的姨太太作为我的姨太太，且，我们在爱的亲洽的结果，成绩同时如象妻样孩子了出版。我在再一刹中已把我们的生活方法布置妥帖。我且将自己移到一种有了一妾的社会位置上。我便俨乎其然领略所谓士大夫最通俗不过的生活味道。……然而，结果，在"争"字同"占"字上生出了疑团，我不忘第一次那老骗子给我的鬼话，有了两人就有所谓争！即或占，然而妻若到此来，恐怕所能占的仍然也只其中之一！

在我心灵中，争占仍无从成立，让妻的印相据在我心上，我可以出入任何妇人女子队伍里，不怕罪恶的诱惑。若是不，且把眼前的人用心灵搂抱，则妻的方面，我放弃了。

一面在妻的相前负疚内愧，一面我却把妻当成其所以使我在妻前忏悔的罪孽原由的那人。我在妻的相片接吻，第一次是感谢妻能使我有机会忏悔，第二次却是感谢天给我机会得近第二个女子。妻是左手，姨奶是右手；左手打了我的嘴，右手即刻过来摩，不长进的思想不久即侵占了我全部意志，对于左拥右抱的俗事，我没有再来固持反对了。

晚上，子明到我处来谈，觉得这人有点讨厌，这讨厌心情，是在听到菊妹说的话以前不曾有过的。

偏偏子明谈到她四次。

"我想，这人，有点儿……"他说。

"我对这事倒感不到什么兴趣，"回的话，似乎过于硬朗了。

子明到后大约看出我不高兴的地方，仍然保持他那美国式的活泼与蕴藉神态，点着照例的头出去了。

听到墙外空大车拖过的隆隆声，忽然想起马是很可怜的一种动物，骤然涌出无限悯恻情感了。马，在身体劳作上，无抵抗的服务固可悯，但我这心灵上的不知休息的奔驰，没有一个人能知，也总不会有人对这漫无意识的只在一个希望上烦恼快乐的人加以哀怜同情！

记五月初二

关于日子。我怕有一种详明的记忆在心中。不算日子也罢，一天是八十时十八时我全不欲论及。在恋爱中——尤其是在一种半神与人的梦样不可具体分析的恋爱中，没有时间的证明，那更好。不过，关于造成日子观念的机会是那样多，差不多随时随地都可见，象一种不受禁止随地可见的揭贴，在新闻纸上，在衙署发薪人口上，在公文上，在草木的花叶上，在人的身上，在光与声音上，在一切的动作中，莫不给人以时的通知，无聊极了。

有人说，人的生活，所谓现在，是没有，现在的意义，就是能"思索过去估量未来"而成其为意义的。因此人在时间上常更感到那性质的重要。但是，恋爱只是地道的现在的观点，真不必要懂到一个时候分为若干分秒啊！

把生活一半来爱人，一半来作人生百年大事业，因为要明白怎样算一半，时间那是不可不明白的。只是这种"一半这样""一半那样"兼顾并筹的方法，在别的可以，在恋爱，却不成！真爱一个人，是全部，没有小隙小罅可寻的。心只是一个，要是一上了这顶纠纷紊乱的道路，别的事业只能全放下，饥饿同时应放下，时间自然也同时放下！

我是当真已到把时间放下那种地步了，这样粘贴与胶固，是只有她的魔力能够如此的。

我疑惑我这欲望已从身体的侵袭而为心灵的拌和，这情形，是正因为难于见面而益显呈此倾向。一个童贞女与人初恋所给予男子猛鸷的热力与反应，我却从这妇人身上获得了。她同样给了我不可当的热，有把一颗心浸在那眼波中游泳的趋势，同时我拿了同量的苦恼放在我心上天平的另一端。

我不期望我会为了这欲罢不能欲近还远的情形来在房中，呜咽的低哭！人为什么有这样痴？人为什么定要思量在这类乎灭亡的道路上驰骋？用手掌搊打我的脸，我是这样惩罚我自己，复嘲弄我自己，不过，心中的她的影子，却分明在向我妩媚的微笑。

菊子来，见了我，忍不住要把话说到姨的身上去。

"她要五号才能来了。"

"怎么？"

"怕你。"

"为什么说怕我？"

"为什么二哥你要……"

"我不愉快只是为得了你二嫂的来信。我想事情又够无味，拖下来，还不知有多长日子才说到升官发财那四个字上。为了妻的在豫担惊受怕的缘故，我真想走了。"

"你既然是想二嫂，那我也没说的了。她，可是为了一个人害了点小病。"

菊子，说话如其人，欲前又却，善于转弯讽人，可要人招架。

那么，我索性请菊子作个好人了。

"菊小姐，不要笑你二哥了，为二哥把她找来吧。"

"告你是初五。"

"难道今天不成么？"

"不成。原因是转到娘家去了。"

从菊丫头处又才知道姨的娘家是个穷旗人，嫁过来时竟一钱不出。一钱不出，这样一个半神半人的东西，本来是不应当用钱可以得到的！这女人，值得有半打年青孩子为她纠缠而发狂！值得人为她牺牲一切尊荣和骄傲！还值得人为她死！

不过从"一钱不出"的一句话上我可生出另外感想了。一钱不出是应当的，因为这种人的心，只有用爱情来泡软的一法。然而把她成了私产的，又是怎样恶浊一个人！我为了这老天奇异的支配，废然了。

"菊子，我有了钱我也要讨姨太太了。"我是当成笑话说出我的愤懑的。菊子可看得出这并不是与我希望相违的表白。

"你们男人全是这个……"

"菊子不说了，菊子要走。"

"来，我告你！"

菊子记到前一次关于"告她"是怎样意义，狡猾的一笑，怕我的有了硬的胡子的嘴再要在她脸上生事，快快的走开，到房门外之后回过头来做个鬼脸，滴滴托托跑去了。

菊子对我也不是无意埃这丫头，有了机会就能勇敢的向前。妻在此时还笑到她以后会同七弟好，妻的聪明万万不会料到这丫头有对她二嫂也不客气之一日！

为什么，在先前半年中菊子却会这么老老实实保守到七弟？让我来找一个可信的解释。

……先前是，见我对妻互相的信托，制止了她向前的勇气，如今是，见到我是一个有懈可击的懦夫，一面由于见我与姨的小妒，我却是在被人轻视以后扩张菊丫头的野心了！我能明白菊子回避和送秋波的意义。这不算讨厌的累赘。比起姨来虽全然两样，然而不算一件坏的无益事——玩味这不从耕耘中得来的收获，我这柔懦的心第二次又背叛了妻，在菊子身上，我也感生无穷兴趣了。

我又看出时间的分秒脚步了。否认了自己的前说，是为了听到菊子说姨要初五才到。今天才初二，还有七十多个小时才能见到她！每一小时我的心要跳上无数次，从这跳跃中，一秒的过去我也很明白。为了期待初五，我却比小孩子期待过年还诚实，对于一切给我时间的通知，是用无限的感谢心情表示在纯挚接纳，一切入我感觉的，变成新的意义了。

我同时，且又来否认了我恋爱整个的见解，为了菊子非无意的游丝萦绕。

天啊，你的子，缺少力，缺少分析取舍的理智，复缺少决断，但你同时又给了我太多与女人纠缠为缘的机会了！你对于你子吝啬与慷慨的地方，我总不大很明白你意思，请从梦里赐给我一点我所缺少的质分，让我应付以后事略有从容气魄吧！

记五月三日晚上

依然是为着莫名其妙的在心中燃烧着的那恋爱的火煎着熬着，行也不是，坐也不是。永远是自己内心的争战。虽然是人人生活都免不了此，但这互相消长又复俨然能维持理智感情两者的均衡，我所得的苦可多了！明明是有消长，我却仍然站在一条线上不动，这理由，便是竭我的力注入我所能受的苦恼于心腔空处，才保持到这常态。然而照这样支持下来于我又有何种意义？

啊，恋爱，我过去从那些书上知道的，如今我才明白那是解释得如何简单！尽文字所有的魔力，凭诗人精细的选择，用巧匠似的手艺来处置，所能道的又是怎样有限！在一个害着单相思的诗人，可以用诗一巨册来为他那想在女人唇上接一个吻而无从得到的苦楚下一个注解，然而这注解还算是顶简略的注解呀！

从这看来我这日记是可以停止了。

但仅为了记载"美"的一字，能在我心上翻腾着怎样庞大的狂怒的波澜！我将鼓励我自己，在思索间，在喘息间，匀出那所能匀出的时间，来用文字把这一个浪花散碎的光景，一滴水珠消灭的光景，好好保留到这册子上！美的物质的型，是会有一日失去那动人的线终归一切消灭的；我这心，也将因年龄而为之衰限。我想这记载，若能留下我的心情的碎屑一握，则这些碎屑，便可以供我异日白发盈颠时再寻这美的旧梦！

我为了想在一种女性亲洽中提高我向前直进的力量，正好琫派琦琦来作代表，邀我到大厅中去跳舞，我就去。

先陪琦琦作了一次英国总督呆子舞，立起一脚作雀跃。后陪两个女客。再后陪琫小姐。再后陪菊子。陪菊子，特别久，这小东西只差用她那舌尖舔到我鼻子。

全身象抖着的是菊子。裹在绿色巴黎缎旗袍下的小的柔软的腰，同呈露极合度的弧线的臀部，使我心荡。她是乘到这机会大胆的运用着那一双媚人的长眼对我无畏的施以压迫，我降了。这在当我从她眼光里看出她是已感到我成了第二个七弟时，我就借故有事逃走了。

回到房子来时我只沉醉于那温暖的香，这香是菊子身上的。不过一离开菊子，我已移作姨太所有而来玩味了。

有那一日我将使菊子同姨不拘谁一个给我一个机会把这怪好受的汗与粉的混和气味嗅个饱！

我想：市场那老人，真可以当作神仙敬奉供养了！这至少是我前途一个好顾问。我直到这时，才懂得到二女"占"一男或"争"一男的卦爻于我是如何准确。

记五月四日

道德观念是怎样形成，那得一个哲学家给我去解释。我所能见到的是凡反乎自私的一种行为是道德的律例。然而，在我所有的环境中，我所惨澹经营的，是不是违乎道德律例？我成全一个人的爱，成全两个人的爱，把胜利的表面属于恋爱的对方，我是不是应当？让凡是爱我的人全得到她所要的东西，虽然所能给的是如何的少，但我不吝惜的、非常慷慨的、能恰如其分给与这女人，这是否应属于反乎自私一种行为？

越想便越糊涂了。

让我去在使我糊涂的本体上找那适当的结果，不想了。

在那廊下找到了菊子，拥着薄绒白色寝衣，对了那日暴白石柱出神。

我不即上前。望到这样窄窄的肩背，我在她身上第一次感到春天的力量了。我奇怪我自己，在过去，竟能若瞎子，目中无人似的同这女人住在一块地方达一年之久。我奇怪这骤然的发现，竟使我忍不住要嘲笑我瞑然无知的过去日子。

爱这东西是永远不会找到适当解释的，这又不是说神秘，只是事实的纠纷不清。同样的一个人，为什么当我没有发现她在对我施以感情侵略，同到她不曾见我要爱女人时，我们却能和和平平过我们的日子？一个人，在另一个人身上，生出了性恋的意味以后，为什么见面便有不受用处？是吸力，所谓吸力的成分，又是怎样配置？

在这当儿，我放下我掘挖女人心中宝藏的锄头，是做得到的。但揭开神秘的幕，看看这富有的矿床中无价珠宝的罗列，也是我所乐于作的一件事！

我唯一的希望是我把菊子估量错了，则在我心中成立的罪孽可以一笔勾销。

"拿起我的锄头来，我用力的挖，我将设法来掩盖……"走过去的我，轻声说，"菊小姐，有什么心事在此发呆？"

笑，用前晚跳舞时的章法望我作媚笑，且眉微蹙，若告我既知道是发呆，所为的是谁，我就应早明白了。

"一个人，少胡思乱想点，她可以少许多苦恼。"我这话，成分是一半讽刺一半劝。

"二哥，你不知道你妹子。"

"我自以为太知道你了。"

女人就是那样，凡事均以眼泪为后盾。用微笑代表不出的，用嗔代表不出的，总得借重那微带盐味的泪。菊子这时虽不哭，眼睛却红了。

我并没有猜错，这是我的账！

先是我还只隐约听到地的震动，逃跑是来得及，如今地已张了大的口在等我的陷入，我除了闭眼跳进这阱中，别的能耐全失了。

"到我房里去，"我说。她不作声便先走。

…………

"我平日真小看你了，菊子。"

"二哥。"声音轻，语句清，这喊法是与平时不同的。

"你不要尽二哥二哥了，二哥哪一天总会为你们女人死。"

"死，要人陪吗？要二嫂陪是姨陪？"

"要你们三人都陪到我死，好使七弟在我死后还咒我。"

菊子不做声了，只憨笑。

我能从她脸上看进这小丫头的心里。我相信我能给她的快乐是她在七弟身上难于找到的。她把眼睑下垂象要睡的样子挨在我臂上，我还能感觉到这小小身躯的微颤。

那样大胆无畏真给我吃惊不小，我不期望这一众中年龄最小的她对于爱的具体表现却如此雄猛。

我想起一些关于论女子的心理学上问题，复想起自己身为男子却秉着女性懦弱保守的性质的事实，先是脸红内愧，旋即转了方向，把这小小身躯抱紧贴到胸上了。

"二哥，你……"

无餍足的接吻使菊子眼饧口涩，我在一生中只有此一时充分表暴了一个年青男子所有的气概。

"我爱你。"这话轻到象一只白蛉在飞去时那嘤的一声，然而在我心上的分量是重到象一块铅。

菊子会向我说这样话，真使我伤心。当五年六年以前还会要二哥抱上车的女孩子，如今已学得爱人，要人在她小的红嘴上接吻，用这人的生活变化作镜子，照我的脸孔，我是去老已就如何近！把这人的生活对照，我实在是应当离开这年青人专有的爱的世界，在事业上早应有所建树了。实际上，我却如此不长进，我不知我这是中的什么毒。

"若这给张扬出去，照中国人的观念批评，才要我好受！比起我内省的苦楚还不知要刻毒多少倍！妻知道以后，从她的心中影响到我，我那时要怎样的糊涂处置这事情……"我想到此，手便松懈了。

菊子起身离开我到门边去。

"我走了，"她说，在声音上，颜色上，还不遗忘她那新为我所发现的本领的施展。

摇着无可奈何的头用手复招之使回。回来了。见我不愉快的苦笑，她用脸来擦我的脸。我第二次又把这女人身躯抱持了一阵。

听到内面长廊门开了，她已进到珲处去。我一个人独留这房中，感到房子的异常空阔。我不明白我做了一些什么事。我不能在我所作的事上分析一下以后应怎样对付。象酩酊大醉的时候不能睡又不能醒，在这样情形下，最容易引起的是无所为而为的悲哀情绪，于是我哭了。

她，菊子，是天真无惧的，将一颗全热的跃着强的拍子的心掷到这新的恋爱上面，在我身上做着的总只是无涯的乐观的梦，哪里会想到这是一生一世用眼泪同内省自挞所赔偿不来的事情？她不会想到一件不当的恋爱落在头上时节，接一次吻的代价是怎样大。更不会知道这里所牺牲的是一个处女无价可得的关于恋爱的幻影的碎灭。一个年青一点刚到发育完成的二十岁的女子，她对于爱的行为虽很蒙昧，却极能成全她感情的一刹那，比之一个近三十岁的女人总能见其格外的大胆。菊子是不加思索的，在一天两天中，就把我同到她自己举入顶高那一层峰头去了。没有跌过的人，他不会知道跌到地下以后的难过。我这不中用的中年汉子，如今是尽这小表妹牵引到那悬崖道上去玩，有非陪到她同跌一次不可的趋势了。

我想，天要试我担负罪过的能耐与忍受苦恼的能耐，也不应当选这样事来同我开心！一处的账还算不清，怎么载得住在两种买卖上来支配我忧乐？

一个将近三十岁的人，他把处世为人之方法学习得熟练到无往而不宜，因此他却把恋爱的方法全忘了。恋爱只是两个疯子丢弃了世界的一切，单在两人身体上心灵上找寻真谛的一种热中兴奋的游戏，我想在这种事业中保持我的神志的清明，只成立了悲剧的结果而已。

我又似乎得了什么灵感一样，望到辽远的未来，各人在感情崩溃的以后那凄惨情形：

……妻因此抱了我们共有的钝儿，跋涉于兵匪骚扰的乡村乞食。而我，在一种忏悔下自己用绳缢死了自己。而菊子，无助的独自到美国念书去了。而姨，便为她们的主人卖到娼寮里接客……

琦琦来，说姨来了，到了琫姑处，要我去。我醒回来了，背已濡了汗。一个不当的吓人的噩梦，正象是为魔所指使乘我心虚而入到我想象中，实际上，终不会有那一日！

见到姨时，我不能说出我心情之一闪所感觉的味道是甜还是苦。啊，这面前的人，便是用她的印象痛痛鞭打过我的灵魂的那人。除了跪在那裙边用口去同那一双白足接吻，表明这征服的俘虏之忠顺外，我无可作事情了。

"听菊小姐说你有了一点病，是不是？"

"听菊丫头说，那么，她总很明白我的病了。"

菊子笑，瑝也笑，笑的内容是不同。瑝姑是笑姨忠厚，是笑我可怜的样子。菊子的笑则我从这笑里可以看出菊子有那胜利自足的神气。

大家谈着闲话，各样的，戏谑的，不离乎这一家的过去的轶事。

琦琦一人坐在床上用七巧板排列一个打鱼人，换来换去总还缺少那个帽。

"孃孃①，帮我的忙吧，少帽子咧。"

"天气热，不要戴帽子也得，"瑝姑笑着说。

"是一顶遮阳帽，不是风帽。"

"那就把篓的下面一块作帽子。"

"那不成，鱼又没放处。"

设使一个人在隔壁单听到这话，猜一年也不会猜到是玩七巧板。

渔翁的帽子，终于被琦琦找到了，喜得这小孩狂喊。

---

① 读作 náng，称长一辈或年长的已婚妇女。

"一个人的成功全是要勇气。"

菊子听到我说这话，对我望望又对姨望望，口略抿。

我怕起来了。以后我见着七弟将怎样替他可怜！年青的标致的七弟，正为了太年青与标致反失了他的爱，我能用这话来向人自解么？

即如七弟曾同到她亲洽过来，我看七弟就不会给这女人以十分满意。我心想，七弟同我都是太缺乏那男子气质的人，菊子的勇敢，却超过了我们了。

不一会，衙署电话来，问今天是不是还去衙门。若不去，就要人把四月份一点薪水送来了。说不去。那边便说，那就在家候候吧。有一刻钟左右，朋友替领的钱就差人送来了。有了钱，琫姑提议拿出五分之一来请客。

"二哥钱有用处的，要……"菊子直到如今还不能饶人。

"对了，"我说。"要我请客那可办不到，我还要去买一瓶香水为另一个人……""曾叔，为谁？"问的是琦琦。

姨误以为这话是落在她头上，脸红了。

我说，"为琦琦。"

琦琦不信。琦琦说是愿请客不愿要香水。

"你问菊姑愿不愿，"我扯琦琦到身边，咬了耳朵说，且要她去菊子耳边轻轻问。

琦琦到了菊子的身前，菊子不让她说话，拉着她手就要走。"曾叔要我问你。"

"我们换衣去，不然就不要你去了。"

于是菊子同琦琦就走到隔壁菊子的房中去了。

偷眼望琫在摆七巧板，只冷笑。然而琫姑笑的只是姨同我，把菊丫头放弃了。

姨说下午还得转西街家中去看看，因为四太孩子放痘出了别的病。

“那不忙，今天是二哥特意请你的，你不去，他倒不愿意做这人情。”

在这些地方，可以看出姨的老实处来的，琫说的话给姨无从再做声，然而背了琫，就同我来作目语。

“当真姨不去，我就不请了。”

“那我就不回。”

客是势必非请不可了，菊子当真即刻就为琦琦换了一身新衣裳。请到什么地方去玩？适宜于我享福的，只有到北海划船，并且船是现成有，不费钱，于是我先说出去北海。

“我要同菊子到公园去打球。”琦琦这话显然是菊子所教。菊子的意思，在打球当儿，琫是没有分，姨将陪到琫，我们就可以在球房避开两人玩。

我说，“公园没有可吃的。”

请客就是请这些小姐们吃东西，漪澜堂的小窝窝头为客的全体所同嗜，想起吃，琦琦却先改口，说是“到北海也好”了。

船是让菊子同姨两人划，我同琫姑琦琦三人作坐客。划了三点钟，四点钟，绕着琼岛打了无数圈。到后还是坐客先嚷疲倦要上岸，把船拢到五龙亭东边。

琫先上了岸。我抱琦琦上了岸，再去用手援菊子。“我不要你的，”菊子说。菊子自己跃上岸。

船中剩姨一个人。

"哈，我可不得上岸了。"

船因了先一个上岸的菊小姐脚一踹，离开码头有两尺。

她站起又复坐下去，拿一支桨开始划。一众全在岸上笑。船又慢慢的贴了岸。她重复站起，两只手伸出向岸上的人，要一个人拖，她才敢把一只脚离船。

菊子同时手就伸过去，"来吧，来吧。"

"不成，"她可不放心。这样一来也许两人都得全下水。琦琦也伸手。这更不行了。琦琦还是别人抱她上岸的。

"曾叔你援一手吧，"琦琦见到自己不行就建议。

把手伸过去，她的手就握着我的手了。正象故意一样，还不即登岸。船是在脚下微荡。得两只手来。她握我右手，我握她左手，全捏得很紧。我们只敢让眼光互相稍接触一下。我是在这一天以来已为别人用眼波割碎我的心的人了。象带伤的鸟一样，正因带了伤，反而见用枪打它的人觉着依恋了。

菊子在一切动作中还免不了不自足。话只盘旋在姨的头上，找机会下落。

"你瞧，小姐太太们总是这样的，上岸也得人援引，还是菊丫头成，能自己跳跃。"我是在这些话中，给了菊子一些小小刺，可以刺进她心中。

"我不只能跳上岸，还能仍然跳下船咧。"

菊子的话虽公开的说，别人所听的是话的表面，我能翻出那里子。

"那难道也难么？"姨说时就笑。

当真下船不难！我说，"下船是你们全能，那我倒得你们中谁来拖拖才成！"

大家笑，琦琦答应拖我，姨更笑。菊子不听，先走了。

我自己觉得机锋所触，竟无往不成其为爱情的禅合子。把公开的秘密话语意义反复成两面，让恋爱当对方独瞧那另一面，这中真有天才的蕴蓄！

平时的菊子，许多地方保留了《红楼梦》上探春的人格，说话则可以同凤姐吵嘴。但从这两天看来，人可老实得近于可怜了。

记五月八日夜

知道是瑮同菊子睡东房，琦琦一人睡中间，姨独睡西边。

我同姨同菊子所给我的温柔印象作底稿，来描摹我倘若是能到了姨处，姨所能给我的惊诧与醉麻。

我烦恼起来了。

我说过，我凡事总不能发狂。喝恋爱的酒，尽量喝为是。不敢喝别人所喝的量，则无从有别人那醉后的糊涂。清明于我能有什么用？不过使我勒死我自己的欲望于最好之机会内。清明只给我向前观看的畏怯，向前探讨的追悔罢了。在这里，我又忘不了我已不是在青年队里驰骤的人物。

一个在心中新起的煎熬着心的诱惑当前时，即急起直追，是一个男子所应做的事。我就没有因应做而能去做的事，只有不应当单想而仍不得不想的事。

……一个男子，在爱情的下面低首下心的作俘虏，是必得要在身上完成某一类事才准得数么？将感情，从一些通常接近动作中，用手，用眼，用言语与态度的温情，给慢慢注入对手的心中，比沉溺到一种情欲的表现里为如何？一个女人，在恋爱赋与的意义上，她将以何事为终结？同是女人，就中姨同菊子又有何种分别？

把对姨的心情全建筑在身体一方面，然而这方向我就无勇气认准。并且菊子所需要与姨两样？我也不敢信。

这全是一种大型家庭青年男女的游戏，同用筹码打扑克寻太子那么趣味来玩。也许姨把这恋爱当作如是观，菊子也并不两样。我这样找到我目下恋爱的主张，又象些微得了一些前进气力了。

在我心中任何一类神，总不能帮助我变更一下持平矛盾的习性。我所找到的结论，只是用"追悔"接续我的"欲望"，其中放下了成为"目的"的事实。想作这事，这事虽使我应得用上无限量过后的痛苦交换，然而当前的欢娱的分量也将给我永远的甜味，去作就有了。我却不。"知"与"行"的距离相差，在我真是不能以尺寸去量度。思想能把我灵魂拖拉到千军万马中驰骤，我却怕开眼见一枚小针刺进我的皮肤。

我走回头路，想用各样各式的鼓励与帮助，把我引回对于妻的专一的爱上去，那做不到。既是这样不或就那样，学一个坏到实际上的浪子，也不成。

年龄和智慧的毒中得太深，我没有一种方法可以处置我到个安全地方！

在一些片段思想中，我的怨，在自己身上觉得用还有余时，我把余怨平分给姨与菊子。女人是魔鬼是神，我分别不出。在幻想中是神，在现实中却是魔。上天造人的巧妙，令人把爱与怕分子糅杂在一起，因此世界上才有笑与泪。佛把这事看得极清楚，才出家。我愿意追随到乔答摩身后同这大神宣战了。

记五月九日

到午时还不起床。一些纠纷，还没有理清。头昏沉如害疟。

菊子同姨来，在窗下，我能模糊听到姨的细语的声音。

这算是害那普通一般青年男子的相思病么？苦恼如同琦琦玩的玩具。我却是自己用空想造成，用另一空想享受，再又用第三空想把它击碎！于是我在这上面，流着不必流的眼泪，用本来可以在此时微笑的脸来忧愁，用应当歌呼的喉咙来叹气。

一句话，是我为了女人用心太过，用力太少，身心不调，害着痨症样的疾病了。

不知是谁喊我起吃饭，胡乱的应一声又胡乱的发了一下气，怪人吵了睡眠。

脾气越来越坏。出到外面去，见了一切人，各在生活下莫可奈何的作乐与劳动，不是觉可恨便觉异常可悯。

头发烧，身上也很热。天气又已近初夏，步行到西单牌楼，身子象已泡在汗里了。

因为还没吃饭，就到一家点心铺去喝牛奶，总嫌点心太甜腻。是，一个有了老的成分的人，在一切事上，都只能接受那淡淡的了。吃的是，用的是，要恋爱，也只适宜于那轻描淡写的友谊了。这世界，我有许多东西均无分享用了！有好些地方我不应去了！有好些地方我不能在那里盘桓了！那新的时代，为一些少年所开辟的毛糙的大路，我不能走了！

回家仍是睡。在凄凉中想起妻对于我过去不少好处来。当到晚上这一家所有主人全到我房中来玩时，对菊子，对姨，我差一点要公开的说，我们以后全应醒过来，不必再在这可怕的游戏上面开玩笑。

珲姑同她们去后，装作要问我匀姑所请的医生住址，独自回到我的床边来。

"二哥，你应当要自己保重点，这是不值得的。"

平时珲给我的印象，总以为在待人方面是一个太聪明精细了的人，有时且真不乐于同她谈话。这时珲姑的话不知怎样觉得是忽然同妻一样动听了，于是我把头愿自掉到一边去。她知道我是伤了心，不再说什么，就走了。

珲姑所能明白我的还不到一半。她不过以为我是在姨这方面被那近乎单恋的无望无助所郁闷。姨则更茫然。这中只有菊子知道多一点。不过知道多一点，是不是能使我这病就好？

我拟定在明天要上天津换一换空气，还想不让这几人知道。

记五月十日

大约是一晚睡得还好，早上起来似乎心情平和许多了。在一个病态的心中所起的波涛，总比身心健全的人要可怕得多，从我自己身体上面便找到那证据了。

我似乎忘了我所作的一切事。我忽然又不想走了。我的病，只是过度的疲倦，在一种安静的休息中便可以恢复了我这疲倦的。当精神复了元，又吸了些晚春清晨新鲜空气后，血在血管里流，有了力气，有了那种找一件麻烦到身上的欲望，我决定的在今天要在我的恋爱上建树一些奇迹了。

在往常，我便是每当早上要比晚上人是乐观一点的。一件平常事情凡是在早上可以一笑置之者，当人精神支持不来时，就会觉到十分的难堪。这时我把一些临我头上的难关看成非常容易解决了。我知道我将怎样走我所走的道路。

我先莫说我的希望。其于姨，她在我身上所需要的，我将全部送她，无所吝惜。菊子在我身上做的梦，我也只有让它实现之一法。给人以幸福的同时自己也将得到无涯的幸福。假使是这行为，有非在他日以十倍悲哀作偿不可的趋势，我愿这不幸，全落在我一人的头上，与姨是无关，与菊子也无关。

自杀与自弃的理由，昨日在我心中固定的根基，到此已不必摇撼，即坍了。

我将好好的做人。

倏然的痊愈，使菊子疑心我昨天病是假装。这我没有明说我心情变化的必要。

在早饭时，我周旋于姨与菊子之间，我以为我已年青十年了。

稍稍使我感到不快的，是菊子这人，她近来越注意到姨的行动了，除了自己到我身边时，就不让姨有单独同我在一处机会。然而也正因为菊子明知有姨在，故对我就更见其亲洽，在一种类乎竞争上的买卖。姨却时时还小心防到菊子的知道，谁知菊子则已在那里任意加价了。

让一个善于在文字上装饰他的热情的诗人当此，他将对这一日就不知要采用若干甜蜜字句来记述这事情！我呢，真找不出怎样方法足以称量这幸福的分量。那竟象自然而然的事实的进展，没有传奇的意味，也没有梦的意味，太平常了。这正是，凡是饱尝甘露弄得酩酊大醉的人，他却不曾闻到的香味。其不得酒喝的，但能远远嗅着桌上的酒的，反而能细细分析那芬芳气质！"一个拥有了姣艳妻妾的人，他觉得那记述一个人热情喷溢求恋失恋的诗歌为无聊；一个终日同标致情妇亲嘴的人，他觉得专描写初恋亲一次嘴以为奇迹的小说为浅薄可笑"这话是璇若说的，说得对。

我不承认我藏在这幸福暂时的荫影下，是怎样值得我来多在这册子上记录十页八页以为可羡的事的。给一个读者以足以兴奋的描述，这是一个文学作者文字的夸诞，我自己却用不着这类东西。我能把我一些细碎的片段的印象，保留到我记忆中，把我心在某一时间转变的大体，保留到这册子上，到我老去，到我见到这随了年龄人事变换而消灭的恋爱寂寞的结局，我那时，会就能靠到这些可珍的过去，温暖我那成枯木涸池的心胸！

记五月十二日夜

让我把这一晚上的事好好保留到心上吧。

我来说我的惭愧。象一个小贼一样，提了自己的鞋，赤足踱过长廊，从那绿的圆拱门走到姨的窗下去。对着天边凉月，我几次要返身了。记起那"划袜下香阶，手提金缕鞋"的词句，又不由不自笑自怜。这才是一种男子最高雅的游戏！想到这游戏的最后一幕我要痛哭我这幸福了。一个但能饰演无抵抗的悲剧的丑角，要来作这英雄的事业，我的齿，我的手，我的那血液亢进的心！这可怜的人，他没一块肉一根骨能受意志的支配，居然撞进极西的那间房里了。让我在这事永远保留我那惭愧啊！我几乎要晕了。我几乎喊了。若不是因为别的一间房中有些微声音使我从恐怕中找回我的自尊心，我不知我进了房中又怎样。

这是赴幽会的。哦，一个初初犯着窃物案件的人，同到一个初初犯了窃人案件的人，他们的惶恐，不知是在什么地方不同一样啊！

似乎并不曾睡好，见到如同一个癫子的我撞进房，这人便轻轻坐起来了。

我不能说明这惊讶神气。

她把眉略蹙。

我走过床边去。我静了。不怕了。不促了。举眼望一切。

房中没有灯，白的月，正从大的窗上映进一大方白光，姨的头，姨的肩，姨的夹被的半截，以及地板上面姨的白鞋袜，全都浴在月光里。

这是一种梦的景致与梦的行为！

人是站在床边了，她把身略移向里边，让我坐。坐下了，没有话。我并不望这维纳丝神，我却望着月。

一种诗人的呆性子在我灵魂里潜伏，我是每每遇到月就痴痴呆呆忘了人我的。

姨的无袖的手臂，从被里伸出，把这臂引我向她望月光下的脸，更白了。我轻轻叹息。

姨的眉展开，微笑了。

把男的情人比作狮，比作虎，复次比作狗，都有那贪馋饥饿的比喻在，情欲能使一个平素极其老实的人成猛鸷不可当的动物，这也是事实。在先我为我自己设想，也是以为一见到她就应同鹰擒一匹兔模样，将伊攫在我怀里，随后是贪馋恣肆的接吻，把我的力，把我的性命，给这妇人以疯狂的麻醉，而我也为了这占有的男性牺牲，冒险的快乐，暂时死去。

我错了，凉月与静夜，把我情欲软化了。我说得美一点，便是我们为月光所诗化了。

我不愿在此复述我们怎样的接吻，我的文字的力量，在这一类事上是失了性质的。

在一种沉默的长期拥抱里，我认识了人间的美了。

那长长的发，披散到肩后，象用黑夜所搓成。那肩，是软玉。那乳，照所罗门歌说法，是一对小白鹿。

"你去了吧，我很害怕！"

"我们是，分担着惊怕也分担着欢娱，我才大胆来！"

"我不是不爱你，我怕她们会听到。"

"我因了爱你，才冒这种险来这里！"

用那柔软象五根嫩葱的手引我的手到她胸边去，心是卜卜跳得如一面敲着的小鼓。但我把手移动了地方，没有畏缩。

我的手，从此镀上一层永生柔腻感觉的金了。

姨慢慢的睡下去。

"我的妹子，你身如百合花，在你身上我可以嗅出百合花的香气……"

我轻轻唱着一首所罗门的歌，颂我对神的虔敬。

我从此可以放心了。倘若照僧侣所传，人死将受那最后的审判，到上帝面前去秤量我善恶，或者游十殿，谒见那各式各样脸相的阎王，我将有话说。凡是我应做的，我已经做了。一个没有得到她分内应得到的爱情的人，我服从了神的意旨，已给了这个人了。神所造的这个女人的灵魂，被恶男子在那上面玷污过有痕迹的，我用我的爱为洗刷过一道了。我为使这女人了解你大神在青年男子身上赋予的气力与热情，我所以去爱她。我让她在我身上觉悟她是配做一个年青人妻子和一个年青人的情人，……

我还愿意给她爱的认识以外再给她以对现世不满的指示，因为你大神既把她雕琢成得如此美丽，却赋予一个如此驯良安分乐生的性格，更处置她永远到一个顶肮脏的人身边，这最苛刻最不公平的待遇，我要她知道你司命运之神的可诅！

据一九二九年北平文化学社版转录

龙

朱

《龙朱》1931年8月由上海晓星书店初版。

原目收入小说作品:《龙朱》《参军》《媚

金·豹子·与那羊》《阙名故事》。

龙 朱

写在"龙朱"一文之前

这一点文章，作在我生日，送与那供给我生命，父亲的妈，与祖父的妈，以及其同族中仅存的人一点薄礼。

血管里流着你们民族健康的血液的我，二十七年的生命，有一半为都市生活所吞噬，中着在道德下所变成虚伪庸懦的大毒，所有值得称为高贵的性格，如象那热情、与勇敢、与诚实、早已完全消失殆尽，再也不配说是出自你们一族了。

你们给我的诚实，勇敢，热情，血质的遗传，到如今，向前证实的特性机能已荡然无余，生的光荣早随你们已死去了。皮面的生活常使我感到悲恸，内在的生活又使我感到消沉。我不能信仰一切，也缺少自信的勇气。

我只有一天忧郁一天下来。忧郁占了我过去生活的全部，未来也仍然如骨附肉。你死去了百年另一时代的白耳族王子，你的光荣时代，你的混合血泪的生涯，所能唤起这被现代社会蹂躏过的男子的心，真是怎样微弱的反应！想起了你们，描写到你们，情感近于被阉割的无用人，所有的仍然还是那忧郁！

第一说这个人

白耳族苗人中出美男子，仿佛是那地方的父母全会参预过雕塑阿波罗神的工作，因此把美的模型留给儿子了。族长儿子龙朱年十七岁，为美男子中之美男子。这个人，美丽强壮象狮子，温和谦驯如小羊。是人中模型。是权威。是力。是光。种种比譬全是为了他的美。其他的德行则与美一样，得天比平常人都多。

提到龙朱像貌时，就使人生一种卑视自己的心情。平时在各样事业得失上全引不出妒嫉的神巫，因为有次望到龙朱的鼻子，也立时变成小气，甚至于想用钢刀去刺破龙朱的鼻子。这样与天作难的倔强野心却生之于神巫，到后又却因为这美，仍然把这神巫克服了。

白耳族，以及乌婆、倮倮、花帕、长脚各族，人人都说龙朱像貌长得好看，如日头光明，如花新鲜。正因为说这样话的人太多，无量的阿谀，反而烦恼了龙朱了。好的风仪用处不是得阿谀。（龙朱的地位，已就应当得到各样人的尊敬歆羡了。）既不能在女人中煽动勇敢的悲欢，好的风仪全成为无意思之事。龙朱走到水边去，照过了自己，相信自己的好处，又时时用铜镜观察自己，觉得并不为人过誉。然而结果如何呢？因为龙朱不象是应当在每个女子理想中的丈夫那么平常，因此反而与妇女们离远了。

女人不敢把龙朱当成目标，做那荒唐艳丽的梦，并不是女人的错。在任何民族中，女子们，不能把神做对象，来热烈恋爱，来流泪流血，不是自然的事么？任何种族的妇人，原永远是一种胆小知分的兽类，要情人，也知道要什么样情人为合乎身份。纵其中并不乏勇敢不知事故的女子也自然能从她的不合理希望上得到一种好教训，像貌堂堂是女子倾心的原由，但一个过分美观的身材，却只作成了与女子相远的方便。谁不承认狮子是孤独？狮子永远是孤独，就只为了狮子全身的纹彩与众不同。

龙朱因为美，有那与美同来的骄傲？不，凡是到过青石冈的苗人，全都能赌咒作证，否认这个事。人人总说总爷的儿子，从不用地位虐待过人畜，也从不闻对长年老辈妇人女子失过敬礼。在称赞龙朱的人口中，总还不忘同时提到龙朱的像貌。全砦中，年青汉子们，有与老年人争吵事情时，老人词穷，就必定说，我老了，你青年人，干吗不学龙朱谦恭对待长辈？这青年汉子，若还有羞耻心存在，必立时遁去，不说话，或立即认错，作揖陪礼。一个妇人与人谈到自己儿子，总常说，儿子若能象龙朱，那就卖自己与江西布客，让儿子得钱花用，也愿意。所有未出嫁的女人，都想自己将来有个丈夫能与龙朱一样。所有同丈夫吵嘴的妇人，说到丈夫时，总说你不是龙朱，真不配管我磨我；你若是龙朱，我做牛做马也甘心情愿。

还有，一个女人的她的情人，在山峒里约会，男子不失约，女人第一句赞美的话总是"你真象龙朱。"其实这女人并不曾同龙朱有过交情，也未尝听到谁个女人同龙朱约会过。

一个长得太标致了的人，是这样常常容易为别人把名字放到口上咀嚼！

龙朱在本地方远远近近，得到的尊敬爱重，是如此。然而他是寂寞的。这人是兽中之狮，永远当独行无伴！

在龙朱面前，人人觉得是卑小，把男女之爱全抹杀，因此这族长的儿子，却永无从爱女人了。女人中，属于乌婆族，以出产多情多才貌女子著名地方的女人，也从无一个敢来在龙朱面前，闭上一只眼，荡着她上身，同龙朱挑情。也从无一个女人，敢把她绣成的荷包，掷到龙朱身边来。也从无一个女人敢把自己姓名与龙朱姓名编成一首歌，来到跳舞时节唱。然而所有龙朱的亲随，所有龙朱的奴仆，又正因为美，正因为与龙朱接近，如何的在一种沉醉狂欢中享受这些年青女人小嘴长臂的温柔！

"寂寞的王子，向神请求帮忙吧。"

使龙朱生长得如此壮美，是神的权力，也就是神所能帮助龙朱的唯一事。至于要女人倾心，是人为的事啊！

要自己，或他人，设法使女人来在面前唱歌，狂中裸身于草席上面献上贞洁的身，只要是可能，龙朱不拘牺牲自己所有何物，都愿意。然而不行。任怎样设法，也不行。七梁桥的洞口终于有合拢的一日，有人能说在这高大山洞合拢以前，龙朱能够得到女人的爱，是不可信的事。

不是怕受天责罚，也不是另有所畏，也不是预言者曾有明示，也不是族中法律限止，自自然然，所有女人都将她的爱情，给了一个男子，轮到龙朱却无分了。民族中积习，折磨了天才与英雄，不是在事业上粉骨碎身，便是在爱情中退位落伍，这不是仅仅白耳族王子的寂寞，他一种族中人，总不缺少同样故事！

在寂寞中龙朱是用骑马猎狐以及其他消遣把日子混过了。

日子过了四年，他二十一岁。

四年后的龙朱，没有与以前日子龙朱两样处，若说无论如何可以指出一点不同来，那就是说如今的龙朱，更象一个好情人了。年龄在这个神工打就的身体上，加上了些更表示"力"的东西，应长毛的地方生长了茂盛的毛，应长肉的地方增加了结实的肉。一颗心，则同样因为年龄所补充的，是更其能顽固的预备要爱了。

他越觉得寂寞。

虽说七梁洞并未有合拢，二十一岁的人年纪算青，来日正长，前途大好，然而什么时候是那补偿填还时候呢？有人能作证，说天所给别的男子的，幸福与苦恼，也将同样给龙朱么？有人敢包，说到另一时，总有女子来爱龙朱么？

白耳族男女结合，在唱歌庆大年时，端午时，八月中秋时，以及跳年刺牛大祭时，男女成群唱，成群舞，女人们，各穿了峒锦衣裙，各戴花擦粉，供男子享受。平常时，在好天气下，或早或晚，在山中深洞，在水滨，唱着歌，把男女吸到一块来，即在太阳下或月亮下，成了熟人，做着只有顶熟的人可做的事。在此习惯下，一个男子不能唱歌他是种羞辱，一个女子不能唱歌她不会得到好的丈夫。抓出自己的心，放在爱人的面前，方法不是钱，不是貌，不是门阀也不是假装的一切，只有真实热情的歌。所唱的，不拘是健壮乐观，是忧郁，是怒，是恼，是眼泪，总之还是歌。一个多情的鸟绝不是哑鸟。一个人在爱情上无力勇敢自白，那在一切事业上也全是无希望可言，这样人决不是好人！

那么龙朱必定是缺少这一项，所以不行了。

事实又并不如此。龙朱的歌全为人引作模范的歌，用歌发誓的男子妇人，全采用龙朱誓歌那一个韵。一个情人被对方的歌窘倒时，总说及胜利人拜过龙朱作歌师傅的话。凡是龙朱的声音，别人都知道。凡是龙朱唱的歌，无一个女人敢接声。各样的超凡入圣，把龙朱摒除于爱情之外，歌的太完全太好，也仿佛成为一种吃亏理由了。

有人拜龙朱作歌师傅的话，也是当真的。手下的用人，或其他青年汉子，在求爱时腹中歌词为女人逼尽，或者爱情扼着了他的喉咙，歌不出心中的事时，来请教龙朱，龙朱总不辞。经过龙朱的指点，结果是多数把女子引到家，成了管家妇。或者到山峒中，互相把心愿了销。熟读龙朱的歌的男子，博得美貌善歌的女人倾心，也有过许多人。但是歌师傅永远是歌师傅，直接要龙朱教歌的，总全是男子，并无一个青年女人。

龙朱是狮子，只有说这个人是狮子，可以作我们对于他的寂寞得到一种解释！

年青女人到什么地方去了呢？懂到唱歌要男人的，都给一些歌战胜，全引诱尽了。凡是女人都明白情欲上的固持是一种痴处，所以女人宁愿意减价卖出，无一个敢屯货在家。如今是只能让日子过去一个办法，因了日子的推迁，希望那新生的犊中也有那不怕狮子的犊在。

龙朱是常常这样自慰着度着每个新的日子的。我们也不要把话说尽，在七梁桥洞口合拢以前，也许龙朱仍然可以遇着与这个高贵的人身份相称的一种机运！

第二说一件事

中秋大节的月下整夜歌舞，已成了过去的事了。大节的来临，反而更寂寞，也成了过去的事了。如今是九月。打完谷子了。打完桐子了。红薯早挖完全下地窖了。冬鸡已上孵，快要生小鸡了。连日晴明出太阳。天气冷暖宜人。年青妇人全都负了柴耙同笼上坡耙草。各见坡上都有歌声。各处山峒里，都有情人在用干草铺就并撒有野花的临时床上并排坐或并头睡。这九月是比春天还好的九月。

龙朱在这样时候更多无聊。出去玩，打鸠本来非常相宜，然而一出门，就听到各处歌声，到许多地方又免不了要碰到那成双的人，于是大门也不敢出了。

无所事事的龙朱，每天只在家中磨刀。这预备在冬天来剥豹皮的刀，是宝物，是龙朱的朋友。无聊无赖的龙朱，是正用着那"一日数摸挲剧于十五女"的心情来爱这宝刀的。刀用油在一方小石上磨了多日，光亮到暗中照得见人，锋利到把头发放到刀口，吹一口气发就成两截，然而还是每天把这刀来磨的。

某天，一个比平常日子似乎更象是有意帮助青年男女"野餐"的一天，黄黄的日头照满全村，龙朱仍然磨刀。

在这人脸上有种孤高鄙夷的表情，嘴角的笑纹也变成了一条对生存感到烦厌的线。他时时凝神听察堡外远处女人的尖细歌声，又时时望天空。黄的日头照到他一身，使他身上作春天温暖。天是蓝天，在蓝天作底的景致中，常常有雁鹅排成八字或一字写在那虚空。龙朱望到这些也不笑。

什么事把龙朱变成这样阴郁的人呢？白耳族，乌婆族，倮倮，花帕，长脚，……每一族的年青女人都应负责，每一对年青情人都应致歉。妇女们，在爱情选择中遗弃了这样完全人物，是委娜丝神不许可的一件事，是爱的耻辱，是民族灭亡的先兆。女人们对于恋爱不能发狂，不能超越一切利害去追求，不能选她顶欢喜的一个人，不论是白耳族还是乌婆族，总之这民族无用，近于中国汉人，也很明显了。

龙朱正磨刀，一个矮矮的奴隶走到他身边来，伏在龙朱的脚边，用手攀他主人的脚。

龙朱瞥了一眼，仍然不做声，因为远处又有歌声飞过来了。

奴隶抚着龙朱的脚也不做声。

过了一阵，龙朱发声了，声音象唱歌，在揉和了庄严和爱的调子中挟着一点愤懑，说，"矮子你又不听我话，做这个样子！"

"主，我是你的奴仆。"

"难道你不想做朋友吗？"

"我的主，我的神，在你面前我永远卑小。谁人敢在你面前平排？谁人敢说他的尊严在美丽的龙朱面前还有存在必须？谁人不愿意永远为龙朱作奴作婢？谁……"

龙朱用顿足制止了矮奴的奉承，然而矮奴仍然把最后一句"谁个女子敢想爱上龙朱？"恭维得不得体的话说毕，才站起。

矮奴站起了，也仍然如平常人跪下一般高。矮人似乎真适宜于作奴隶的。

龙朱说，"什么事使你这样可怜？"

"在主面前看出我的可怜，这一天我真值得生存了。"

"你太聪明了。"

"经过主的称赞，呆子也成了天才。"

"我问你，到底有什么事？"

"是主人的事，因为主在此事上又可见出神的恩惠。"

"你这个只会唱歌不会说话的人，真要我打蜂了。"

矮奴到这时，才把话说到身上。这个时他哭着脸，表示自己的苦恼失望，且学着龙朱生气时顿足的样子。这行为，若在别人猜来，也许以为矮子服了毒，或者肚脐被山蜂所螫，所以作这样子，表明自己痛苦，至于龙朱，则早已明白，猜得出这样的矮子，不出赌输钱或失欢女人两事了。

龙朱不作声，高贵的笑，于是矮子说，

"我的主，我的神，我的事瞒不了你的，在你面前的仆人，是又被一个女子欺侮了。"

"你是一只会唱谄媚曲子的鸟，被欺侮是不会有的事！"

"但是，主，爱情把仆人变蠢了。"

"只有人在爱情中变聪明的事。"

"是的，聪明了，仿佛比其他时节聪明了点，但在一个比自己更聪明的人面前，我看出我自己蠢得象猪。"

"你这土鹦哥平日的本事到什么地方去了？"

"平时哪里有什么本事呢，这只土鹦哥，嘴巴大，身体大，唱的歌全是学来的歌，不中用。"

"把你所学的全唱过，也就很可以打胜仗了。"

"唱过了，还是失败。"

龙朱就皱了一皱眉毛，心想这事怪。

然而一低头，望到矮奴这样矮；便瞭然于矮奴的失败是在身体，不是在咽喉了，龙朱失笑的说，

"矮东西，莫非是为你像貌把你事情弄坏了？"

"但是她并不曾看清楚我是谁。若说她知道我是在美丽无比的龙朱王子面前的矮奴，那她定为我引到老虎洞做新娘子了。"

"我不信你。一定是土气太重。"

"主，我赌咒。这个女人不是从声音上量得出我身体长短的人。但她在我歌声上，却把我心的长短量出了。"

龙朱还是摇头，因为自己是即或见到矮人在前，至于度量这矮奴心的长短，还不能够的。

"主，请你信我的话。这是一个美人，许多人唱枯了喉咙，还为她所唱败！"

"既然是好女人，你也就应把喉咙唱枯，为她吐血，才是爱。"

"我喉咙是枯了，才到主面前来求救。"

"不行不行，我刚才还听过你恭维了我一阵，一个真真为爱情绊倒了脚的人，他决不会又能爬起来说别的话！"

"主啊，"矮奴摇着他的大的头颅，悲声的说道，"一个死人在主面前，也总有话赞扬主的完全的美，何况奴仆呢。奴仆是已为爱情绊倒了脚，但一同主人接近，仿佛又勇气勃勃了。主给人的勇气比何首乌补药还强十倍。我仍然要去了。让人家战败了我也不说是主的奴仆，不然别人会笑主用着这样的蠢人，

丢了白耳族的光荣！"

矮奴就走了。但最后说的几句话，激起了龙朱的愤怒，把矮子叫着，问，到底女人是怎样的女人。

矮奴把女人的脸，身，以及歌声，形容了一次。矮奴的言语，正如他自己所称，是用一枝秃笔与残余颜色，涂在一块破布上的。在女人的歌声上，他就把所有白耳族青石冈地方有名的出产比喻净荆说到象甜酒，说到象枇杷，说到象三羊溪的鲫鱼，说到象狗肉，仿佛全是可吃的东西。矮奴用口作画的本领并不蹩脚。

在龙朱眼中，是看得出矮奴饿了，在龙朱心中，则所引起的，似乎也同甜酒狗肉引起的欲望相近。他因了好奇，不相信，就为矮奴设法，说同到矮奴一起去看。

正想设法使龙朱快乐的矮奴，见到主人要出去，当然欢喜极了，就着忙催主人快出砦门到山中去。

不到一会这白耳族的王子就到山中了。

藏在一积草后面的龙朱，要矮奴大声唱出去，照他所教的唱。先不闻回声。矮奴又高声唱，在对山，在毛竹林里，却答出歌来了。音调是花帕族中女子的音调。

龙朱把每一个声音都放到心上去，歌只唱三句，就止了。有一句留着待唱歌人解释。龙朱便告给矮奴答复这一句歌。又教矮奴也唱三句出去，等那边解释，歌的意思是：凡是好酒就归那善于唱歌的人喝，凡是好肉也应归善于唱歌的人吃，只是你好的美的女人应当归谁？

女人就答一句，意思是：好的女人只有好男子才配。她且即刻又唱出三句歌来，就说出什么样男子是好男子的称呼。说好男子时，提到龙朱的名，又提到别的个人的名，那另外两个名字却是历史上的美男子名字，只有龙朱是活人，女人的意思是：你不是龙朱，又不是××××，你与我对歌的人究竟算什么人？

"主，她提到你的名！她骂我！我就唱出你是我的主人，说她只配同主人的奴隶相交。"

龙朱说，"不行，不要唱了。"

"她胡说，应当要让她知道是只够得上为主人搓脚的女子！"

然而矮奴见到龙朱不作声，也不敢回唱出去了。龙朱的心是深深沉到刚才几句歌中去了，他料不到有女人敢这样大胆。虽然许多女子骂男人时，都总说，"你不是龙朱。"这事却又当别论了。因为这时谈到的正是谁才配爱她的问题，女人能提出龙朱名字来，女人骄傲也就可知了。龙朱想既然是这样，就让她先知道矮奴是自己的用人，再看情形是如何。

于是矮奴照到龙朱所教的，又唱了四句。歌的意思是：吃酒糟的人何必说自己量大，没有根柢的人也休想同王子要好，若认为搀了水的酒总比酒精还行，那与龙朱的用人恋爱也就可以写意了。

谁知女子答得更妙，她用歌表明她的身份，说，只有乌婆族的女人才同龙朱用人相好，花帕族女人只有外族的王子可以论交，至于花帕苗中的自己，是预备在白耳族与男子唱歌三年，再来同龙朱对歌的。

矮子说，"我的主，她尊视了你，却小看了你的仆人，我要解释我这无用的人并不是你的仆人，免得她耻笑！"

龙朱对矮奴微笑，说，"为什么你不说应当说'你对山的女子，胆量大就从今天起来同我龙朱主人对歌'呢？你不是先才说到要她知道我在此，好羞辱她吗？"

矮奴听到龙朱说的话，还不很相信得过，以为这只是主人的笑话。他哪里会想到主人因此就会爱上这个狂妄大胆的女人。他以为女人不知对山有龙朱在，唐突了主人，主人纵不生气，自己也应当生气。告女人龙朱在此，则女人虽觉得羞辱了，可是自己的事情也完了。

龙朱见矮奴迟疑，不敢接声，就打一声吆喝，让对山人明白，表示还有接歌的气概，尽女人起头。龙朱的行为使矮奴发急，矮奴说，"主，你在这儿我是没有歌了。"

"你照到意思唱，问她胆子既然这样大，就拢来，看看这个如虹如日的龙朱。"

"我当真要她来？"

"当真！要来我看是什么女人，敢轻视我们白耳族说不配同花帕族女子相好！"

矮奴又望了望龙朱，见主人情形并不是在取笑他的用人，就全答应下来了。他们于是等待着女子的歌声。稍稍过了些时间，女子果然又唱起来了。歌的意思是：对山的雀你不必叫了，对山的人你也不必唱了，还是想法子到你龙朱王子的奴仆前学三年歌，再来开口。

矮奴说，"主，这话怎么回答？她要我跟龙朱的用人学三年歌，再开口，她还是不相信我是你最亲信的奴仆，还是在骂我白耳族的全体！"

龙朱告矮奴一首非常有力的歌，唱过去，那边好久好久不回。矮奴又提高喉咙唱。回声来了，大骂矮子，说矮奴偷龙朱的歌，不知羞，至于龙朱这个人，却是值得在走过的路上撒花的。矮子烂了脸，不知所答。年青的龙朱，再也不能忍下去了，小小心心，压着了喉咙，平平的唱了四句。声音的低平仅仅使对山一处可以明白，龙朱是正怕自己的歌使其他男女听到，因此哑喉半天的。龙朱的歌意思就是说：唱歌的高贵女人，你常常提到白耳族一个平凡的名字使我惭愧，因为我在我族中是最无用的人，所以我族中男子在任何地方都有情人，独名字在你口中出入的龙朱却仍然是独身。

不久，那一边象思索了一阵，也幽幽的唱和起来了，歌的是：你自称为白耳族王子的人我知道你不是，因为这王子有银钟的声音，本来拿所有花帕苗年青的女子供龙朱作垫还不配，但爱情是超过一切的事情，所以你也不要笑我。所歌的意思，极其委婉谦和，音节又极其整齐，是龙朱从不闻过的好歌。因为对山的女人不相信与她对歌的是龙朱，所以龙朱不由得不放声唱了。

这歌是用白耳族顶精粹的言语，自白耳族顶纯洁的一颗心中摇着，从白耳族一个顶甜蜜的口中喊出，成为白耳族顶热情的音调，这样一来所有一切声音仿佛全哑了。一切鸟声与一切远处歌声，全成了这王子歌时和拍的一种碎声，对山的女人，从此沉默了。

龙朱的歌一出口，矮奴就断定了对山再不会有回答。这时等了一阵，还无回声，矮奴说，"主，一个在奴仆当来是劲敌的女人，不在王的第二句歌已压倒了。这女人不久还说到大话，要与白耳族王子对歌，她学三十年还不配！"

矮奴不问龙朱意见，许可不许可，就又用他不高明的中音唱道：

> "你花帕族中说大话的女子，
>
> 大话是以后不用再说了，
>
> 若你欢喜作白耳族王子仆人的新妇，
>
> 他愿意你过来见他的主同你的夫。"

仍然不闻有回声。矮奴说，这个女人莫非害羞上吊了。矮奴说的只是笑话，然而龙朱却说出过对山看看的话了。龙朱说后就走，向谷里下去。跟到后面追着，两手拿了一大把野黄菊同山红果的，是想做新郎的矮奴。

矮奴常说，在龙朱王子面前，跛脚的人也能跃过阔涧。这话是真的。如今的矮奴，若不是跟了主人，这身长不过四尺的人，就决不会象腾云驾雾一般的飞！

第三唱歌过后一天

"狮子我说过你，永远是孤独的！"白耳族为一个无名勇士立碑，曾有过这样句子。

龙朱昨天并没有寻到那唱歌人。到女人所在处的毛竹林中时，不见人。人走去不久，只遗了无数野花。跟到各处追。还是不遇。各处找遍了，见到不少好女子，女人见到龙朱来，识与不识都立起来怯怯的如为龙朱的美所征服。见到的女子，问矮奴是不是那一个人，矮奴总摇头。

到后龙朱又重复回到女人唱歌地方。望到这个野花的龙朱，如同嗅到血腥气的小豹，虽按捺到自己咆哮，仍不免要憎恼矮奴走得太慢。其实则走在前面的是龙朱，矮奴则两只脚象贴了神行符，全不自主，只仿佛象飞。不过女人比鸟儿，这称呼得实在太久了，不怕白耳族王子主仆走得怎样飞快，鸟儿毕竟是先已飞到远处去了！

天气渐渐夜下来，各处有雀叫，各处有炊烟，龙朱废然归家了。那想作新郎的矮奴，跟在主人的后面，把所有的花丢了，两只长手垂到膝下，还只说见到了她非抱她不可，万料不到自己是拿这女人在主人面前开了多少该死的玩笑。天气当时原是夜下来了。矮奴是跟在龙朱王子的后面，想不到主人的颜色。一个聪明的仆人，即或怎样聪明，总也不会闭了眼睛知道主人的心中事！

龙朱过的烦恼日子以昨夜为最坏。半夜睡不着，起来怀了宝刀，披上一件豹皮褂，走到堡墙上去外望。无所闻，无所见，入目的只是远山上的野烧明灭。各处村庄全睡尽了。大地也睡了。寒月凉露，助人悲思，于是白耳族的王子，仰天叹息，悲叹自己。且远处山下，听到有孩子哭，好象半夜醒来吃奶时情形，龙朱更难自遣。

龙朱想，这时节，各地各处，那洁白如羔羊温和如鸽子的女人，岂不是全都正在新棉絮中做那好梦？那白耳族的青年，在日里唱歌疲倦了的心，作工疲倦了的身体，岂不是在这时也全得到休息了么？只是那扰乱了白耳族王子的心的女人，这时究竟在什么地方呢？她不应当如同其他女人，在新棉絮中做梦。她不应当有睡眠。她应当这时来思索她所歆慕的白耳族王子的歌声。她应当野心扩张，希望我凭空而下。她应当为思我而流泪，如悲悼她情人的死去。……但是，这究竟是什么人的女儿？

　　烦恼中的龙朱，拔出刀来，向天作誓，说，"你大神，你老祖宗，神明在左在右：我龙朱不能得到这女人作妻，我永远不与女人同睡，承宗接祖的事我不负责！若是爱要用血来换时，我愿在神面前立约，斫下一只手也不悔！"

　　立过誓的龙朱，回到自己的屋中，和衣睡了。睡了不久，就梦到女人缓缓唱歌而来，穿白衣白裙，头发披在身后，模样如救苦救难观世音。女人的神奇，使白耳族王子屈膝，倾身膜拜。但是女人却不理，越去越远了。白耳族王子就赶过去，拉着女人的衣裙，女人回过头就笑。女人一笑龙朱就勇敢了，这王子猛如豹子擒羊，把女人连衣抱起飞向一个最近的山洞中去。龙朱做了男子。龙朱把最武勇的力，最纯洁的血，最神圣的爱，全献给这梦中女子了。

　　白耳族的大神是能护佑于青年情人的，龙朱所要的，业已由神帮助得到了。

今日里的龙朱，已明白昨天一个好梦所交换的是些什么了，精神反而更充足了一点，坐到那大凳上晒太阳，在太阳下深思人世苦乐的分界。

矮奴走进院中来，仍复来到龙朱脚边伏下，龙朱轻轻用脚一踢，矮奴就乘势一个斤斗，翻然立起。

"我的主，我的神，若不是因为你有时高兴，用你尊贵的脚踢我，奴仆的斤斗决不至于如此纯熟！"

"你该打十个嘴巴。"

"那大约是因为口牙太钝，本来是得在白耳族王子跟前的人，无论如何也应比奴仆聪明十倍！"

"唉，矮陀螺，你是又在做戏了。我告了你不知道有多少回，不许这样，难道全都忘记了么？你大约似乎把我当做情人，来练习一精粹的谄媚技能罢。"

"主，惶恐，奴仆是当真有一种野心，在主面前来练习一种技能，便将来把主的神奇编成历史的。"

"你是近来赌博又输了，总是又缺少钱扳本。一个天才在穷时越显得是天才，所以这时的你到我面前时话就特别多。"

"主啊，是的。是输了。损失不少。但这个不是金钱；是爱情！"

"你肚子这样大，爱情总是不会用尽！"

"用肚子大小比爱情贫富，主的想象是历史上大诗人的想象。不过，……"

矮奴从龙朱脸上看出龙朱今天情形不同往日，所以不说了。这据说爱情上赌输了的矮奴，看得出主人有出去的样子，就改口说：

"主，今天这样好的天气，是日神特意为主出游而预备的天气，不出去象不大对得起神的一番好意！"

龙朱说，"日神为我预备的天气我倒好意思接受，你为我预备的恭维我可不要了。"

"本来主并不是人中的皇帝，要倚靠恭维而生存。主是天上的虹，同日头与雨一块儿长在世界上的，赞美形容自然是多余。"

"那你为什么还是这样唠唠叨叨？"

"在美的月光下野兔也会跳舞，在主的光明照耀下我当然比野兔聪明一点儿。"

"够了！随我到昨天唱歌女人那地方去，或者今天可以见到那个人。"

"主呵，我就是来报告这件事。我已经探听明白了。女人是黄牛寨寨主的姑娘。据说这寨主除会酿好酒以外就是会养女儿。据说姑娘有三个，这是第三个，还有大姑娘二姑娘不常出来。不常出来的据说生长得更美。这全是有福气的人享受的！我的主，当我听到女人是这家人的姑娘时，我才知道我是癞蛤蟆。这样人家的姑娘，为白耳族王子擦背擦脚，勉勉强强。主若是要，我们就差人抢来。"

龙朱稍稍生了气，说，"滚了罢，白耳族的王子是抢别人家的女儿的么？说这个话不知羞么？"

矮奴当真就把身卷成一个球，滚到院的一角去。是这样，算是知羞了。然而听过矮奴的话以后的龙朱，怎么样呢？三个女人就在离此不到三里路的寨上，自己却一无所知，白耳族的王子真是怎样愚蠢！到第三的小鸟也能到外面来唱歌，那大姐二姐是已成了熟透的桃子多日了。让好的女人守在家中，等候那命运中远方大风吹来的美男子作配，这是神的意思。但是神这意见又是多么自私！白耳族的王子，如今既明白了，也不要风，也不要雨，自己马上就应当走去！

龙朱不再理会矮奴就跑出去了。矮奴这时正在用手代足走路，作戏法娱龙朱，见龙朱一走，知道主人脾气，也忙站起身追出去。

"我的主，慢一点，让奴仆随在一旁！在笼中蓄养的雀儿是始终飞不远的，主你忙有什么用？"

龙朱虽听到后面矮奴的声音，却仍不理会，如飞跑向黄牛寨去。

快要到寨边，白耳族的王子是已全身略觉发热了，这王子，一面想起许多事还是要矮奴才行，于是就蹲到一株大榆树下的青石墩上歇憩。这个地方再有两箭远近就是那黄牛寨用石砌成的寨门了。树边大路下，是一口大井。溢出井外的水成一小溪活活流着，溪水清明如玻璃。井边有人低头洗菜，龙朱望到这人的背影是一个女子，心就一动。望到一个极美的背影还望到一个大大的髻，髻上簪了一朵小黄花，龙朱就目不转睛的注意这背影转移，以为总可有机会见到她的脸。在那边，大路上，矮奴却象一只海豹匍匐气喘走来了。矮奴不知道路下井边有人，只望到龙朱，深恐怕龙朱冒冒失失走进寨去却一无所得，就大声嚷：

"我的主，我的神，你不能冒昧进去，里面的狗象豹子！虽说白耳族的王子原是山中的狮子，无怕狗道理，但是为什么让笑话留给这花帕族，说狮子曾被家养的狗吠过呢？"

龙朱也来不及喝止矮奴，矮奴的话却全为洗菜女人听到了。听到这话的女人，就嗤的笑。且知道有人在背后了，才抬起头回转身来，望了望路边人是什么样子。

这一望情形全了然了。不必道名通姓，也不必再看第二眼，女人就知道路上的男子便是白耳族的王子，是昨天唱过了歌今天追跟到此的王子，白耳族王子也同样明白了这洗菜的女人是谁。平时气概轩昂的龙朱看日头不眩眼睛，看老虎也不动心，只略把目光与女人清冷的目光相遇，却忽然觉得全身缩小到可笑的情形中了。女人的头发能击大象，女人的声音能制怒狮，白耳族王子屈服到这寨主女儿面前，也是平平常常的一件事啊！

矮奴走到了龙朱身边，见到龙朱失神失志的情形，又望到井边女人的背影，情形明白了五分。他知道这个女人就是那昨天唱歌被主人收服的女人，且知道这时候无论如何女人也明白蹲在路旁石墩上的男子是龙朱，他不知所措对龙朱作呆样子，又用一手掩自己的口，一手指女人。

龙朱轻轻附到他耳边说，"聪明的扁嘴公鸭，这时节，是你做戏的时节！"

矮奴于是咳了一声嗽。女人明知道了头却不回。矮奴于是把音调弄得极其柔和，象唱歌一样的说道：

"白耳族王子的仆人昨天做了错事，今天特意来当到他主人在姑娘面前赔礼。不可恕的过失是永远不可恕，因为我如今把姑娘想对歌的人引导前来了。"

女人头不回却轻轻说道：

"跟到凤凰飞的乌鸦也比锦鸡还好。"

"这乌鸦若无凤凰在身边，就有人要拔它的毛……"

说出这样话的矮奴，毛虽不被拔，耳朵却被龙朱拉长了。小子知道了自己猪八戒性质未脱，忙陪礼作揖。听到这话的女人，笑着回过头来，见到矮奴情形，更好笑了。

矮奴望到女人回了头，就又说道：

"我的世界上唯一良善的主人，你做错事了。"

"为什么？"龙朱很奇怪矮奴有这种话，所以问。

"你的富有与慷慨，是各苗族全知道的，所以用不着在一个尊贵的女人面前赏我的金银，那不要紧的。你的良善喧传远近，所以你故意这样教训你的奴仆，别人也相信你不是会发怒的人。但是你为什么不差遣你的奴仆，为那花帕族的尊贵姑娘把菜篮提回，表示你应当同她说说话呢？"

白耳族的王子与黄牛寨主的女儿，听到这话全笑了。

矮奴话还说不完，才责了主人又来自责。他说，

"不过白耳族王子的仆人，照理他应当不必主人使唤就把

事情做好，是这样也才配说是好仆人——"

　　于是，不听龙朱发言，也不待那女人把菜洗好，走到井边去，把菜篮拿来挂到屈着的肘上，向龙朱眨了一下眼睛，却回头走了。

　　矮奴与菜篮，全象懂得事，避开了，剩下的是白耳族王子同寨主女儿。

　　龙朱迟了许久才走到井边去。

一九二八年冬作

参　军

　　一个刚刮过脸的青年弁兵，穿了一身新棉军服，双脚交叉倚立在参军室门边，用小镜子照着下巴，挤那粉刺。这是一个美貌青年，他一面对那镜子挤着粉刺，一面就在自赏他的青春。

　　房里有了声音。

　　"王五，王五，王五。"

　　一连喊了三声，这弁兵仿佛才被声音揪着，从沉醉于欣赏自己的趣味中爬出了，大声答应道，"嘛！"

　　答应了以后，他把镜子忙塞到衣袋里去了，整了整皮带进了参军室。参军室除了一个老参军就是地图。参军房中坐，地图四壁挂，进到房中的王五，最先还是望到那张有无数红色 × 字的地图，才回头望参军脸的。要明白本日情形，望参军的脸，还不如望那张地图上的大红 × 字的地位，较为容易了然一点。红字向左移，则战事是又进到本地段了，参军的两眉也聚拢了，向右移则一切相反。

　　如今是参军仿佛额下只生有一条眉毛的。王五明白事情糟。这一来，还未发言，王五就苦恼了。猜测的是参军必定说出不吉利的话。在这风流潇洒的弁兵生活上，再也没有比"开差"

的话还不入耳了。看样子则参军非说这话不行，一点不至于错。

这青年弁兵，站立在房子的近门处一角如一根葱，参军大约是第一眼就望到这新刮过的脸嘴了，就微微的笑。

参军说，"王五，卷好了地图，下午要开差走路。"

象打了一个雷，王五震哑了。在这雷声响出以前，他是清清楚楚望到参军脸上的阴霾，知道有雷了。虽防备得很好了，到时也仍然一惊，是这青年从雷雨中见到另外一种情形，想不到时间是如此匆促，因而茅苞了。他连忙答应是是。

于是这个年青人就动手卷那房中的地图，把一张椅子搬来搬去，从这里取下图钉又按进别一角上去，仿佛是在那里掉换钉子似的。他把事情完全做错了。在错误行为中年青人只想到开差以后的事。军队是原应当从这一个地方移到那一个地方的，所以他一面想事一面他把图钉移着。事情作了一会却不曾把一张地图取下卷好。坐到房中的参军是五十岁的老参军了，也正是在今天早上才刮过脸的人，他从自己脸上问题转到弁兵的脸上问题，这个极其明白年青手下人刮脸比下操还勤快的理由的将校，知道了开差是年青人极不愿听的话之一种，就说："好了好了，你不要在这板壁上为图钉开差移防了，年青人，要出去做什么事就赶快去罢，我自己来卷这地图好了。"

"……"这年青人他不知要说什么话好。他站到一张板凳上整理了一下衣领，又抹了一下胸部。话不说出口，到后居然被他把一张大地图取下卷成筒形了。

"去了吧，去了吧，快去快来！不久就要走远路，到那里去呆事是做不得的。"

"那谢过参军。我就去就来。看看他们，还他们一点小账。"

"是呀，还账吧，也好。看看，也好。只是呆事是做不得的，我再三告你，天气不正，而且一个走远路的人，要知身体的重要。"

"是的是的。我去去就来。"这弁兵，一面立在那一旁说话，一面心就早已向外飞奔了。他跃下了地，又说，"参军有什么事情没有？要买点东西吗？"

参军凝神想了一想，把手撑住了才剃过的光下巴，想起了脸上的粉刺，就说，"你回头，顺便带一面小手镜来吧，象妇人用的，不要太大。"

"参军，王五有一个。"说过这话的年青人，也不管参军是不是要看看他的镜子，已经就立刻从军服前衣袋子里把那镜子掏出来了。他把它递给参军，望着参军笑。

参军把镜子接过手来，翻来翻去看，又试照了一照。照到那生在鼻旁已经成熟的粉刺了，但他不动手，却先问王五，"镜子是不是女人送的？"

"回参军，是的。"

"多好一面镜子！（照镜）你就去吧，慢了恐怕不成了。早去早回，我们应当在四点左右动身。"参军看他的腕上的大金表时，弁兵王五也同时把腕上的金表露出。"是十一点半吗？你快去了吧。不要久挨！不准做呆事。听我的话！"

连声是是的王五走出去了。参军就坐到办公桌前，对了王五情人给王五那面小小镜子，挤他鼻子孔边上的一个粉结。他同时想起这年青人的行为来。但不久，他心想到……一个年青人，总是免不了要任性的。虽说当面说了若干是字，回头一到妇人面前，做呆事仍然是必然的一件事！他想到年青人的行为，就为这弁兵发愁。一个身强力壮的青年，来去走二三十里路与情人会合一次，本是军人在打仗勇敢以外应有的勇敢。一个从情人床上爬起的军人，一口气得奔十里路追上大队就宿，也是很平常的行为。但这老参军是放荡过的人，如今是不能再放荡了，见着年青人的不知保重，就不免忧惧起来了。

想去想来他总不放心王五。先是不放这年青人离开身边，似乎又不忍，以为不知道的还将骂这做长官的岂有此理，才让他去。为了成全这男子如今是又有点悔恨自己太放纵这王五了。

他于是又想。

……回头人一生了病，虽然不是自己的病，事情总仿佛还是自己的罢。

……而且这一次，既知道了要行将分手，两人的热烈又岂是平常的吃过嗅过就放手的事。不吃饱不行，两个年青人知道什么是类乎伤食的事？

事情是显然非亲自去制止不行了。他只有找到那地方去把王五抓回一个办法。再不然，也得监视到这年青人。至于说为了什么他觉得非去不行，那在他仍然是暧昧之至，只单是为怕这年青人害病责任上着想，他是一定要去了。

不到一会儿这老将校出了衙门，人在街上了。街上热闹得很。因为知道开差消息，各处买物件换钱的军人是特别多了。凡是本军人，无有不认识老参军旧中校制服的，见了这参军的军人，都得立正起来站到路旁行一个礼。参军于是一旁回礼一旁走路，到了王五的情人家门前。

他先用耳贴在门上听了听里面的声息。里面有人说话，似乎是有王五在。他就用手拍门。

门拍了三下，才听到里面妇人不高兴似的应了一声。但过了一阵还是无人来开门。

他又拍。因为是第二次，他用的力也加倍了。

就听到里面妇人说，"来了！谁？"

"我！"

里面王五的声音就说，"是担水的，不要理他。"

"不是担水的！"参军在外面嚷。

隔了一重门，而且正同妇人做着所谓呆事的王五，人是糊糊涂涂也听不出上司的声音来了，就用着军人的雄武，大声吩咐道："不论什么事明天来。"

"王五，是我！"

内里这时可听出拍门人是谁了，仿佛一团糟，只听到一些杂沓声音，听到女人的笑声，过了一会儿，王五开了门，恭恭敬敬立在那矮屋门里，听候上司的吩咐。

开门的王五，立正程度虽不失其为军人模样，但够得上称为"模范弁兵"的整齐，是因为匆促的原故完全失掉了。这个时候军服的领子也不理齐，扣子也不扣好，皮带则带头吊下，尤其是脸上样子，不成东西。象是同谁打过架劝和还不到两分钟。参军望到这模范弁兵不模范的情形，觉悟到一分钟以前的王五是正做些什么事了。参军就望到这弁兵摇头，温和的笑。

"参军，请你哪进去坐坐，我要金枝热一杯茶喝。"

"……"参军笑。

"你哪坐一坐不妨。我是正在同她算账,算了半天还算不清楚,正想到你哪会着急!"

"……"参军仍然笑。

"你哪稍坐坐,我过一会儿就回去好了。"

"我来了,不是耽搁了你们打算盘吗?"

"那里那里,"说到这话的王五,是从参军辞色间看出自己情形已为参军明白,所以有点脸上发烧了。

参军不好意思就此把王五拉走,只得进到小屋中来坐坐。不清楚的账,是不至于在上司面前算吧。不过这算账的妇人,却因为来的是情人上司,不得不见面。并且既然说是在算账,只有当真做成同王五算账的神气,来到参军跟边一五一十数了。王五则假装着唯唯否否,还故意生了一点气让上司看,那情形真似乎非常认真。

参军始终笑而不言。

凡是用钱算的账是决不会久长的,所以清了账,无可藉词,王五只得辞了妇人,跟到参军身后走出这房子了。

参军看得出王五的懊恼,只装不见到。

到了街上参军把王五扯到身边来,轻轻的问,"到底账算清楚了没有?"

王五糊糊涂涂的说,"清楚了。"

"呆子,我问的是我没有来时候你们算的账!"

把脸涨得通红的王五,不做声。

"说呀,账当然是要算!我问你是算了多久。"

"正算得有了头绪，给参军一拍门，就……"

"哈，这怎么行。莫到将来生出病来又说是参军惊动了你，你自己仍然去算你的账，快快回来就是！"

王五又被糊糊涂涂的推进了门与账主在一块了，参军仍然一个人匆匆忙忙走回军部行营，在路上仍然是一旁回答别人的敬礼一旁走路。

回到行营的参军，遇到机要副官，得来的消息是本军不开拔了，要开拔也需要那离此三四百里的部队到此接替。看情形，自然是再过四天五天也不能动身了。参军又想起草草清账的容易害病的人事，即刻又出了营门。向原来的路上走去，走到了王五所在的那一家门外，拍着门，大声的喊王五。

里面的账自然是一闹又糊涂了。参军知道这情形，就在门外说，"王五，王五，你账慢慢的算吧。"

里面王五似乎在床上，还以为是参军等候在门外，因为时间太久发急了，所以一面告罪一面仍作着事的说道，"参军，你哪家莫催，快清楚了。"

"呆子！告诉是改日开差，尽你今天留到这里慢慢算你那账好了！"

"参军谢谢！你哪坐坐吧，我来了。"

"你不要出来。小心招凉！天气不好，年青人也不要太勇敢！"

"是呀，参军。你哪请进来坐，歇一歇吧。我就来开门了。"

到得把军服草草穿上，起身来把门敞开时，参军的影子也见不到了。

许多在街上买东西的勤务兵，有些业已来去在这一节街上为这老将校行过三次举手礼了的，如今又见到这将校从街的那一端走回来，不愿意致敬的就都躲进铺子里去了。这老将校却不注意到这次不必在路上举手的理由，彳彳亍亍回到参军室。回到那参军室，把一张业已卷好的地图重复站到板凳上钉好以后，坐到现处的老参军，神气爽然了。

他记起了衣袋中那一面镜子了，就掏出来对镜望那鼻子旁边的粉结，且望到镜中自己面孔一部分发笑。

一九二八年冬至日作

媚金·豹子·与那羊

不知道麻梨场麻梨的甜味的人，告他白脸苗的女人唱的歌是如何好听也是空话。听到摇橹的声音觉得很美是有人。听到雨声风声觉得美的也有人。听到小孩子半夜哭喊，以及芦苇在小风中说梦话那样细细的响，以为美，也总不缺少那呆子。这些是诗。但更其是诗，更其容易把情绪引到醉里梦里的，就是白脸族苗女人的歌。听到这歌的男子，把流血成为自然的事，这是历史上相传下来的魔力了。一个熟习苗中掌故的人，他可以告你五十个有名美男子被丑女人的好歌声缠倒的故事，他又可以另外告你五十个美男子被白脸苗女人的歌声唱失魂的故事。若是说了这些故事的人，还有故事不说，那必定是他还忘了把媚金的事情相告。

媚金的事是这样。她是一个白脸苗中顶美的女人，同到凤凰族相貌极美又顶有一切美德的一个男子，因唱歌成了一对。两方面在唱歌中把热情交流了。于是女人就约他夜间往一个洞中相会。男子答应了。这男子名叫豹子。豹子答应了女人夜里到洞中去，因为是初次，他预备牵一匹小山羊去送女人，用白羊换媚金贞女的红血，所作的纵是罪恶，似乎神也许可了。谁知到夜豹子把事情忘了，等了一夜的媚金，因无男子的温暖，就冷死在洞中。豹子在家中睡到天明才记起，赶即去，则女人已死了，豹子就用自己身边的刀自杀在女人身旁。尚有一说则豹子的死，为此后仍然常听到媚金的歌，因寻不到唱歌人，所以自杀。

但是传闻全为人所撰拟，事情并不那样。看看那遗传下来据说是豹子临死已前用树枝画在洞里地面沙上最后的一首诗，那意思，却是媚金有怨豹子爽约的语气。媚金是等候豹子不来，以为自己被欺，终于自杀了。豹子是因了那一只羊的原故，爽了约，到时则媚金已死，所以豹子就从媚金胸上拔出那把刀来，陷到自己胸里去，也倒在洞中。至于羊此后的消息，以及为什么平时极有信用的豹子，却在这约会上成了无信的男子，是应当问那一只羊了。都因为那一只羊，一件喜事变成了一件悲剧，无怪乎白脸族苗人如今有不吃羊肉的理由。

但是问羊又到什么地方去问？每一个情人送他情妇的全是一只小小白山羊，而且为了表示自己的忠诚，与这恋爱的坚固，男人总说这一只羊是当年豹子送媚金姑娘那一只羊的血族。其实说到当年那一只羊，究竟是公山羊或母山羊，谁也还不能够分明。

让我把我所知道的写来罢。我的故事的来源是得自大盗吴柔。吴柔是当年承受豹子与媚金遗下那一只羊的后人，他的祖先又是豹子的拳棍师傅，所传下来的事实，可靠的自然较多。后面是那故事。

媚金站在山南，豹子站在山北，从早唱到晚。山就是现在还名为唱歌山的山。当年名字是野菊，因为菊花多，到秋来满山一片黄。如今还是一样黄花满山，名字是因为媚金的事而改了。唱到后来的媚金，承认是输了，是应当把自己交把与豹子，尽豹子如何处置了，就唱道：

> 红叶过冈是任那九秋八月的风，
> 把我成为妇人的只有你。

豹子听到这歌，欢喜得踊跃。他明白他胜利了。他明白这个白脸族中最美丽风流的女人，心归了自己所有，就答道：

> 白脸族一切全属第一的女人，
> 请你到黄村的宝石洞里去。
> 天上大星子能互相望到时，
> 那时我看见你你也能看见我。

媚金又唱：

> 我的风，我就照到你的意见行事。
> 我但愿你的心如太阳光明不欺，
> 我但愿你的热如太阳把我融化。
> 莫让人笑凤凰族美男子无信，
> 你要我做的事自己也莫忘记。

豹子又唱：

> 放心，我心中的最大的神。
>
> 豹子的美丽你眼睛曾为证明。
>
> 豹子的信实有一切人作证。
>
> 纵天空中到时落的雨是刀，
>
> 我也将不避一切来到你身边与你亲嘴。

天是渐渐夜了。野猪山包围在紫雾中如今日黄昏景致一样。天上剩一些起花的红云，送太阳回地下，太阳告别了。到这时打柴人都应归家，看牛羊人应当送牛羊归栏，一天已完了。过着平静日子的人，在生命上翻过一页，也不必问第二页上面所载的是些什么，他们这时应当从山上，或从水边，或从田坝，回到家中吃饭时候了。

豹子打了一声呼哨，与媚金告别，匆匆赶回家，预备吃过饭时找一只新生的小羊到宝石洞里去与媚金相会。媚金也回了家。

回到家中的媚金，吃过了晚饭，换过了内衣，身上擦了香油，脸上擦了官粉，对了青铜镜把头发换成一个大髻，缠上一匹长一丈六尺的绉绸首帕，一切已停当，就带了一个装满了酒的长颈葫芦，以及一个装满了钱的绣花荷包，一把锋利的小刀，走到宝石洞去了。

宝石洞当年，并不与今天两样。洞中是干燥，铺满了白色细沙，有用石头做成的床同板凳，有烧火地方，有天生凿空的窟窿，可以望星子，所不同，不过是当年的洞供媚金豹子两人做新房，如今变成圣地罢了。时代是过去了。好的风俗是如好的女人一样，都要渐渐老去的。一个不怕伤风，不怕中暑，完完全全天生为少年情人预备的好地方，如今却供奉了菩萨，虽说菩萨就是当年殉爱的两人，但媚金豹子若有灵，都会以为把这地方盘据为不应当吧。这样好地方，既然是两个情人死去的地方，为了纪念这一对情人，除了把这地方来加以人工，好好布置，专为那些唱歌互相爱悦的少男少女聚会方便外，真没有再适当的用处了。不过我说过，地方的好习惯是消灭了，民族的热情是下降了，女人也慢慢的象中国女人，把爱情移到牛羊金银虚名虚事上来了，爱情的地位显然是已经堕落，美的歌声与美的身体同样被其他物质战胜成为无用东西了，就是有这样好地方供年青人许多方便，恐怕媚金同豹子，也见不惯这些假装的热情与虚伪的恋爱，倒不如还是当成圣地，省得来为现代的爱情脏污好！

如今且说媚金到宝石洞的情形。

她是早先来，等候豹子的。她到了洞中，就坐到那大青石做成的床边。这是她行将做新妇的床。石的床，铺满了干麦杆草，又有大草把做成的枕头，干爽的穹形洞顶仿佛是帐子，似乎比起许多床来还合用。她把酒葫芦挂到洞壁钉上，把绣花荷包放到枕边，（这两样东西是她为豹子而预备的）就在黑暗中等候那年青壮美的情人。洞口微微的光照到外面，她就坐着望到洞口有光处，期待那黑的巨影显现。

她轻轻的唱着一切歌，娱悦到自己。她用歌去称赞山中豹子的武勇与人中豹子的美丽，又用歌形容到自己此时的心情与豹子的心情。她用手揣自己身上各处，又用鼻子闻嗅自己各处；揣到的地方全是丰腴滑腻如油如脂，嗅到的气味全是一种甜香气味。她又把头上的首巾除去，把髻拆松，比黑夜还黑的头发一散就拖地。媚金原是白脸族极美的女人，男子中也只有豹子，才配在这样女人身上作一切撒野的事。

这女人，全身发育到成圆形，各处的线全是弧线，整个的身材却又极其苗条相称。有小小的嘴与圆圆的脸，有一个长长的鼻子。有一个尖尖的下巴。还有一对长长的眉毛。样子似乎是这人的母亲，照到荷仙姑捏塑成就的，人间决不应当有这样完全的精致模型。请想想，再过一点钟，两点钟，就应当把所有衣衫脱去，做一个男子的新妇，这样的女人，在这种地方，略为害着羞，容纳了一个莽撞男子的热与力，是怎样动人的事！

生长于二十世纪，一九二八年，在中国上海地方，善于在朋友中刺探消息，各处造谣，天生一张好嘴，得人怜爱的文学家，聪明伶俐为世所惊服，但请他来想想媚金是如何美丽的一个女人，仍然是很难的一件事。

白脸族苗女人的秀气清气，是随到媚金灭了多日了。这事是谁也能相信的。如今所见到的女人，只不过是下品中的下品，还足使无数男子倾心，使有身分的汉人低头，媚金的美貌也就可以仿佛得知了。

爱情的字眼，是已经早被无数肮脏的虚伪的情欲所玷污，再不能还到另一时代的纯洁了。为了说明当时媚金的心情，我们是不愿再引用时行的话语来装饰，除了说媚金心跳着在等候那男子来压她以外，她并不如一般天才所想象的叹气或独白！

她只望豹子快来，明知是豹子要咬人她也愿意被吃被咬。

那一只人中豹子呢？

豹子家中无羊，到一个老地保家买羊去了。他拿了四吊青钱，预备买一只白毛的小母山羊，进了地保的门就说要羊。

地保见到豹子来问羊，就明白是有好事了，向豹子说，

"年青的标致的人，今夜是预备作什么人家的新郎？"

豹子说，

"在伯伯眼中，看得出豹子的新妇所在。"

"是山茶花的女神，才配为豹子屋里人。是大鬼洞的女妖，才配与豹子相爱。人中究竟是谁，我还不明白。"

"伯伯，人人都说凤凰族的豹子像貌堂堂，但是比起新妇来，简直不配为她做垫脚蒲团！"

"年青人，不要太自谦卑。一个人投降在女人面前时，是看起自己来本就一钱不值的。"

"伯伯说的话正是！我是不能在我那个人面前说到自己的。得罪伯伯，我今夜里就要去作丈夫了。对于我那人，我的心，要怎样来诉说呢？我来此是为伯伯匀一只小羊，拿去献给那给我血的神。"

地保是老年人，是预言家，是相面家，听豹子在喜事上说到血，就一惊。这老年人似乎就有一种预兆在心上明白了，他说，

"年青人，你神气不对。"

"伯伯呵！今夜你的儿子是自然应当与往日两样的。"

"你把脸到灯下来我看。"

豹子就如这老年人的命令，把脸对那大青油灯。地保看过

后，把头点点，不做声。

豹子说，

"明于见事的伯伯，可不可以告我这事的吉凶？"

"年青人，知识只是老年人的一种消遣，于你们是无用的东西！你要羊，到栏里去拣选，中意的就拿去吧。不要给我钱。不要致谢。我愿意在明天见到你同你新妇的……"

地保不说了，就引导豹子到屋后羊栏里去。豹子在羊群中找取所要的羔羊，地保为掌灯相照。羊栏中，羊数近五十，小羊占一半，但看去看来却无一只小羊中豹子的意。毛色纯白的又嫌稍大，较小的又多脏污。大的羊不适用那是自然的事，毛色不纯的羊又似乎不配送给媚金。

"随随便便罢，年青人，你自己选。"

"选过了。"

"羊是完全不合用么？"

"伯伯，我不愿意用一只驳杂毛色的羊与我那新妇洁白贞操相比。"

"不过我愿意你随随便便选一只，赶即去看你那新妇。"

"我不能空手，也不能用伯伯这里的羊，还是要到别处去找！"

"我是愿意你随便点。"

"道谢伯伯，今天是豹子第一次与女人取信的事，我不好把一只平常的羊充数。"

"但是我劝你不要羊也成。使新妇久候不是好事。新妇所要的并不是羊。"

"我不能照伯伯的忠告行事，因为我答应了我的新妇。"

豹子谢了地保，到别一人家去看羊。送出大门的地保，望到这转瞬即消失在黑暗中的豹子，叹了一口气，大数所在这预言者也无可奈何，只有关门在家等消息了。他走了五家，全无合意的羊，不是太大就是毛色不纯。好的羊在这地方原是如好的女人一样，使豹子中意全是偶然的事！

当豹子出了第五家养羊人家的大门时，星子已满天，是夜静时候了。他想，第一次答应了女人做的事，就做不到，此后尚能取信于女人么？空手的走去，去与女人说羊是找遍了全个村子还无中意的羊，所以空手来，这谎话不是显然了么？他于是下了决心，非找遍全村不可。

凡是他所知道的地方他都去拍门，把门拍开时就低声柔气说出要羊的话。豹子是用着他的壮丽在平时就使全村人皆认识了的，听到说要羊，送女人，所以人人无有不答应。象地保那样热心耐烦的引他到羊栏去看羊，是村中人的事。羊全看过了，很可怪的事是无一只合式的小羊。

在洞中等候的媚金着急情形，不是豹子所忘记的事。见了星子就要来的临行嘱托，也还在豹子耳边停顿。但是，答应了女人为抱一只小羔羊来，如今是羊还不曾得到，所以豹子这时着急的，倒只是这羊的寻找，把时间忘了。

想在本村里找寻一只净白小羊是办不到的事，若是一定要，那就只有到离此三里远近的另一个村里询问了。他看看天空，以为时间尚早。豹子为了守信，就决心一气跑到另一村里去买羊。

到别一村去道路在豹子走来是极其熟习的，离了自己的村庄，不到半里，大路上，他听到路旁草里有羊叫的声音。声音极低极弱，这汉子一听就明白这是小羊的声音。他停了。又详细的侧耳探听，那羊又低低的叫了一声。他明白是有一只羊掉在路旁深坑里了，羊是独自留在坑中有了一天，失了娘，念着家，故在黑暗中叫着哭着。

　　豹子藉到星光拨开了野草，见到了一个地口。羊听到草动，就又叫，那柔弱的声音从地口出来。豹子欢喜极了。豹子知道近来天气晴明，坑中无水，就溜下去。坑只齐豹子的腰，坑底的土已干硬了，豹子下到坑中以后稍过一阵，就见到那羊了。羊知道来了人便叫得更可怜，也不走拢到豹子身边来，原来羊是初生不到十天的小羔，看羊人不小心，把羊群赶走，尽它掉下了坑，把前面一只脚跌断了。

　　豹子见羊已受了伤，就把羊抱起，爬出坑来，以为这羊无论如何是用得着了，就走向媚金约会的宝石洞路上去。在路上，羊却仍然低低的喊叫。豹子悟出羊的痛苦来了，心想只有抱它到地保家去，请地保为敷上一点药，再带去。他就又反向地保家走去。

　　到了地保家，拍门时，正因为豹子事无从安睡的老人，还以为是豹子的凶信来了。老人隔门问是谁。

　　"伯伯，是你的侄儿。羊是得到了，因为可怜的小东西受了伤，跌坏了脚，所以到伯伯处求治。"

　　"年青人，你还不去你新妇那里吗？这时已半夜了，快把羊放到这里，不要再耽搁一分一秒罢。"

"伯伯，这一只羊我断定是我那新妇所欢喜的。我还不能看清楚它的毛色，但我抱了这东西时，就猜得这是一只纯白的羊！它的温柔与我的新妇一样，它的……"

那地保真急了，见到这汉子对于无意中拾来一只受伤的羊，象对这羊在做诗，就把门闩抽去衼的把门打开。一线灯光照到豹子怀中的小羊身上，豹子看出了小羊的毛色。

羊的一身白得象大理的积雪。豹子忙把羊抱起来亲嘴。

"年青人，你这是作什么？你忘了你是应当在今夜做新郎了。"

"伯伯，我并不忘记！我的羊是天赐的。我请你赶紧为设法把脚搽一点药水，我就应当抱它去见我的新人了。"

地保只摇头，把羊接过手来在灯下检视，这小羊见了灯光再也不喊了，只闭了眼睛，鼻孔里咻咻的出气。

过了不久豹子已在向宝石洞的一条路上走着了。小羊在他怀中得了安眠。豹子满心希望到宝石洞时见到了媚金，同到媚金说到天赐这羊的事。他把脚步放宽，一点不停，一直上了山，过了无数高崖，过了无数水涧，走到宝石洞。

到得洞外时东方的天已经快明了。这时天上满是星，星光照到洞门，内中冷冷清清不见人。他轻轻的喊，"媚金，媚金，媚金！"

他再走进一点，则一股气味从洞中奔出，全无回声，多经验的豹子一嗅便知道这是血腥气。豹子愕然了。稍稍发痴，即刻把那小羊向地下一掼，奔进洞中去。

到了洞中以后，向床边走去，为时稍久，豹子就从天空星子的微光返照下望到媚金倒在床上的情形了。血腥气也就从那边而来。豹子扑拢去，摸到媚金的额，摸到脸，摸到口；口鼻只剩了微热。

"媚金！媚金！"

喊了两声以后，媚金微微的嘤的应了一声。

"你做什么了呢？"

先是听嘘嘘的放气，这气似乎并不是从口鼻出，又似乎只是在肚中响，到后媚金转动了，想爬起不能，就幽幽的继续的说道，

"喊我的是日里唱歌的人不？"

"是的，我的人！他日里常常是忧郁的唱歌，夜里则常是孤独的睡觉；他今天这时却是预备来做新郎的……为什么你是这个样子了呢？"

"为什么？"

"是！是谁害了你？"

"是那不守信实的凤凰族年青男子，他说了谎。一个美丽的完人，总应当有一些缺点，所以菩萨就给他一点说谎的本能。我不愿在说谎人前面受欺，如今我是完了。"

"并不是！你错了！全因为凤凰族男子不愿意第一次对一个女人就失信，所以他找了一整夜才无意中把那所答应的羊找到，如今是得了羊倒把人失了。天啊，告我应当在什么事情上面守着那信用。"

临死的媚金听到这语，知道豹子迟来的理由是为了那羊，知道并不是失约了，对于自己在失望中把刀陷进胸膛里的事是觉

得做错了。她就要豹子扶她起来，把头靠到豹子的胸前，让豹子的嘴放到她额上。

女人说，

"我是要死了。……我因为等你不来，看看天已快亮，心想自己是被欺了，……所以把刀放进胸膛里了。……你要我的血我如今是给你血了。我不恨你。……你为我把刀拔去，让我死。……你也乘天未大明就逃到别处去，因为你并无罪。"

豹子听着女人断断续续的说到死因，流着泪，不做声。他想了一阵，轻轻的去摸媚金的胸，摸着了全染了血的媚金的奶，奶与奶之间则一把刀柄浴着血。豹子心中发冷，打了一个战。

女人说，

"豹子，为什么不照到我的话行事呢？你说是一切为我所有，那么就听我命令，把刀拔去了，省得我受苦。"

豹子还是不做声。

女人过了一阵，又说，

"豹子，我明白你了，你不要难过。你把你得来的羊拿来我看。"

豹子就好好把媚金放下，到洞外去捉那只羊。可怜的羊是无意中被豹子已掼得半死，也卧在地下喘气了。

豹子望一望天，天是完全发白了。远远的有鸡在叫了。他听到远处的水车响声，象平常做梦日子。

他把羊抱进洞去给媚金，放到媚金的胸前。

"豹子，扶我起来，让我同你拿来的羊亲嘴。"

豹子把她抱起，又把她的手代为抬起，放到羊身上。"可怜这只羊也受伤了，你带它去了吧。……为我把刀拔了，我的人。不要哭。……我知道你是爱我，我并不怨恨。你带羊逃到别处去好了。……呆子，你预备做什么？"

豹子是把自己的胸也坦出来了，他去拔刀。陷进去很深的刀是用了大的力才拔出的。刀一拔出血就涌出来了，豹子全身浴着血。豹子把全是血的刀子扎进自己的胸脯，媚金还能见到就含着笑死了。

天亮了，天亮了以后，地保带了人寻到宝石洞，见到的是两具死尸，与那曾经自己手为敷过药此时业已半死的羊，以及似乎是豹子临死以前用树枝在沙上写着的一首歌。地保于是乎把歌读熟，把羊抱回。

白脸苗的女人，如今是再无这种热情的种子了。她们也仍然是能原谅男子，也仍然常常为男子牺牲，也仍然能用口唱出动人灵魂的歌，但都不能作媚金的行为了！

一九二八年冬作

上了船，船开了。

船是小小的船，三个舱，小棕榈叶的篷，舱中放的是无数军装，以及四个押解军装的人。各人用灰棉军衣作垫坐的东西，坐到那里望船头的人划船。船在四把桨的划动下，顺水流。船尾一个中年艄公，穿蓝布衣，蓝布裤，口里含了一枝哈德门烟，两只有毛的手擒到舵的把，一心只在水。

船是慢慢的，——或者说快快的，在向辰州的地方走，今天的路程，不过十分之一而已。走五天，就可以到地了，这有五天！

开船时，在船上吹号，于是所有的装兵，装油，装猪，装一切的船，完全开动了，于是这一只军装船也开头了，开了头，还听到喇叭声音，因为从喇叭上记起行船的意义，大家全欢欢喜喜。欢喜不是无理由的。军队到新地方，换防是应当说欢喜的。商人则船一开动，就可以希望货到地了。船上人则船开以后有酒吃，有肉吃。

这船上几个押解军装的人，是同样也欢欢喜喜的。他们笑。说那粗浅的笑话，说了笑，笑了又说，几几乎忘了有一个人

（四个副爷中之一），是听到这三人笑，照样笑三人不笑时也还笑的，只是不说话。他一人独小，年纪十三岁，小小的身子穿上了长长的军服，不相称的情形正如生活的不相称一样。他仿佛非常可怜的坐在舱口，望那艄公出神，望了艄公又望水，从水想到天涯。水是活活的流，顺流便到海，这人的心思，也流到自己的海中去了。海是水的家，这人的海却在上游，他逆流而行。想起家，他惘然了。家中有妈，有姐，有弟同到妹，用泪眼打发他出门当兵，自己是穿起不相称的军服反而只能苦笑的。如今想起来，却已经象好几年了，实际则是昨天的事。

军服仍然是这一套军服，皮带也仍然是一条现的，自己却再不能在家中呆了。连在门前望望街也不能够了。苦恼咬到心上，他似乎就即刻可以哭。

"四少爷，不要想家，这一去好玩的地方多，比城里有趣。"

这是先时作过他家的用人，这时却作了他的头目，名字叫做秉志，见到这旧主人忧愁，从这简单人的口上说出这样简单安慰。

"不要叫我做四少爷了，你是我的老总！"他勉强说了又笑。

"四少爷，你怎么这样说，你不过眼前的事，归我管。你一年两年就是官了。我要喊你做老爷，不止是少爷！"

说了另外两人笑。仿佛是听出近于讥讽那种意思来了，实则请秉志说一句俏皮话也办不到，这人实在太质实了，话只会这样说而已。笑着的两人中一个是叫陆俊，一个叫杨普，全是本城人，虽知道，先却不曾有过来往的。这两人是连小学也不曾进过，自己却是小学三年级甲班的人物，当然无机会认识了。

如今可相熟了，两人年既比他长，且作过一年的兵，兵的事，懂得到许多。他对这些同事自然应当客气，这两人因他是少爷，同团长并且是亲戚，自然也客气。但是，这两人一笑，使他想起自己成了兵的事实上的一切苦恼来了。

他不再作声，只呆想。

谁能保证一年后的事么？一年后，两年后，可以升排长，升连长，做是做得到，但这一年如何过去？

他不要官，只想转去。说好玩，下面生地方纵怎样可以放纵自由。他也不愿这自由。为什么别人全都在学校念书，自己却非当兵不可？为什么他要出门，是他所不了解的。没有理由出门。真没有理由。家中穷困也不是理由。这之间，他当然把他自己顽劣不念书的一件出门理由忘记了。

"要几天才到地？"

"要五天，"秉志说。

"要六天，"杨普说。

"我猜只要四天零一个早工。"陆俊说。

原来是大家在猜。听到说日子不定，他愿意早到。早到，大致好一点吧。这也是心中猜想，他实则全不知道所到的是什么地方。

到了作什么？他就问秉志，秉志告他要操，五更天要点名，下午八点半也要点名，正午十二点也要点名。

"点三次名真苦！"

"不光是点名，还要下操，也是三次。到了那里，因为军队多，为体面打算，出门不容易，出门时，军装不整齐，就得挨宪兵打，当街罚跪。"

杨普说："我吃得完宪兵的肉。"

说吃得完，也不说是一个宪兵的还是所有宪兵的肉。但宪兵可恶，从这同事的仇恨中也可看出一半了。他就想，船迟到一点，好一点。只觉得宪兵难于对付，迟到点似乎就可逃过这一关了。这心情愿望近于逃学时的心情。

即或无宪兵，那三操也够受了。他看过兵的操，自己也到过技术班学过一年操，操是有趣的，但一认真就很苦。他想起操，就愿意船在路上停一个月，或者长是这样坐船。

凡是他想到的全是这类事，年青人，一点事情不知，一切行将压到头上的重量，究竟是不是藏了头或蒙了眼可以躲脱的事，他却全不明白。

"我问你，秉志，一共我们有多少补充兵？"

"有一连。"

"那你是连长了。"

"我不算，我是排长，归连长管。杨伙计是什长，归我管。你同陆伙计是散弟兄，就归杨哥管。"

他听秉志说，才明白杨普是他的上司，且因此把杨普的号也明白了。杨普经秉志一说，就忙说那里那里的谦词。他说他号金亭。杨金亭，是城里有名养蛐蛐的人物，他这时才知道就是自己上司。他对上司的养蛐蛐的知识，当然是加了一分敬重，一个上司，若对于下属，有拿出本事施展武艺的必须，那是这位金亭老哥，已就早用他的养打架的蛐蛐这一种本领，把这初出门的少爷征服了。

他就同到他的上司谈关于蛐蛐的事情，谈得很有趣，离家的旅愁，当然是因此一来稍稍放下了。

船弯泊了，停到河边，一个不知名的码头，一个不知名的乡村，呈现在眼前。这时天上落着小雨，河上全是雾，远的来船先是不见船，只听到船上人唱歌。歌声越唱，越远，便知是去船，来的船，则不但歌声越近越壮，且在见到船以前，便可以听到放绳抽桨的声音。这样大的雾，是不常见的雾。雾象一种网，网罩到水面，河岸于是仿佛更阔了。

所有的船慢慢全靠拢了，船的排，是一百有余，码头小，后来的船便不能不把船泊到无岸可上的高崖下了。然而船与船相连，雨虽然是落，雨却是小雨，不相干，所以即或船在崖下，想上岸，仍然是可以办得到。不怕滑，不怕麻烦，从这船到那船，终于上了岸，许多人是这样作了。

是看到别人上了岸，他才想上岸的，同伴的是杨金亭，秉志，一共三个。陆俊是因为守船，所以被把上岸资格取销了，但见到陆俊样子不高兴，却答应带甘蔗回船。

上了岸，见到肮脏的街上，走着肮脏的猪狗，使他想起的是这地方象什么时候曾到过。且看那过路亭子，一些穷妇人打柴歇憩的样子，更以为这是自己的乡下。然而这年青人却从言语上知道这地方已离了故乡一百里路了，因为说话声音已不同了。

他们上岸，是看街，是买东西：街是看来看去已经可以说是欣赏过了，应当买东西，因此跟到秉志进了一家铺子，让秉志同主人打官话用官价买牛肉及其他杂物，让金亭讨火吸烟，他自己却坐到当门一张大木凳上，看壁板上的大战杨再兴画儿。

看到画，他有点伤心，因为家里这画很多，却一起放下了，还有其他比画更好更难得的，也全放下了，还有……

画以外，这铺子，可以够得上能引起他的忧愁的，其实还有别的许多东西，他望到这一切，作着仿佛要同这某样东西说一句话的神气，一切东西在他看来却作着不理他的架子，各据定了它本来地位，未免使人难过。

他在每一件东西上都望一望，这一望，就象说，"我恨你。"到后望到四个大坛子，坛子在铺柜左角，用棉布包上，腹部贴了金字，戴的帽是白典锡作成的有顶有檐的帽，这坛子，对他却做出笑容那样使他骇异，因为坛子的装潢，却正同本城大街上一家南货铺的酒铺子一个样，这坛子是太熟习了。

他走近坛子，那老板，一面正为秉志所缠，拿了一把长叉，在昂头攫取楼顶的风干鱼，回头望到了他走近酒坛，以为是要酒了，就大声的向里屋，喊一个人的名。名字似乎是"阿巧"，象喊帮手。

不见答应，就又喊。

"阿巧，丫头，来，帮副爷打酒呀！"

"就来，人家手带伤了呀！"

"快一点！"

"是，快一点！"里面答应着，似乎生了点气。

答应的声音。是女人声音，是一个小女孩声音，尖锐得象吹笛，单从声音上也仿佛可以看这人的脸相的清俊了，然而他只觉到这声音清脆，听来使人舒服，却不明白对女人都应当有邪心歪心。因为觉得女人声音好听，就忘了说自己并不要酒了，女人匆匆忙忙的跑出，跑出来走到酒坛子边，就打酒。

这种酒，照例是打来就喝的，他却不能喝酒。

这女人，望到他不要酒，就笑了。她向她的爹，说，

"爹，副爷不喝酒。"

秉志说话了，说："让我来。"他就把酒碗拿到手上，咕嘟咕嘟灌到肚中去，喝完了还噪舌，说酒不坏，还应当打一斤回船上去。"

女人问是用葫芦还是用瓶子装酒，秉志说用葫芦。

他看到女人把酒装进葫芦去，又把手中的钱让秉志拿去数，又把葫芦抱上，又照到秉志的意见喝了一点酒，眼睛却不离开这阿巧孩子的脸。一个尖尖的白白的脸，同一对眼睛，把他的心捉到了，他只是望她，望的结果是心中仿佛很愉快，又象还有什么不够数，略略难过。

这女子，穿得是一件月蓝布衣，新浆洗过的样子，衣角全是硬的。衣上罩了一个印花布围腰，把腰就显得很小了。大的脚，青布鞋子简简单单绣了些花。一副长长的腿子走路象跳跃，正合了雅歌所说的羚羊腿子。拖在身背后的是一根大辫，象一条活蛇，又黑又软滑的摆动。

使这年青人动了心，还是这女人的言语同神气。见到他不能喝酒，望着他那种开心的微笑，就把这第一天穿上军衣的副爷苦着了。

他理想中的妻便应是这样女人。不消说，他这时是不能明白自己欲望，不至于说出要这女人作妻的话，望着发着痴，到了

秉志提议上船，就又跟到他上司返船上了。

虽然回到船上，他的心，似乎还是在那女人身边，望到河中的雾的扩张，忽然觉到明天也未必无雾（有了雾不能开船是当然的事），他于是有了很难于解释的快乐。

他们在一盏清油灯下吃饭，吃的每样菜上都不缺少辣子。

那岸上阿巧的爹自己家吃的风干鱼，也被秉志勉强买来加上不少青辣子焖成一碗辣子鱼了，平时对于辣子感到害怕的他，这时也在努力用筷子拣鱼吃了。

陆俊说，"鱼真好。"

"呆子，这是别人自家预备的，被排长要来的！"金亭这样说了，筷子就挟了一大口辣子朝口中送。

秉志说，"这一下去可就有鱼吃了，在河上，吃鱼是可以吃厌的。"但心中有东西的他，却心想，吃鱼若是可以厌倦，那就成天吃这样风干鱼试试。

他说，"我不信。"

"自然要你信！"

"我愿意成天吃这样鱼，吃一年，不用别的菜也行。"

"我也愿。"

"我也愿。"

第一个说愿意的是年青的他，第二是陆俊，第三是金亭。秉志知道这全是乡下人，说的乡巴老蠢话，所以也不多反对。实际上，秉志是在下江真吃鱼吃厌过了，还有女人，若说女人也是可以用吃来形容的，那他也近于吃厌过的人了。这类话当然不能同这还未成年的四少爷说，是以即或他们要提到同女人可以睡一整夜的话（这是陆呆子顶欢喜说的），秉志也不会故意来否认了。

从鱼到女人，是并不为时很久的事。饭还未吃完，不能上岸的呆子陆俊，问起金亭来了，问他上面见到好姑娘不，金亭不答应。

"四少爷，你见到不？"陆俊是知道身份的人，所以还是称他作四少爷。

他说，"见到过。"

"好吗？"

他不作声。

"辫子货吗？"

他仍然不作声。

但在他的不取言语回答的默然情形下，陆俊却已经看出他的意见来了，天真的冲动，使呆子在舱板上想打滚。

一面把鱼塞到口里去，一面含含糊糊的说非上岸不可。

"一定去，我吃完，一定要去看看！四少爷，你告我，是哪一家？"

"你问秉志吧。"

陆俊便问秉志，说，"排长，是有好女人吗？"

"呆子，你不要把饭汤泼满舱板！"

"是，排长。但你告我是哪块儿。"

"我不见。"

"不见，那四少爷，你告我在哪儿？"

"你少疯一点。"秉志说，因为秉志知道这疯子饿女人得很，怕他生事。

"排长，我们为什么不可以去玩玩？我们不玩别人玩，还是一个样子！"

"这地方哪里有姑娘？四少爷说笑话。"

"不，"他似乎是要帮呆子的忙了，接到说，"女人是有，就在那路南杂货铺里，名字叫阿巧。"

"口害，排长你骗我！连名字也知道，还说没有人！你们作了乐回来，却连告我也不告——兄弟非上去玩玩不可。"

秉志对于他的话，与陆俊的话，不加以分辩，承认许呆子上岸看看了，他却被呆子所邀，一起上了岸。

先是不行，怕秉志笑。到后觉得上岸有说不尽的利益，就仍然答应了。

第二次上岸，是天已快黑了，燃了一段废缆子，把火明高高举起，他们两人进了那小乡村的恶浊的街。

地下全是泥，走来非常滑，且这里那里似乎各处全有癞蛤蟆，使人觉到脚麻。因为近于吃亏，他想起这受苦受难的理由，陪别人去看一个女人，也这样热心，到自己的事，恐怕即或是大雨淋头，也不至于辞让了。

然而这事情，究竟是谁的欲望来得坏，谁陪了谁来，即刻将可以明白的。

装作买栗，撞进门去的陆俊呆子，进了门却各处望。女人在一堆草鞋中发现了。是在整理草鞋。呆子就走过去买草鞋。女人见副爷来，微带惊吓的站起身了。

"这是小玩意儿，要不得！"

陆俊的话真伤了他自尊心，在陆俊说要不得的，在他从灯下看来，实在是更加整齐好看了。陆俊这话真近于无理。两人观念的不同，自然是一则是注重在吃一则注重在看。年纪十三岁的他，除了看着觉得很舒服外，女人还可以有什么用处，真不是此时的他知识所能使他了然的事！

本来是一股劲走来的陆俊，此时显然已失望了，就把所有预备下来的撒野本领全消灭了，正因为呆子不撒野却成全了女人久呆的机会。

女人在陆俊的言语中听出嘲弄自己的意思来，就低了头不作声。然而随即又抬起头来望这作引导的人。她认识他，一眼望去，纵不说话，也就象说过"你又来了"这样的话模样了。他因此有点害羞，想藉词。有什么可以藉词呢！面前是一堆草鞋，草鞋的堆中是那女孩子，他只有买草鞋一种事可做！

她照到他意思，帮同他拣选草鞋，那一旁的陆俊，却作成当真有资格的帮闲，同老板说闲话去了。

草鞋那么一大堆，选去选来就无一双合式的尺码。

女人还是在草鞋堆中找那顶小的，来放到他脚边比试，女人此时是蹲在他面前，见到不合式，就昂起头来笑。

"你这脚不是穿草鞋的脚，副爷。"

"只怪你草鞋太大了。"

他不好意思让女人再拣选，就自己去找。两个头，弯下去，接近了，他觉得可以乘此咬女的脸一下，但又不敢。

"你这脚真不是穿草鞋的脚！"

"那就不要了。"

"当真么！"

"当真，"但是，他想起阿巧即刻将离开自己了，就又说，"再选选看。"

阿巧头也低疼了，天生的好性格却不知道生气一类事。她也不知道他是在故意作弄她，因为这副爷的样子也使她欢喜，就莫名其妙的只是把草鞋挑选着试着，笑着。

"副爷，你是打哪儿来的？"

"从石羊哨。"

"我是石羊哨的人！"

"那是乡亲了。不过我是镇筸城的。"

"副爷全都是镇筸人！"

"你见到许多吗？"

"见过很多。我爹是到过镇筸住了五年的。"

"你是一个人吗？"

"嗨，我爹不算人吗？"

"是！我说你有几个兄弟？"

"只我一个人。"

"我刚才就说只你一个吗，你又不承认！"

说到这里一对人全笑了，草鞋当然是谁也不注意选了。

在那旁，呆子陆俊正也同老板谈到过去的事，听老板说到是曾住过镇筸几年，且说认得四少爷的家，所以陆俊遥遥的喊他，说，"四少爷，这老板是我们城里人！"老板且即刻走过来了，意思是对待这旧家公子哥儿加以新的敬礼，他请他坐，且叫阿巧倒茶。

"少爷，我在城里时，侍候过少大人！"

"哦，那我还不知道。"

"老太知道的，我叫黄狗，我卖过大糕，卖过油，有十多年的事了。"

他仿佛听过这黄狗的名字，然而或者这名字是与"花狗""黑狗"相近，所以就觉得很熟的原故了。

这黄狗真比狗还恋旧，知道面前的副爷是旧家少爷时倒了茶，还叫阿巧拿瓜子。说不必客气也不行。瓜子即刻又由阿巧姑娘送来了。因为拿瓜子来的是阿巧，本来不欢喜剥西瓜子的他，也勉强抓一把在手上，学绅士样子一颗一颗放在口里剥起来了。

作完事的阿巧，把脚交叉，倚立在柜台边，望到这年青副爷同自己的爹说话，一声不作只看看这副爷。

"少爷怎么穿副爷的衣服？"

"如今是去当兵。"

"总不是当兵是进陆军学堂，"阿巧却接声过来，说的话，乖巧到家。

"是当兵。"他说，"不读书，所以当兵！"

"兵有兵像，少爷，你是文像，不念书，将来也会做知县。"

"老板说的真对，"陆俊的话意思是老板把兵像看轻了，听他补充的话就可以知道。"我才是兵像！"

"副爷，你是将来的武将，做团长督军。"

"是吧，我要做督军，做了督军我请你做军师！"

这未来的督军与军师，接下去就是一大堆胡扯，把知县却忘掉了。知县就望到阿巧眍眼睛，阿巧微微的笑。

他觉得她很好，很可爱。她觉得他是有身份的人，是少爷，是朋友。

…………

返到船上。陆俊是两只衣口袋里装满了栗子花生瓜子之类的。陆俊来请客，实际却是老板送四少爷的，由阿巧从坛里罐里取出的。

金亭问，"见到了么？"

呆子不答，把花生抓出，撒得舱板上全是。

要呆子说见到什么，除了花生栗子，真不能说得出的。呆子要人陪，结果却陪人空走一趟而已。若不是有东西吃，呆子回来还会喊悖时！

回到舱中的他，想起许多人事。世界的奇怪，渐渐使他觉到一点儿了。他因此想起了家中的过去，想起了自己的将来，想起了船同自己的关系，以及岸上街上这时大致已经上床睡觉了的阿巧同她的爹，对于自己的关系。这神经纤细的年青人，好久好久不能睡，第一次害了失眠症。

一九二八年秋作

说故事人的故事

　　许多人爱说别人的故事，是因为闲着无东西吃，或吃饱了以后，要寻出消化那好酒好肉的方法，所以找出故事来说。在上海地方的几个我所认识他们脸嘴的文艺复兴人物，就有这种脾气。这脾气自然是顶好的一种脾气！也因了这脾气的存在，一个二个便成了名人了。这巧妙处自然不是普通人所知道，但只要明白说话人是对自己一伙的加以夸张，伙外的加以讪笑造谣，事情是成功了。

　　这些人是无故事可说了。若必定有，那也总不外乎拜访名人，聚会闲谈，吃，喝，到后大家在分手时互相道过晚安，再回家去抄一点书当成创作，看看杂志来写论文而已。

　　笔尖，走你的路吧，把你认为是故事的故事说完好了。

　　我那时是收发员。年纪是十七岁。随了一个师长到龙潭。在龙潭时贺龙还是我们部队的团长，除了成天见到他来师部打两百块底的麻将牌以外，并没有看得出这伟人在嘴上生有獠牙，或者额上长角。挽近伟人真是来得不同了，本事不要，异相全无，运气一来忽然就伟大了。

那时做收发员的我，每月拿十三块六毛钱的月薪，另外到副官处领取伙食津贴三元，每天早上起来靠在那戏台看楼上用擦面牙粉刷牙，白天坐到白木案前把来去公文摘由记下，吃饭时到军需处去吃洋芋煨牛肉，晚上到河边去看看上滩的船，发薪时就到一个传达姘妇开的赌场上去把几块钱输到扑克上去。钱越输扑克赌术也越精了，赌术越进步钱也越输得可怜。这样日子把我消磨了一年。到底人是年青人，把钱输光了，出去就是看人家打牌，在住处就是用公文纸照到戏台前木雕故事画人物儿玩，日子过起来究竟还是不比如今多懊恼。

在那地方是不必花钱也可以找到玩的方法的，譬如到河里去洗澡，到山上去摘野果野花，更胡闹一点的则是跟了年长一点的人到乡下去，调戏乡姑娘，日子过起来总不算长的。

日子虽然容易混，天生是怪脾气的我，不知为什么总觉得不能与这生活相合，终于想回湘了。我在师长面前告了假。（愿上帝给这个人在地下安宁！）知道我是把所得的一点薪水全输到扑克上面的上司，见到我愿意调回镇守使署，照旧做我的十二元一月的书记，就准了我所请求，还让我到军需处领三个月干薪，作为这一趟跟到他移防川东的酬劳。谢谢这好人，给了我这样多钱，使我可以坐船回家，不至于再象来时爬那个三十五里高的棉花坡。

把钱从一个矮子田军需手上领到手，尽他把我在一次一个同花顺上欠的七块账扣去，我估计我回到保靖是至少还可以剩廿块钱。得了钱，又回湘，自然是欢喜的事了，当我把一切小账还清，把护照得到，把师长为我写致镇守使的信得到以后，我只等候上船了。

谁知等了四天，还不能动身。这正象是运气中所注定，说我的钱是在川东得，决无拿回湘西的理由，所以在一个夜间被一个本来不甚熟识的弁目牵牵扯扯到了那女人家，一坐下，四轮庄，我的钱去了一半。弁目是赢了。但见到我说非走不行时，他做出仿佛与我共一只鞋的神气，又仿佛是完全来陪我打牌的神气，所以我们就同时下场了。下了场的他，似乎不大好意思，就一定要请我过醉仙楼喝酒，是吃红，又是送行。推辞不得。我只好又跟到他去。把酒喝到三分醉，他会过四吊铜元账以后，因为有点醉，就又要我陪他到第七旅监里去。在军队中交亲原是一场扑克一壶酒就可以拜把的。

我说，"这个我决不去了，我要睡了。"

"早！时间早，老弟，去去好。你不是常常说到还不曾见过好女人么，跟我去，那里的包你满意。"

说不见到好女人，似乎是在牌场上说的笑话，他却记到了。

我说，"不行！我不愿到牢里去看女人的。"

"女人好，在牢里看又何妨。你只要看看，包你满意。真是了不得的女人？"

我大约也稍稍有点酒意，经过他一说，也想答应了。

"什么样的女人？"

这弁目是有点跟跟跄跄的模样了，见我问到女人是什么人物，就大声的说是"土匪"，名字是天妹。土匪中的名叫天妹的，我是在另一时曾听到人说过了。先听说已经捉到了关在西阳监牢里。许多人说过，这是女怪物，生长得象一朵花，胆量却比许多男子好，无数男子都在她手栽了跟头，好奇心的我就存了愿意见见的想望。如今是只要欢喜就可以见到了，我不能说不去了。

到了监牢的路上，我才从这弁目方面知道这女匪就是绰号夭妹的从酉阳移来龙潭还是近几天的事，是为了追问这女匪枪枝藏匿所在，所以解到这里来了。

所谓第七旅监牢者，是川军汤子模部的监牢，内中拘了不少命里有灾难的人物，也有带罪的军人在内。守这监牢的是川军，兵士约一排，驻扎在牢外。弁目对于这守牢长官是相识的，所以能随便来去，且可以同犯人说话，因为被拘的有军人，因此更容易到犯人处了。

我就跟到这个人进了监牢的门，一直到女匪夭妹的住处。

进了特为这女大王备置的屋后，隔了栅栏望着在一盏清油灯下做鞋帮的一个少妇的背影，我先还以为是营长太太一类人物。

这领带弁目进来的老妇人，把我们引到了这里，却走了。

这略有酒意的弁目，用手攀栅栏，摇动着，说，

"夭妹，夭妹，有人来看你了。"

望到这女人回身的姿态，望到她在灯光下露出一个清瘦的白脸，我除了觉得这女人是适宜于做少奶奶的好女人以外，简直想不出她能带了两百枝枪出没山中打家劫舍的理由来。这人

不是坏人，是再明白也没有的。我且一眼看定她还是好人中的正派人呢。我就在心中想，或者这是错了，被冤了。

不过，她走过来了，她笑了，她说话了，我应当承认我的错了。那一双眼睛，在暗中还放光，先是低垂着还见不出特别，到后一抬起，我即刻相信一切传言了。

望到了弁目又望到了我的这女人，口角边保持了向人类轻蔑的痕迹，这痕迹且混合在一种微笑中，我是从有生以来，也并不曾遇到过女人令我如此注意过的。我想说什么也说不出口，就只有对这女人做着诚实的笑容，同时我把怜悯放到眼光上，表明我是对她同情的。

弁目把手从栅栏空间伸过去，抓着了那人的一只手，说，"天妹，我是特意带我这个好朋友来看你的。"

女人又望望我，好象说未必是好朋友罢，那神气聪明到极点，我又只有笑。

"他是年青人，怕羞，不必用你的眼睛虐待他。"

我对这经他说过才知道他早已认我为好朋友的朋友，醉话有点不平了，怯怯的分辩道，"我才不怕谁！你不要喝多了乱说！"

女人是用她的微笑，表示了承认我说的是真话，一面又承认弁目所说并非酒话的。她用她那合江话清爽音调问弁目，"朋友贵姓？"

"要他自己答应好了。"

女人对我望，我只有告她我的姓名。

于是我们继续说话，象极其客气又极其亲切。

"衙门事情大概是忙吧？"

"不忙，成天玩罢了。"

"你们年青人是玩不厌的。"

"也有厌倦时候，因为厌倦，倒想不久转家乡了。"

"家乡是湖南？"

"是××。"

"××人全是勇敢美貌的人。"

"那里，地方是小地方，脚色也不中用！"

"××人是勇敢的。"这话大约不是夸奖我，完全对弁目而说。

说到这里女人用力捏了弁目一下手，我明白了是她应当同他另外有话说了，我就把头掉过去看房中的布置。望到那板床上的一床大红毯子，同一条缎面被，觉得这女人服用奢侈得比师长太太还过余，只听到女人说，

"事情怎么了？你是又吃酒把事误了。"

男子就分辩，幽幽的又略含糊的说道，

"酒是吃了，不过你答应我的那件事？"

"你骗我。"

"赌咒也成。我是因为商量你那件事，又想起你，人都生病了。"

"你决定了没有？"

"决定了。我可以在天王面前赌咒。你应当让我……我已同

那看守人说好了。"

"我实在不相信你。"

"那我也没有话说了。"

女人不作声了，似乎是在想什么事体，我也不便回头。隐隐约约中，我能料到的，是必定弁目答应她运动出狱，她应当把藏在他处的金钱，或身体，信托给这男子。女人是在处置这件事，因而迟疑了。

使我奇怪的，是这样年青的女人，人物又这样生长的整齐，性格又似乎完全是一个做少奶奶的性格，她不读书不做太太也总可以作娼，却在什么机会上成了土匪的首领？从她眼睛上虽然可以看出这女人是一个不平常的女人，不过行为辞色总仍然不能使人相信这是土匪！即如眼睛的特别，也不是说她所表示的是一种情欲的饱餍。我记得分明，我的好几个上司的姨太太，论一切就都似乎不及这女人更完全，更象贤妻良母。谁知她这个女人却是做过了无数大事的名人。

我心想，这个人，若说她能处治人，受处治的或者不是怕她，不过是爱她罢了。见了她以后，是连我也仿佛愿意与她更熟习一点，帮她做点事的。

等了一阵我又听到她在说话了，问题象仍然是那一件事，弁目要她答应，她答应了。她又要弁目赶紧办那应办的事，弁目赌咒，表示必办到。

到我再走过去搀言时，女人在我眼睛中仍然是一个稳重温柔的女人了，照例我是见到这种女人话就少了的。她见我无话可说，就又找了许多话问我。她又把所做的鞋面给弁目看，我才知道鞋是为弁目做的。从鞋子事上推得出这女人与弁目的关系，是至少已近于夫妇的关系了。

大约留在这地方有一点钟时间，好奇心终敌不过疲倦，我就先离开这里，回营里睡了。当回去时，女人还要弁目把我送到师部门口，是我不愿意，这弁目才送我出守卫处就转去。

第二天一清早。我象是已把昨夜事情忘了，正起身来洗完了脸，伏在那桌子上临帖，写到皇象的草字，这新朋友弁目把手搁到我肩上喊了我一声。回头见是他，正笑着，我的兴味转到他身上来了。我也对他笑，问他昨天什么时候回来。

这汉子缩了缩头，说，"惹出祸事了。"说祸事时好象仍然不怕的。

"我不信，你除非是同她到牢里作那呆事情。"

"除非呀！不是这个祸还有谁？"

听到弁目居然同到女人在狱中做了些呆事，忽然提起我的注意了。先是我已经就有点疑心他同女人，谈论到的就是这件事，女人不放心，他赌咒，也是这件事。料不到是我走不久他就居然撒了野。不怕一切，女人也胆大到这样！

我说，"告给我，怎么出乱子？"

这爽直的人，或者是昨夜我回营以后，还同女人论到我，女人要他对我亲热一点了，今天真象什么话都要对我讲。

"怎么样，就是这么样的！我把那管牢老东西用四块钱说通了，我居然到了里面，在她的床铺上脱了这女人的上下衣，对不起，兄弟是独自用过她了。不知为什么他们知道了消息，忽然在外面嚷起来了。"

他停了一停，我并不在这时打岔。

"来人了。兵全来了。枪上了刺刀，到了我们站的那个地方，装不知道问在里面的是谁，口口声声说捉着了枪毙。这里有我所熟识的排长声音。全然是这人也打过天妹的主意，不上手，所以这时拿到了把柄，出气来了。我才不怕他！我把身边的枪放了一夹子弹，扣了衣，说，'朋友，多不得心，对不起，我是要走了。站在我身边的莫怪子弹不认人呵。'他们见到我那种冷静，又听到子弹上槽声音，且在先不明白里面是谁的兵士，这时却听得出是极其熟习的我，成天见到面，也象不大好意思假装了。过了一会就只听到那排长一个人生气指挥的声音。我就真出来了。我把我手枪对准了前路，还对到那排长毒毒的望了一眼，堂堂正正从这些刺刀边走过，出了大门，回家来睡了。"

一个不明白我们军队情形的人是决不相信事情是这样随便的。但我在当时是看到类似的事情很多，全不疑惑了。说到了回家就睡，我才代为他想起这事应当告给师长晓得。

经他又一说，我才知道不但这事师长已明白，并且半夜里旅部即来了公文要人，师长却一力承担，说并无这个人在部，所以不日这弁目也要走了。

我问他究竟答应什么条件就能与这女人上手，他却不说。

但他又说到这女人许多好处长处，说到女人是如何硬，什么营长什么团长都不能奈何她过，虽然生长得标致，做官的把她捉来也不敢接近她，因为自己性命要紧，女人是杀人全不露神色的。一个杀人不露神色的女人，独能与弁目好，我是仍然不免奇怪的。

我正想问他女人见他走时是什么神气，楼下一个副官却在大声喊那弁目的名字，说是师长要他到军需处拿钱。弁目听到拿钱就走了。望到这汉子走下楼梯，我觉得师长为人真奇怪。这样放纵身边人，无怪乎大家能为他出死力。但这军纪风纪以后成什么样子呢？还正在一旁磨墨一旁想到这弁目同女人结果是应当怎样，楼下忽了吹的哨子，卫兵集了合。

听到师长大声说话了，象是在生气骂人。

听到那值日副官请令了，忙忙的来去不停，大的靴子底在阶石上响。

听到弁目喊救命了。我明白领钱的意义了。

我把窗打开一看，院子中已站满了兵士，吓得我不知所措。那弁目还不等到我下楼已被兵士拥去了。一分钟以后我不但清楚了一切，并且说不出为什么胆寒起来，这说故事的人忽然成了故事，完全是我料不到的。还仿佛是目前情形，是我站在那廊下望到那女人把鞋面给弁目看，一个极纤细的身影为灯光画到墙上，也成了象梦一样故事了。我下午就上了船。还赶不上再多知道一点两人死后的事情，我转湘西了。

这故事，完全不象当真的吧，因为理想中的女大王总应当比女同志为雄悍，小说上的军队情形也不与这个相似。不过到近来，说到这事时我被那弁目的手拍过的右肩，还要发麻，不知怎么回事。

一九二八年冬作